AF206017

BAD BOSS

BEWERBEN AUF EIGENE GEFAHR

HOLLY MCLANE

© Copyright: 2020 – Holly McLane / Allyson Snow
Herstellung und Verlag: BoD – Books on Demand, Norderstedt.
ISBN: 9783750429710

Cover created by © Michaela Feitsch / Premade Cover & more
Korrektorat: Juno Dean

Das Werk, einschließlich seiner Teile, ist urheberrechtlich geschützt. Jede Verwertung ist ohne Zustimmung des Verlages und des Autors unzulässig. Dies gilt insbesondere für die elektronische oder sonstige Vervielfältigung, Übersetzung, Verbreitung und öffentliche Zugänglichmachung.

Bibliografische Information der Deutschen Nationalbibliothek: Die Deutsche Nationalbibliothek verzeichnet diese Publikation in der Deutschen Nationalbibliografie; detaillierte bibliografische Daten sind im Internet über <u>dnb.dnb.de</u> abrufbar.

KAPITEL 1
KNEIFEN GILT NICHT

Um die Dinge aufzuzählen, die Aaron nicht mochte, bräuchte man sehr viel Papier, Geduld und Alkohol. Allerdings ließen sich zwei wesentliche Punkte seiner Hassliste in einem winzigen Satz zusammenfassen:

»Du musst.«

Sieben Buchstaben, die Aaron in jeglicher Hinsicht zuwider waren. Erstens hasste er es, geduzt zu werden. Blöderweise war der Mann, der diese infame Behauptung aufstellte, Aaron würde etwas müssen, seit Kindertagen sein Freund. Also konnte Aaron kaum auf das ›Sie‹ bestehen. Erst recht nicht bei ›Jo‹ (die Abkürzung für Josua – noch so eine Unart!). Den kümmerte ja nicht mal Aarons bösartiger Blick. Er sah lieber einem verdammten Sperling hinterher, der den Außensims des Bürofensters als Startbahn missbrauchte! Zu schade, dass sie nicht in einem Zeitalter lebten, in dem sich sogar Familienmitglieder in der dritten Person ansprachen. Dann könnte er seinen besten Freund auch einfach in den Kerker werfen lassen und ihm zeigen, dass Aaron überhaupt nichts *musste*! Damit kamen sie übrigens zu Aarons zweitem Hassobjekt: Dazu aufgefordert zu werden, etwas zu müssen, im schlimmsten Fall auch noch lautstark.

Dabei erhob ›Jo‹ nicht einmal die Stimme, als er erneut behauptete: »Du musst und du wirst!«

Die Gewissheit in Jos Tonfall ließ Aaron aus lauter Frust fast in seinen italienischen Schreibtisch beißen. »Ich muss überh-«

»Doch«

»Wer sagt d-«

»Ich.«

Aaron schnaubte. »Jetzt lass mich ausspr-«

»Nö.« Jo grinste von einem Backenzahn zum anderen. »Du wirst fliegen, mein Freund. Hongkong ist um diese Jahreszeit sehr schön. Vielleicht findest du dort eine hübsche Chinesin, die es länger als drei Wochen mit dir aushält, weil sie ohnehin nicht versteht, was du von dir gibst.«

Hatte Aaron erwähnt, dass er seinen besten Freund nicht leiden konnte? Jos Lässigkeit, mit der er sich in dem Sessel vor Aarons Schreibtisch lümmelte, das joviale Grinsen, der funkelnde Triumph in den grauen Augen, kurzum Jos Selbstsicherheit machte ihn seit Jahren wahnsinnig! Nicht einmal mit der vernünftigsten Argumentation konnte man gegen ihn gewinnen – Jo wischte sie einfach weg und quatschte einem zu allem Überfluss auch noch einen Rasenmäher auf, obwohl man nicht mal einen Garten besaß. Jo war der geborene Verkäufer, der beste Geschäftspartner aller Zeiten. Jedenfalls solange er nicht darauf bestand, Aaron solle nach Hongkong fliegen. Das kam nicht in die Tüte! Allein der Flug von Frankfurt in die Sonderhandelszone dauerte ewig. Zwölf Stunden, eingesperrt in eine fliegende Metallkiste, das überlebte er nicht. Niemals! Nur …wie sollte er das Jo klarmachen?

Selbst wenn er zeterte wie ein Kesselflicker, einen olympiareifen Flick-Flack mit nahtlosem Übergang in den doppelten Salto vorwärts machte oder einen Herzanfall vortäuschte, es würde ihm ja doch nichts nützen. Sobald sich sein Freund etwas in den Kopf gesetzt hat, könnte nicht mal der Teufel seine Meinung ändern. Besser, Aaron sah es gleich ein: Er hatte verloren.

In alter Zeit beugte man das Haupt vor dem Gegner, wenn man bei einer drohenden Niederlage mit einem letzten Rest Würde davonkommen wollte. Das tat auch Aaron. Mit einem dumpfen Knall landete seine Stirn auf dem Schreibtisch. »Ich will nicht.«

Aarons Barthaare kratzten über die Tischplatte, und sein Atem beschlug das Holz. Plötzlich stieg ihm der Geruch von Leder in die Nase. Widerwillig hob er den Kopf und starrte auf die blanken Sohlen von Jos Guccis.

»Nimm die Füße von meinem Schreibtisch«, schnarrte Aaron.

Jo lehnte sich noch weiter zurück, verschränkte die Arme im Nacken und wippte mit den glänzenden Schuhspitzen. »Der dir bald nicht mehr gehört, wenn du weiter die zickige Jungfrau vor der Drachenhöhle mimst.«

»Meinen Schreibtisch kannst du haben«, murrte Aaron.

»Dann hältst du dein Mittagsnickerchen nicht mehr hier, sondern in deiner Werkstatt auf einer Luftmatratze neben dem Regal mit den tausendzweiundneunzig Schrauben, schon klar.«

»Genau genommen sind es dreihundertsiebenundzwanzig in der Gesamtsumme«, sinnierte Aaron und fuhr sich über den Bart. »Davon einhundertachtundneunzig Zylinderkopfschrauben, dann waren sechsunddreißig mit Innensechskant und einer Länge von fünfzehn Millimetern, fünfundsechzig …«

»Aaron«, unterbrach ihn Jo.

»Ja?«

»Wenn du nicht sofort die Klappe hältst, werfe ich dich aus dem Fenster und du fliegst freihändig nach Hongkong.«

»Das funktioniert schon wegen der Schwerkraft nicht …«

Jo starrte ihn an, als würde er ihm gleich die Nase abbeißen wollen. Okay, vielleicht wechselte Aaron besser das

Thema. Also verkniff er sich mühsam jedes weitere Wort über die Erdgravitation und die Unfähigkeit eines Menschen, ohne Hilfsmittel zu fliegen, und seufzte laut. »Was soll ich denn in Hongkong?«

Jo sprang auf und beugte sich über den Tisch, damit Aaron seinen genervten Blick aus nächster Nähe betrachten konnte.

»Muss ich dir das wirklich noch mal erklären, du Superhirn?«, blaffte Jo.

»Hey, *dein* Superhirn ist für die Vertragsverhandlungen zuständig. Und damit *du* den Chinesen nicht völligen Unfug auftischst, schreibe *ich* dir sogar einen Spickzettel mit allen technischen Fakten. Meinen Prototyp kannst du ja mitnehmen, damit sie ihn ausprobieren können. Im schlimmsten Fall kannst du mich über einen Video-Chat zuschalten.« Aaron hielt das für einen hervorragenden Kompromiss, Jo anscheinend weniger. Seine Hände krallten sich in die Tischplatte, bis die Knöchel weiß hervortraten. So wie er die Nägel hineingrub, bekam das makellose Furnier in diesem Moment hässliche Kratzer.

Gerade wollte er seinen Freund darauf hinweisen, da knirschte Jo lautstark mit den Zähnen. Eine lausige Angewohnheit, morgen jammerte er wieder über Kieferschmerzen.

»Aaron«, knurrte Jo. »Wie oft noch? Mein Superhirn kann in dieser Woche nicht mit den Chinesen plauschen, weil es sich dann in einer Klinik befindet!«

»Hast du einen Hirntumor?«

»Nein!« Jo schlug mit der Faust auf den Tisch. Der Briefbeschwerer hüpfte, Aarons Wasserglas kippte um und verschüttete seinen Inhalt auf der Tischplatte. Der untere Rand der Pfütze bildete die Küstenlinie bei Warnemünde. Aaron streckte die Hand aus, um dem Schwung der Hohen Düne ein wenig nachzuhelfen, da packte Jo seinen Arm.

»Noch mal ganz langsam zum Mitschreiben: Am 15. Oktober werde ich samt der Oberärztin für Gynäkologie Dr. Steinsaltz bei meiner Frau im Kreißsaal sein, mich von ihr vollkreischen lassen und froh sein, wenn sie endlich mit dem Kaiserschnitt anfangen.«

»Und du bist dir sicher, dass es dein Kind ist?«

Jos Griff verstärkte sich um Aarons Handgelenk, bis dieser das Blut pulsieren spürte. »Willst du mir einen Vaterschaftstest organisieren?«

»Natürlich. Das dauert nur fünf Min-«

»Das wirst du nicht!«

»Aber du hast …«

»Du fliegst nach Hongkong! Sonst kannst du den Laden zukünftig ohne mich führen!«

»Was?«, fragte Aaron entsetzt.

»Du hast mich schon verstanden.«

Fuck. Er brauchte Jo! Er umgarnte Kunden, verplemperte seine Zeit bei mühsamen Verhandlungsgesprächen und Geschäftsessen, stellte Personal ein und überwachte die Finanzen von *Merkenthaler und Demmings System Solutions*. Kurzum: Er war von Berufs wegen ein kapitalistischer, egozentrischer Mistkerl, der sich um die Dinge kümmerte, auf die Aaron keine Lust hatte. Damit sich Aaron voll und ganz auf die Technik konzentrieren konnte. Nur machte Jo irgendetwas falsch, denn seit der ersten Erwähnung der Worte ›Aaron‹, ›Fliegen‹ und ›Hongkong‹ hatte Aaron keinen einzigen klugen Gedanken mehr gehabt, was die Entwicklung des Sicherheitssystems für die Software autonom fahrender Fahrzeuge betraf!

Allerdings konnte Aaron ohne seinen rechten Arm auch herzlich wenig programmieren. Seine Finger wurden in Jos Griff bereits taub, und nur mit Mühe konnte er sie noch bewegen. Energisch drehte Aaron sein Gelenk aus Jos Umklammerung. Zumindest versuchte er es. Sein Freund starrte ihn finster an, bis Aaron an seiner Hand riss. Ausgerechnet da ließ Jo los. Aarons Arm schnellte zurück, und er schlug sich selbst gegen das Nasenbein. Au! Verfluchter Mist, tat das weh!

»Sehr schön, ich muss es noch nicht einmal eigenhändig tun«, spottete Jo.

Aaron rieb sich über die schmerzende Stelle. »Gut, lassen wir die kindischen Diskussionen.« Jo brummte wie eine stinkwütende Hornisse, aber Aaron hob einfach die Stimme. »Du kannst nicht nach Hongkong. Ich kann nicht nach Hongkong. Und das nicht nur, weil ich deine Frau nicht leiden kann und die Brut ihrer Lenden für einen Kuckuck halte, sondern weil ich kein Englisch spreche!«

»Ich werde in hundert Jahren noch nicht verstehen, wie ein Nerd und Programmierer ohne ein Wort Englisch durch sein Leben kommt. Aber denk ja nicht, dass es als Ausrede reicht. Wir besorgen dir einen Dolmetscher«, erwiderte Jo.

Toll. Jo hatte auch für jedes verdammte Problem eine Lösung. Aber Aaron hatte noch nicht sein gesamtes, diesmal sachliches Pulver verschossen. Vielleicht konnte er sich am Ende doch rauswinden. »Ich weiß nichts über die Gepflogenheiten dort. Es gibt andere Regeln als in Deutschland.«

»Ich erkläre sie dir.«

»Ich hasse Fliegen.«

»Nimm Tabletten.«

»Davon bekomme ich Kopfschmerzen.«

»Dann haue ich dir eben eins über die Rübe.«

Ganz toll. Sein Freund war immer zu Diensten, wenn es darum ging, jemanden mit brachialer Gewalt vor einer Phobie zu bewahren.

»Ich habe keinen Orientierungssinn«, wandte Aaron mit wachsender Verzweiflung ein. Sein Orientierungssinn oder vielmehr dessen Fehlen machte ihm schon auf bekanntem Terrain das Leben schwer. Selbst wenn er nur einmal den Teich im Park zwei Straßen weiter umrunden wollte, verlief er sich. Wie sollte er sich da in einer Stadt wie Hongkong zurechtfinden?

Jo starrte ihn durchdringend an. »Du bist ein Weichei. Wie bist du nur so alt geworden, ohne von Ratten gefressen zu werden?«

»In einer Zehn-Millionen-Villa gibt es keine Ratten«, gab Aaron zurück. »Der Hausmeister legt regelmäßig Gift aus.«

Sein Freund verdrehte die Augen, bis Aaron das Weiße sah. Entweder betete Jo gerade inbrünstig zu einer höheren Macht oder zur Zimmerdecke. Vielleicht auch zu der Stuckverzierung? Zwischen zwei Ranken gab es da nämlich tatsächlich einen Engel.

Nach einer Weile atmete Jo tief ein und presste schließlich heraus: »Du hast recht. Es ist eine dämliche Idee, dich allein nach Hongkong zu schicken, um ein Geschäft abzuschließen, das unseren Gewinn der nächsten Jahre verzehnfachen wird.«

Hervorragend, *jetzt* hatte es Jo endlich verstanden. Dann konnte sich Aaron ja wieder um seine Arbeit und die Ordnung auf dem Schreibtisch kümmern. Er zog aus der mittleren Schublade ein weißes Tuch und ließ es auf die Wasserpfütze fallen. »Schön, dass du es einsiehst.«

»Ich erinnere mich mit Grauen an unseren Ausflug nach Monaco. Du wärst dort zwei Jahre wegen Majestätsbeleidigung in den Knast gegangen, wenn ich nicht den Beamten geschmiert hätte.«

»Ich weiß nicht, was du hast«, erwiderte Aaron. »Das Gefängnis Maison d'Arrêt liegt direkt über dem Meer. Für ein Hotel in dieser Lage oder gar ein Haus bezahlt man immense Summen.«

Jo murmelte etwas, das sich verdächtig nach ›Warum habe ich mir ernsthaft die Mühe gemacht, dich rauszuholen?‹ klang.

»Dich allein nach Hongkong zu schicken, könnte man mir als bewussten Mordversuch auslegen.« Jo stand auf, schloss den Knopf seines Sakkos und schritt zur Tür. »Ich werde jemanden einstellen, die dich begleitet.«

Was? Halt! Moment! Doch ehe Aaron überhaupt die Tragweite dieser Worte begriffen hatte, ergriff Jo die Flucht und warf die Tür hinter sich ins Schloss.

Super! Ganz toll! Damit wären sie beim dritten Punkt auf Aarons Hassliste: Neue Mitarbeiter!

KAPITEL 2
IN DER NOT FRISST DER TEUFEL
STELLENAUSSCHREIBUNGEN

»Wil … helm … ina«, las der geschminkte Lackaffe, sorry, geschätzte Gast dieses Etablissements von ihrem Namensschild ab. Der Stuhl knarzte, als er sein Gewicht verlagerte, die Ellenbogen auf dem Tisch abstützte und die Bluse dort fixierte, wo rein zufällig auch ihre Titten waren. »Komischer Name.«

»Ohne die Pausen zwischen den Silben ist er kürzer«, erwiderte die Kellnerin, die das verdammte Namensschild zum dritten Mal an diesem Tag zum Teufel wünschte. Dem Himmel sei Dank war Wilhelmina nicht ihr richtiger Name, sondern der ihrer Vorgängerin. Die echte Wilhelmina hatte Bernd, pardon ›Cillian‹, dem Besitzer des salmonellenzüchtenden Irish Pubs, vor einer Woche ihre Kündigung mit einer halbleeren Flasche Guinness über den Schädel gehauen. Kate wusste nicht warum, und es war ihr auch egal. Sie ignorierte gewissenhaft Bernds schmerzerfülltes Stöhnen, wenn er mit dem übertrieben großen Pflaster auf seiner linken Schläfe an ihr vorbeischlurfte. Wann immer Kate nach einem eigenen Namensschild fragte, griff er sich an den Kopf und verdrehte theatralisch die Augen.

Schön, dann eben kein Namensschild, aber damit blieben ihr die dämlichen Konversationen über einen hübschen, altdeutschen Namen, der für die Mehrzahl der geistig tieffliegenden Gäste einfach zu intellektuell war, nicht erspart. Die glaubten auch ernsthaft, sie bekämen für acht Mäuse Schnitzel aus zartem Schweinefilet und nicht aus Schlachtabfällen.

»Was möchten Sie trinken?«, fragte Kate.

Es war ja nicht so, dass sie nicht versuchte, höflich zu sein. Aber der Job als Kellnerin wäre wesentlich einfacher, wenn man nur Nonnen bedienen müsste. Sie klopfte mit dem Stift ungeduldig auf ihren Block, und die Mine kleckste einen schwarzen Fleck auf das Papier. Leider war der Schreibblock zu klein, um damit auch nur ansatzweise ihren Busen zu verdecken. Der Kerl starrte immer noch, natürlich nur auf das Namensschild. Wenn der so weitermachte, brannte der allein mit seinem Blick ein Loch in den schwarzen Stoff.

»Wilhelmina. So einen altbackenen Namen hatte nicht mal meine Großmutter. Wie alt biste? Anfang dreißig?«, spottete ihr ›Gast‹ und strich sich über die sorgsam nachgezeichneten Augenbrauen.

»Wenn sie Manieren besaß, hat sie die Ihnen nicht weitervererbt, was man von ihren Schminkkünsten auch nicht behaupten kann«, fauchte Kate. Sie riss ihm und seiner Begleiterin die Speisekarten aus den Händen. »Wenn Sie nichts bestellen wollen, dann gehen Sie. Wir brauchen den Tisch für richtige Gäste. Die nicht nur blöde über einen Namen lachen und mir unverhohlen auf die Titten starren, sondern was bestellen.«

»Sind aber auch ein paar pralle Dinger.« Dafür kassierte er einen lächerlich schwachen Fausthieb von seiner Freundin. Wäre Kate nicht auf diesen Job angewiesen, würde sie ihm mindestens die Nase brechen und ihn mit dem Kopf voran in einem Eimer Eiswasser abschminken!

»Ganz schön unhöflich«, setzte der Schwachkopf noch hintendran, und Kate fielen, natürlich aus Versehen, die Speisekarten aus der Hand, direkt auf den Fuß ihres unverschämten Gastes. Der jaulte, als ihn die harten Kanten der

Holzbretter trafen, mit denen das Menü hinten und vorn eingefasst war. Eine herrliche Geräuschkulisse. Erst das dumpfe Aufschlagen, schließlich der unterdrückte Schmerzensschrei. Ihr Aggressionstherapeut hatte immer behauptet, die Klügere gäbe nach. Kate hielt das für ausgemachten Schwachsinn. Wer nachgab, überließ der Dummheit das Feld.

»Du beschissenes Miststück, kannst du nicht aufpassen?«

Kate lächelte lieblich. »Doch kann ich, will ich aber nicht.«

»Du blöde Bitch!«

Oh, er wurde kreativ. Kate wich zurück, als der Kerl aufsprang, am Tischbein hängenblieb und in ihre Richtung taumelte.

»Was ist hier los?«, brüllte Bernd. Er schob seinen massigen Körper hinter dem Tresen hervor, setzte krachend den Bierkrug ab und eilte schnaufend in die Richtung des Tumults. Gerade rechtzeitig stellte er sich zwischen Kate und ihren charmanten Gast, denn dieser sprang in diesem Augenblick vor und wollte Kate an den Haaren packen. Mit einem dumpfen ›Uff‹ prallte er an Bernd ab.

»Er möchte nichts bestellen«, erklärte Kate dem Bärenrücken.

»Doch, will ich, aber diese Schnepfe lässt mich ja nicht. Hängt mir ihre Titten ins Gesicht, obwohl ich mit meiner Freundin hier bin. Ich bin ein vergebener Mann, und die untervögelte Tusse baggert mich an!« Zu der Tirade gehörten noch ein paar Sätze mehr, allerdings würde der Rest in einer Fernsehsendung nur aus einem durchgehenden Piepton bestehen.

»Was woll'n Se denn bestellen?«, unterbrach Bernd den Sermon und wedelte hinter seinem Rücken mit der Hand.

Kate leistete diesem Wink nur zu gern Folge. Sie drehte sich auf dem Hacken um und flüchtete zur Theke. Zwei Minuten später gesellte sich Bernd dazu und legte die Speisekarten auf den Tresen.

»Ziemlicher Spinner«, brummte der, reichte den Bestellzettel durch die Luke in die Küche und steckte weitere Bierkrüge auf die Gläserspülbürsten. »Is trotzdem ein Gast. Wir haben eh schon nich viele Gäste. Genau genommen kann ich mir dich überhaupt nich leisten.«

Kate legte den Kopf schief. »Willst du mich rauswerfen?«

»Bist noch in der Probezeit. Ich kann immer sagen: Geh heim. Eigentlich wollte ich nach Wilhelmina keine neue Kellnerin mehr. Aber du warst nett, und du hast gesagt, du bist dir für keine Arbeit zu schade. Ist mir lieber als eine, die nicht mal den Boden wischen will. Aber ich hab's auch nicht massig. Vielleicht mach ich das Ding hier zu und zieh zu meiner Schwester. Die wohnt auf Mallorca, musste wissen. Hat dort 'ne hübsche Hütte.«

Bombig. Das nannte sie mal einen Wink mit dem Zaunpfahl. Bernd schien ihr im Übrigen nicht zuzutrauen, den zu kapieren. Er winkte gleich noch mit der zugehörigen Einzäunung und drückte Kate eine Tageszeitung in die Hand, zufälligerweise bei den Stellenangeboten aufgeschlagen. Toll. Kate verzog die Lippen zu einem Schmollmund, doch Bernd kramte gerade nach einem Besteckkorb und streckte ihr seinen Hintern entgegen. Dem war es völlig schnuppe, dass sie nur einen Monat Miete auf der hohen Kante hatte. Gut, sie konnte ihm auch nicht böse sein. Das ›Irish Craig‹ lief wirklich schlecht. An den paar Tagen, die Kate hier bereits arbeitete, hatte sie maximal vier Stunden lang Gäste bedient.

Kate setzte sich mit der Zeitung an den leeren Tisch neben der Bar. Vielleicht hatte ihr Schutzengel ja ein Einsehen und zufällig hier ihren Traumjob abgedruckt? Nun ja, hoffen durfte man doch. Obwohl allein das Überfliegen der Berufsbezeichnungen deprimierend war. Es wurden Buchhalter gesucht, Call-Center-Agents und Berufskraftfahrer. Kate war nichts davon. Ihre einzige brauchbare Fähigkeit bestand darin, fließend Englisch und Mandarin zu sprechen. Allerdings waren ihre Noten nie gut genug für ein Studium gewesen, und ihre Mutter hatte sie irgendwann vor die Tür gesetzt, damit ihr neuer Lover mehr Platz hatte.

Bernd rauschte an ihr vorbei, zog einen köstlichen Essensduft hinter sich her und stellte die Teller vor dem Pärchen auf den Tisch. Als er zurückkam, wich er ihrem Blick aus und deutete nur nachdrücklich auf die Zeitung. Ja, ja, sie schaute ja schon nach. Kate stützte das Kinn auf die Hand und gähnte. Sie sah zwar die Buchstaben vor sich, aber ihre Gedanken drifteten wieder ab. Ihr Herz wollte nicht hier sein. Es sehnte sich nach ihrer Kindheit in einer lauten Metropole voller liebenswerter Menschen, Hektik und einem hohen Lärmpegel. Hongkong. Zu schade, dass sie weggezogen waren. Seit Jahren träumte Kate davon, dort ein neues Leben anzufangen. Hier hielt sie nichts. Ihre Mutter hatte ihre Pflicht getan und wollte jetzt die Freiheit genießen. Es tat zwar weh, aber Kate nahm es ihr auch nicht übel. Sie wollte ja ohnehin weg und niemals zurückkehren. Allerdings brauchte Kate das Geld für einen Hinflug und um über die ersten Wochen zu kommen, bis sie einen Job fand.

Hongkong … Moment, das Wort hatte sie doch gerade gelesen. Sie überflog die Stellenanzeigen der Buchhalter, Berufskraftfahrer, Maler, Erzieher, und ihr Blick blieb an einer hängen.

Zum nächstmöglichen Zeitpunkt suchen wir
eine Dolmetscherin bzw. Reise-Nanny

Gewünschte Qualifikation:
- Englisch, fließend in Wort und Schrift
- Mandarin, fließend in Wort und Schrift
- Deutsch fließend wäre wahnsinnig praktisch
- Nerven wie Drahtseile
- die Fähigkeit, in ein Flugzeug zu steigen, ohne hysterisch zu werden
- einen Stadtplan lesen können

Das erwartet Sie:
Sie begleiten unseren CTO vom 12. bis 18. Oktober nach Hongkong. Sie werden mit ihm an Geschäftsessen und -gesprächen teilnehmen. Das ist der einfache Teil. Sie werden dafür sorgen, dass er überhaupt dorthin findet. Des Weiteren achten Sie darauf, dass er die Firma mit seiner Unwissenheit über die hiesigen Gepflogenheiten nicht in den völligen Ruin reitet oder im Knast landet. Bedauerlicherweise brauchen wir ihn noch.

Anmerkung:
Wir wissen, dass diese Stellenausschreibung nicht genderkonform ist. Tatsächlich bevorzugen wir Frauen bei der Auswahl. Als Mann oder diverses Geschlecht können Sie sich ebenfalls bewerben, es wird Ihnen nur nichts nutzen, wenn es eine Frau gibt, die die oben genannten Kriterien erfüllt.

Sie können uns gern verklagen, unsere Rechtsabteilung ist gerade unterbeschäftigt.

Gehalt:
Rechnen Sie mit einem großzügigen Schmerzensgeld.

Bewerbungen an:
Unsere Adresse und den zuständigen Bearbeiter herauszufinden ist der erste Test, den Sie schaffen müssen. Wir glauben an Sie. Sonst wollen wir Sie sowieso nicht haben.

Das soll eine Stellenausschreibung sein? Das war ein Witz, oder? Allerdings sah das Logo auf jeden Fall professionell aus. Ein verschnörkeltes M ging in ein D über, und daneben stand der Firmenname. *Merkenthaler und Demmings System Solutions.* Mhm, war einer der beiden Namen der Trottel, der eine Nanny als Reisebegleitung brauchte?

Kate zog ihr Handy hervor und suchte den Namen im Internet. Die Firma gab es tatsächlich, und die Stellenausschreibung schien nicht die erste dieser Art zu sein. Eine Seite für die schlechtesten Jobannoncen aller Zeiten führte gleich fünf solcher unverhohlen diskriminierenden Stellenanzeigen auf und kritisierte das Unternehmen für dessen Unbelehrbarkeit. Ein Mitarbeiter von *Merkenthaler und Demmings System Solutions* hatte unter der Kritik den Kontakt zur Rechtsabteilung verlinkt und erwähnte ebenfalls, dass sich diese über freie Kapazitäten beklagte.

Die Stelle war also doch kein Witz. Oh, bitte, lieber Gott, lass es kein Witz sein. Das klang zu schön, um wahr zu sein. Sie käme nach Hongkong, und jemand würde ihr dafür auch noch Geld zahlen. Und den Flug! Mit dem alten Trottel, den sie begleiten sollte, wurde sie fertig. Und wenn nicht, dann flog er eben empört allein zurück.

Zu ihrer Schande zitterten ihre Finger ein wenig, als sie auf ihrem Handy das Mailprogramm öffnete und das langsame WLAN des Pubs verfluchte, mit dem Bernd ernsthaft an seinem Schaufenster Werbung machte. Theoretisch könnte sie die Bewerbung auch zu Hause schreiben, aber sie hatte erst in vier Stunden Feierabend, und wer wusste schon, wie viele verzweifelte Frauen sich auf diese lächerliche Stellenanzeige dann beworben hatten. Dieser Job gehörte ihr! Sie hörte das Schicksal nach sich rufen. Ihre Finger flogen über das Display.

Von: kate.parker@upsalamail.de
An: j.demmings@medss.com
Betreff: Bewerbung als Reise-Nanny

Sehr geehrter Herr Demmings,

hiermit bewerbe ich mich um die ausgeschriebene Stelle als Dolmetscherin und Hüterin Ihres CTO (oder sind Sie der CTO?).

Meine Qualifikationen: Ich wurde als Tochter einer Deutschen und eines Engländers geboren und spreche beide Sprachen fließend (Deutsch ein bisschen besser, ohne Akzent!). Mandarin stellt für mich ebenfalls keine Schwierigkeit dar. Ich habe acht Jahre in Hongkong gelebt und es geschafft, nicht vorzeitig ausgewiesen zu werden. Genauso wenig landete ich im Knast, und gefeuert wurde ich dort ebenfalls nicht. Meine Zähne putze ich mit Stacheldraht, und ich bin zwar nicht in der Lage, einen Stadtplan zu lesen, allerdings kann ich nach dem Weg fragen.

Es grüßt Sie freundlich

Kate Parker

Dass sie nur wegen des Jobs ihres Vaters in Hongkong gelebt hatte, spielte doch keine Rolle, oder? Genauso wenig, dass sie im Alter von vier bis zwölf Jahren kaum alt genug gewesen war, um im Knast zu landen, geschweige denn, gefeuert zu werden. Vielleicht behielt sie diese Details in einem Vorstellungsgespräch besser für sich. Falls sie jemals zu einem Gespräch kam. Ihre Bewerbung war genauso stümperhaft wie die Stellenanzeige, aber in einem Lebenslauf konnte sie höchstens mit ihren Fähigkeiten als Kellnerin angeben. Da übersprang sie das Thema lieber.

Mit bebenden Händen drückte sie den ›Aktualisieren‹-Knopf. Natürlich hatte sie noch keine Antwort. Sie hatte die Mail ja auch erst vor knapp einer Minute abgeschickt. Trotzdem klopfte Kates Herz schmerzhaft in der Brust, und ihre Kehle schien sich zuzuschnüren. Sie wollte in diesem Moment nichts mehr als diesen verdammten Job bei dieser offensichtlich hirnrissigen Firma.

KAPITEL 3
NIEMALS!

Kate wusste nicht, wie oft sie auf ihr Display hämmerte und immer wieder ihr Postfach aktualisierte. Zwanzigmal, hundertmal, ihr Daumen schmerzte bereits, und sie bekam fast einen Herzinfarkt, als endlich eine Mail von j.demmings@medss.com eingeblendet wurde. Schnell klickte sie diese an und biss sich beinahe die Unterlippe blutig, während sie darauf wartete, dass das verfluchte Internet die ganze Mail anzeigte und nicht nur den Betreff! Quälend langsam baute sich der Text auf. Wort. Für. Wort … Herrgott!

Von: j.demmings@medss.com
An: kate.parker@upsalamail.de
Betreff: Re: Bewerbung als Reise-Nanny

Kommen Sie so schnell wie möglich in mein Büro.

Josua Demmings
Chief **FINANCIAL** Officer

Kate blinzelte. Das Blut rauschte in ihren Ohren. Sie sollte kommen. Sofort. War der Kasernenton der Mail gut oder schlecht? Der Mann schien außerdem nicht zu denken, dass Kate einen anderen Job hatte, bei dem sie erst den Feierabend abwarten musste. Aber vielleicht konnte sie den Job ja schon vor dem 12. Oktober antreten. Dieser war schließlich schon in knapp zwei Wochen, und eine Reise wollte vorbereitet werden. Bernd war es sicher nur recht, wenn sie so schnell wie möglich verschwand.

Kate steckte das Telefon ein, faltete die Zeitung zusammen und warf sie auf den Tresen. »Angenommen, ich hätte jetzt ein Vorstellungsgespräch. Würdest du mich gehen lassen?«

Bernds Gesicht tauchte hinter dem Zapfhahn auf. »So schnell hast du eins gekriegt?«

Kate zuckte die Schultern, sprang auf und drehte sich übertrieben graziös einmal um die eigene Achse. »Ich bin eben gefragt.«

»Dann lass dich mal abwerben«, brummte Bernd. »Hier heult dir niemand nich 'ne Träne nach.«

Kate verdrehte die Augen. Ein Glück, dass ihr Selbstbewusstsein groß genug war, um jetzt nicht beleidigt zu sein.

»Das ist nicht dein Ernst!« Aaron hielt sein Tablet hoch; auf dem Bildschirm leuchtete die unsägliche Stellenanzeige. »Du suchst ein Kindermädchen für mich?«

»Dolmetscherin«, korrigierte Jo gelassen. »Oder meinetwegen auch Reisebegleiterin.«

»Escort-Damen benutzen diese Bezeichnung ebenfalls. Aber da ich bezweifle, dass du dich der Prostitution und Zuhälterei schuldig machen willst und die arme Irre, die sich *darauf* meldet, keinen Sex mit mir haben wird, bleibt nur ein weiteres Synonym: Kindermädchen!«

»Ich habe das Gefühl, dass wir ständig die gleichen Diskussionen führen.« Jo lehnte sich auf seinem Bürostuhl zurück und starrte an die Decke. »Woran liegt das?«

Das wüsste Aaron auch gern!

»Wer soll sich darauf bitte melden?«, fragte Aaron. Unweigerlich begann er, an seinem Bart zu zupfen. Verflucht, warum war er nervös? Ihm konnte völlig egal sein, wer eine so idiotische Stellenausschreibung ernst nahm. »Ich stelle niemanden ein, der sich auf diesen Humbug hin bewirbt!«

»Nur wer sich auf diesen Schwachsinn meldet, besitzt genügend Humor, es mit dir auszuhalten.« Jo lachte und legte die Beine auf den Tisch. »Eine Bewerberin gibt es bereits. Ich schrieb ihr, sie soll vorbeikommen.«

»Hat sie Unterlagen von sich geschickt?«, fragte Aaron neugierig.

»Nein.«

Hervorragend. Das war doch mal eine Referenz. Allerdings ... Bei der Ausschreibung auch nicht verwunderlich. Entweder bewarben sich Menschen darauf, die vom Jobcenter dazu gezwungen wurden, oder irgendwelche Irre, die das Ticket für den Flieger bezahlt haben wollten, den sie dann in der Luft entführen und abstürzen lassen konnten.

Mit dem Fuß stupste er gegen eine der Red-Bull-Dosen, die sein Bruder ständig liegenließ, wenn er Jo in seinem Büro besuchte. »Du siehst aus, als hättest du Magenschmerzen.«

»Habe ich auch!«

Ein Klopfen erklang an der Tür, die Klinke wurde heruntergedrückt, und Jos Assistentin Carmen trat ein. Sie schloss die Tür hinter sich, bevor sie sich ihrem Chef zuwandte. »Hier ist eine junge Dame, die sich als Reise-Nanny vorstellen will.«

Jo grinste, schwang die Beine vom Tisch und stand auf. »Da ist sie, deine erste Bewerbung, Aaron. Willst du sie sehen?«

»Nein«, brummte ebenjener.

Jo zuckte die Schultern. »Sagen Sie ihr, sie soll verschwinden.«

Aaron hatte mit allem gerechnet. Mit einem dummen Spruch. Damit, dass man seine Meinung ignorierte und eine Irre einstellte, die er dann eine Woche lang in einem fremden Land am Hals hatte. Aber nicht, dass Jo kampflos aufgab.

Carmen starrte Jo ebenso verblüfft an wie Aaron. Als Jo ihr ein breites Grinsen schenkte, blinzelte sie, drehte sich herum und ging hinaus. Die Tür schloss sie sorgsam, allerdings konnte man, wenn man genau hinhörte, trotzdem belauschen, was draußen gesprochen wurde.

Jo hielt Gott sei Dank den Mund, grinste leicht und schien selbst zu horchen. Schickte Carmen die Bewerberin wirklich weg? Aaron verrenkte sich sprichwörtlich die Ohren. Aber verflucht, Carmen sprach viel zu leise, Aaron konnte kein Wort verstehen.

»Er hat mir geschrieben, ich solle sofort herkommen!«

Ha, das war schon besser. Allerdings klang die Stimme schrill und nicht nach Carmen.

»Brauchen Sie jetzt eine Dolmetscherin, oder nicht? Ich werde nicht ein anderes Mal wiederkommen, nur weil der Kerl nicht weiß, wann sein Terminkalender voll ist.«

Aaron kratzte sich am Kopf. Donnerwetter, mit Carmen wollte er gerade nicht tauschen.

Jo prustete leise. »Das Mädel gefällt mir.«

Wie bitte? Bevor Aaron den Mund aufmachen konnte, schritt der verflixte Mistkerl schon zur Tür und riss sie auf. »Frau Parker?«

Sofort herrschte Stille. Allerdings nicht lang genug, um Aaron Zeit zum Verschwinden zu geben. Es gab leider ohnehin nur einen Ausgang, und auf der Flucht müsste er sich an Jo vorbeiquetschen. Dieser trat beiseite und gab den Blick auf die Bewerberin frei.

Wer behauptete, der erste Eindruck zähle nicht, war ein Idiot. Der erste Eindruck zählte immer. Schließlich entschied man mit diesem, ob man närrisch genug war, noch einen zweiten zu brauchen. Oder gar einen dritten und vierten. Der erste Eindruck half beim Einsortieren des Gegenübers in Schubladen und sparte sehr viel Zeit!

Nur musste er für Frau Parker wohl eine neue Schublade bauen.

Was Aaron als Erstes an ihr auffiel? Sie überragte Jo um einen halben Kopf. Das Zweite: Ihr Rock wirkte eine Nummer zu groß, die Bluse hingegen viel zu klein. Dass die Knöpfe den Stoff noch zusammenhielten, war vermutlich reines Glück. Aaron bemühte sich, woanders hinzustarren und blieb unweigerlich an ihren vollen Lippen hängen, die sie mit knallrotem Lippenstift betonte. Ihr Haargummi spannte sich um einen Wust kräftiger schwarzer Locken, und sie hatte die Lider mit einem dicken, dunklen Strich bemalt. Unnötigerweise. Aaron wusste nicht, warum diese Frau überhaupt etwas an sich betonte. Selbst ungeschminkt würde sie jeder anstarren. Sie sah aus wie eine überwältigende Mischung aus Schneewittchen und Amazone, mit einem Hauch Domina.

»Willkommen in unseren bescheidenen Räumen, Frau Parker.« Jo ließ sie eintreten, schloss die Tür und stellte sich neben Aaron. »Na, was sagst du? Unsere Stellenanzeige hat da doch etwas Hübsches in unsere Büroräume gespült.«

»Ist sie eine Nutte?«, fragte Aaron leise in Jos Richtung.

Der legte die Hand auf Aarons Schulter und drückte zu, als gälte es, eine verdammte Zitrone auszuquetschen! Aaron knurrte, und Jo zischte: »Sei still.«

Die dunklen Augen der Besucherin fixierten Aaron missmutig, und er sah zu, dass er mit seinem Sessel ein wenig abrückte.

»Bitte, nehmen Sie Platz«, bat Jo Frau Parker und deutete auf die freien Sessel.

Sie setzte sich, warf Aaron einen schiefen Blick zu, und natürlich wurden ihre Züge freundlicher, als sie sich Jo zuwandte. Den verflixten Kerl lächelten immer alle an, selbst wenn er unverhohlen sexistisch auf dem hübschen Äußeren einer Bewerberin herumhackte und sie darauf reduzierte. Wo waren die Suffragetten, wenn man sie brauchte?

»Ich würde gern mehr über den Job hören«, sagte Frau Parker, und Aaron lief ein Schauer über den Rücken. Wow, eine solche Stimme kannte er nur aus TV-Spots und dann wurde eine Sexhotline beworben.

Jo lächelte sie an und deutete auf Aaron. »*Das* ist übrigens unser CTO.«

Aaron starrte Jo an, und er spürte, wie Frau Parker wiederum *ihn* betrachtete. War das jetzt Jos liebenswürdige Aufforderung, dass Aaron das Vorstellungsgespräch führen sollte? Tja, äh, was sollte er sagen? Er war nie sonderlich begabt darin gewesen, mit anderen zu sprechen. Aber der Knoten in seinem Kopf schien sogar noch größer zu sein als sonst. Er bemühte sich wahrlich, ihr in die Augen zu sehen, doch irgendwie rutschte sein Blick erneut ab.

»Wilhelmina?«, sprach er überrascht aus, als er das Namensschild sah.

»So heiße ich nicht«, wehrte sie ab und legte eine Hand über das Schild.

»Warum tragen Sie es dann?«

Sie zuckte die Schultern. »Es ist das Namensschild meiner Vorgängerin.«

»Ich hatte noch nie eine Reisebegleiterin«, gab Aaron erstaunt zurück.

»Von ihrem jetzigen Job, du Depp«, mischte sich Jo ein.

»Zumindest nehme ich das an.« Er lächelte Frau Parker gewinnend an. »Wilhelmina ist ein ungewöhnlicher Name, aber Kate ist hübscher.«

»Wilhelmina ist altdeutsch und bedeutet ›die Kriegerin‹, während Kate hingegen ein gewöhnlicher Name ist. Es sei denn, er stellt die Abkürzung für Katharina dar. Was recht schade wäre, wenn man einen so stolzen Namen auch noch verdenglischt«, rutschte Aaron heraus. Am liebsten würde er sich ohrfeigen. Selbst Jo starrte ihn fassungslos an, und der war schon einiges von ihm gewohnt.

»Was ist denn Ihr jetziger Job?«, stellte Aaron schnell die nächste Frage, die ihm einfiel, und diesmal war es, Gott sei Dank, etwas Sinnvolles.

Für einen Moment schien Kate zu überlegen, sie biss sich auf die Lippe, während sie ihn sinnierend ansah. »Sie haben richtig geraten. Ich bin Prostituierte. Wilhelmina ist meine Vorgängerin. Aber ein Freier hat sie so hart gegen das Kopfteil des Bettes gevögelt, dass sie eine Gehirnerschütterung erlitt.«

Ähm … *was*? Aaron konnte kaum glauben, was er da hörte. »Und damit fühlen Sie sich für *diesen* Job qualifiziert?«

Kate beugte sich nach vorn und legte die Hand auf die Lehne seines Sessels. Ihre schweren Lider senkten sich für einen Moment, aber nicht weit genug, dass sie ihn nicht wie eine Raubkatze auf der Pirsch ansehen konnte. »Sie suchen doch eine *Reisebegleitung*.«

Die Art, wie sie dieses Wort aussprach, gefiel ihm nicht!

»Und du hattest Angst, ich könnte dir nur ein Kindermädchen suchen, womöglich noch eines mit der Statur eines

Brauereipferdes und der Strenge eines Rohrstocks«, lachte Jo.

Frau Parkers grellrote Lippen verzogen sich zu einem Grinsen, und brühendheiß fiel ihm ein, dass ihre Hand von der Lehne auf sein Knie gerutscht war!

Mit einem Satz sprang Aaron auf und flüchtete sich hinter den Sessel. Es konnte nicht genügend Möbelstücke zwischen dieser Frau und ihm geben!

»Ich werde nicht mit einer Hure nach Hongkong fliegen«, rief er und fixierte Jo. »Da nehme ich lieber den Drachen mit dem Rohrstock!«

»Ich habe eine Kollegin, die gut auf die Beschreibung passt. Sie ist aber nicht billig zu haben, schließlich ist sie außerordentlich begehrt«, gurrte der lebende Sündenpfuhl, warf Jo einen verschmitzten Blick zu, und sein Freund hatte nichts Besseres zu tun, als in brüllendes Gelächter auszubrechen. Er krümmte sich so unter dem Lachanfall, dass er sich an der Tischkante festhalten musste, um nicht vom Stuhl zu kippen. Die andere Hand presste er gegen seinen Brustkorb und schnappte zwei Minuten und sechsunddreißig Sekunden (Aaron behielt die Uhr im Auge. Eines Tages würde er ihn genauso lange dafür büßen lassen!) nach Luft.

»Humor haben Sie, meine Liebe«, keuchte er. »Den Punkt hatte ich in der Stellenausschreibung völlig vergessen. Hervorragend.« Er beugte sich über den Tisch und reichte Frau Parker die Hand. Als sie diese ergriff, schüttelte Jo sie einmal voller Begeisterung und mit Tränen in den Augen durch.

Die Vertraulichkeit zwischen den beiden passte Aaron nicht im Geringsten! Er hatte das Gefühl, gewaltig verschaukelt zu werden. Jo nutzte jede Gelegenheit, ihn zu ärgern, doch dass auch noch eine völlig Fremde mit Inbrunst mitspielte, um ihm eins reinzuwürgen, war neu.

»Also ist sie keine Nutte?«, fragte Aaron misstrauisch.

»Nein!«, rief Kate aus.

»Aber Sie haben doch …«

»Das war ein Witz.«

»Ich wüsste nicht, was am ältesten Gewerbe der Welt lustig ist«, fauchte Aaron. »Und mich zu belügen, entbehrt aus meiner Sicht ebenfalls jeglichen Unterhaltungswerts. Du hältst die Klappe, Jo.«

Dieser biss sich in die Faust, um sein Lachen zu unterdrücken.

»*Sie* haben doch gefragt, ob ich eine Nutte wäre«, hielt Kate dagegen.

»Weil Sie wie eine aussehen.« Zum Teufel, was war daran nicht zu verstehen?

Kate öffnete den Mund, aber ausgerechnet Jo fuhr ihr dazwischen.

»Sie ist genau so mit dir umgesprungen, wie du es verdienst.« Er nahm eine Zigarre aus dem edlen Holzkasten und zeigte mit dem Glimmstängel auf Aaron. »Ein Pluspunkt, ohne Frage. Nur wie steht es mit den restlichen Qualifikationen?«

»Die will ich überhaupt nicht wissen«, murrte Aaron. »Was für dich ein Pluspunkt ist, nenne ich ein No-Go.«

Kate fuhr sich über die vom Haarspray steifen Haare. »Ich spreche Englisch, und ich kann mich in Hongkong benehmen. Können Sie es?« Sie blitzte Aaron herausfordernd an, und er presste die Lippen aufeinander. Wäre das sein Büro, würde er sie kurzerhand vor die Tür setzen und das Loch am besten gleich noch zumauern!

»Bräuchte ich Sie dann?«, schnappte er. »Beherrschen Sie auch Mandarin?«

Für einen Moment zögerte Kate, doch schließlich nickte sie.

»Sagen Sie etwas auf Chinesisch«, verlangte Aaron.

»*Ni shi hun dan.*«

Aaron sah zu Jo, aber der hielt ein Feuerzeug an das Ende der Zigarre und paffte so lange, bis der Tabak aufglühte.

»Sieh mich nicht so an. Sie könnte mich auch beleidigt haben«, sagte Jo.

Pah, wenn, dann würde Kate wohl Aaron beleidigen! Er sah sie misstrauisch an. »Was haben Sie gesagt?«

Kate zuckte die Schultern. »Ich sagte, Sie haben sehr schöne Augen.«

»Beginnt man damit ein Gespräch in China?«

Kate lächelte lieblich. »Natürlich. Ein Kompliment entspannt die Stimmung.«

Hm, davon hatte Aaron zwar noch nie etwas gehört, aber was man im Internet zu den chinesischen Gepflogenheiten lesen konnte, war ohnehin unvollständig. In jeder Region Chinas war die Höflichkeit ein wenig anders, und es blieb die Frage, ob das Geschriebene letztendlich auch stimmte und nicht nur völliger Humbug war. Lange Rede, kurzer Sinn – sie könnte ihm das Blaue vom Himmel lügen, er besaß nur wenig Mittel, um es zu überprüfen. Und das ging ihm gewaltig gegen den Strich!

Jo blies den Rauch in die Luft und drehte sich samt seinem Sitz hin und her, bis der Stuhl quietschte. »Also, willst du sie mit auf die Reise nehmen?«

»Nein, danke«, gab Aaron zurück. »Um genau zu sein: Nur über meine Leiche.«

Kate kniff die Augen zusammen, und ihre Hände krampften sich um die Sessellehne. Mit Sicherheit überlegte sie gerade, wie sie seinen letzten Satz in die Tat umsetzen konnte. Sie sah aus, als würde sie ihm am liebsten den Briefbeschwerer über den Schädel ziehen. Jedenfalls schielte sie auffällig in dessen Richtung.

Sie sprang auf, und Aaron wich einen Schritt zurück. Sicher war sicher.

»Warum nicht?«, rief sie.

Aaron verzog das Gesicht. Himmel, konnte die laut werden. »Warum sollte ich eine Frau mitnehmen, die mich mit Vergnügen verschaukelt und aussieht wie eine Escort-Dame für geizige Mafiosi? Damit der Boss von denen die Verhandlungen mit Ihnen im Hinterzimmer weiterführen kann?«

»Was gibt es an meinem Aussehen auszusetzen?«, zischte Kate.

Teufel noch mal, musste er das jetzt wirklich erklären? »Sie präsentieren Ihren üppigen Vorbau zwar ansehnlich, aber viel zu ordinär. Sie haben sich das Gesicht mit Makeup zugekleistert, dass man meinen könnte, es wäre eine Maske und roter Lippenstift … ich bitte Sie, jeder Mann fährt doch darauf ab.«

Vorsichtshalber wich Aaron noch ein Stück zurück. Nur für den Fall, dass sie einen Satz über den Sessel hinweg machte und ihm an die Gurgel ging. Aber sie tat nichts dergleichen. Sie schrie ihn nicht einmal an oder bleckte die Zähne. Oder rief die Polizei. Oder schlimmer: einen Anwalt.

»Sie haben recht«, sagte sie.

Aaron runzelte die Stirn. Er hatte recht? Das gaben die wenigsten so bereitwillig zu.

»Das Aussehen ist sehr wichtig. Auch für Sie. In Ihrer Funktion müssen Sie sicher ebenfalls tadellos aussehen. Sie haben da übrigens Staubfusseln.« Sie deutete auf seine Schulter, doch als er den Kopf drehte, war sein Anzug natürlich makellos wie immer.

»Da ist …«›nichts‹, wollte er sagen.

Allerdings stand sie da bereits vor ihm, streckte die Hand aus, und ehe er auch nur die Chance besaß, aus dem Fenster zu springen, griff sie in seinen Bart, packte ein paar Härchen und riss daran. Heiliges Kanonenrohr, tat das weh! Fluchend bog sich Aaron nach vorn. Es fühlte sich an, als hätte sie gleich noch die Haut mit abgerissen.

Sie blies auf ihre Finger, und die Barthaare wirbelten in die Luft. »Es war ein weißes Barthaar, und ich weiß doch, wie eitel Männer dahingehend sind.«

»Zum Teufel, was habe ich Ihnen getan?«, brüllte er.

»Nichts. Ich war nur auf Ihr makelloses Erscheinungsbild bedacht, und außerdem ist das ein chinesischer Brauch.«

»Verschwinden Sie!«, donnerte Aaron und presste zu seinem Leidwesen immer noch die Finger auf die geschundene Stelle in seinem Gesicht.

»Na, na, nicht so schnell«, mischte sich Jo ein. Er eilte um seinen Schreibtisch, packte jeweils Aaron und Kate am Arm und schob sie Richtung Tür. »Kate, ich bin von Ihnen beeindruckt. Das sage ich nicht nur, weil Sie die einzige Bewerberin für diesen Job sind, sondern weil Sie mit Sicherheit die Einzige sind, die mit ihm umgehen kann. Sie können sofort anfangen. Ein wenig Vorbereitung ist schließlich nötig.«

»Sie ist nicht eingestellt!« Aaron versuchte, sich aus Jos Griff zu winden, doch der packte fester zu und schob sie unerbittlich voran.

Kate war auch noch so wahnsinnig hilfreich und öffnete die Tür.

»Vielen Dank«, schnurrte Jo, und als ob es nicht genug gab, das Aaron gerade gegen den Strich ging, störte ihn Kates leicht dümmliches Grinsen viel zu sehr!

Jo ließ Kate los, Aaron leider nicht. »Carmen wird Ihren Vertrag fertig machen, Kate. Lassen Sie sich von Aaron über die technischen Grundzüge ins Bild setzen. Sie bekommen für Ihre Arbeit hier ein Pauschalgehalt von dreitausend Euro zuzüglich sämtlicher Spesen. Und wenn das Geschäft ein Erfolg wird, bekommen Sie noch einmal zweitausend Euro.«

»Für das Geld hätte ich mir einen vom Secret Service bestellen können!«, fauchte Aaron.

»Hast du aber nicht.« Mit diesen Worten ließ er ihn los und knallte ihnen die Tür vor der Nase zu.

KAPITEL 4
ABFUHREN FUNKTIONIERTEN AUCH SCHON MAL BESSER

Ihr neuer Boss war Kate jetzt schon unsympathisch, trotz des befriedigenden Gefühls ihrer kleinen Rache. Er hielt sich immer noch das Kinn und starrte auf die geschlossene Tür.

»Zum Teufel mit ihm«, murrte er, drehte sich um, und sein Blick fiel auf sie.

Kate zog eine Augenbraue nach oben. Na, welche Verwünschung hielt er für sie parat? Aber er knurrte nur etwas Undeutliches in seinen zerrupften Bart, wirbelte herum und marschierte ohne ein weiteres Wort aus dem Vorzimmer. Sie hörte sein Stampfen im Flur, bis das Quietschen eines Stuhles es übertönte und Kate ihren Blick auf Josuas Assistentin richtete.

»Mein Name ist übrigens Carmen.« Die Vorzimmerdame setzte sich vor ihren Bildschirm und zwinkerte ihr zu. »Seine Werkstatt ist im Erdgeschoss, vom Eingang aus nach links, immer den Flur runter.«

»Ich denke nicht, dass er mich dort haben will«, wandte Kate ein.

Mit Josua Demmings im Rücken war das Ganze wesentlich lustiger gewesen. Jetzt müsste sie sich dem miesgelaunten Kerl allerdings allein stellen, und der feuerte sie bestimmt, sobald ihr Fuß seine Schwelle berührte!

»Was er will, spielt keine Rolle«, sagte Carmen. »Herr Demmings hat Sie eingestellt, und er ist auch derjenige, der Sie kündigt, wenn sich herausstellt, dass Sie doch nicht mit unserem Sturkopf umgehen können.«

»Können die beiden sich nicht leiden?«, fragte Kate.

»Sie sind die besten Freunde.«

Dann wollte sie nicht wissen, wie die Zwei mit ihren ärgsten Feinden umgingen. Aber was sollte in den paar Tagen schon geschehen? Sie bereitete die Reise vor, begleitete den Trottel und setzte ihn zum Abschied allein ins Flugzeug. Mit einem lieblichen Lächeln, dem er nicht abschlagen konnte, ihr die fünftausend Euro gleich auszuzahlen. Es wäre schließlich absolut nicht umweltbewusst, wenn sie mit ihm zurückflöge, nur um dann wieder nach Hongkong zu gehen. Dieser verdammte Job war ihre Fahrkarte in die Stadt ihrer Träume, in das *Leben* ihrer Träume.

»Ich bringe Ihren Vertrag später runter«, unterbrach Carmen Kates Gedanken.

Interessanterweise schien sich niemand darum zu kümmern, ob sie nicht wirklich einen aktuellen Job hatte. Nun ja, Bernd würde sich nicht beschweren. Er war froh, wenn er sie unkompliziert loswurde.

Kate bedankte sich, verließ das Büro und ging den langen Flur entlang. Die flachen Plastikabsätze ihrer Billigschuhe hallten in der Stille des Ganges. Toll, so hörte sie jeder kommen. Allerdings kreuzte kein weiterer Mitarbeiter ihren Weg. Sie hockten alle hinter gläsernen Türen und starrten in verkrampften Haltungen auf ihre Monitore. Das wäre kein Job für Kate, aber was war überhaupt ein Job für sie? Einem Mann hinterherzuschleichen, dem sie aus Rache Barthaare ausgerissen hatte? Es würde sie wundern, wenn er noch mit ihr sprach. Vielleicht überlegte er gerade, ob seine Werkstatt einen Anbau brauchte, mit ihrer Leiche als Fundament.

Kate stieg wie beschrieben die Treppen ins Erdgeschoss hinab und hielt sich rechts. Hier gab es keine weiteren

Büroräume, nur einen langen tristen Gang, dessen niedergetrampelten Teppich dunkle Flecken zierten. Es roch nicht wie oben nach Zitrus, Pflanzen, Kaffee und Papier, sondern ein wenig vermodert.

Zögernd stieß sie die graue Tür auf, und der Geruch von Metall, verbranntem Lötzinn und Lösungsmitteln stieg ihr in die Nase. Stahlregale standen nur einen Meter von der Wand entfernt und bildeten einen schmalen Gang. Die Fächer waren mit Kartons, Plastikverpackungen und Metallkästen vollgestopft. Sie hörte Sirren, das Hämmern von Fingern auf einer Tastatur und Heavy Metal. Der Sänger brüllte unverständlichen Text durch die Lautsprecher. Leise schloss Kate die Tür und schob sich den Flur entlang. Am Ende der Regalreihen lugte sie um die Ecke. Auf einem Klapptisch stand ein Laptop, und dahinter sah sie den blonden Haarschopf ihres Chefs. Er hockte, das Kinn auf die Hand gestützt, vor dem Bildschirm und würdigte sie keines Blickes, vielleicht hatte er sie gar nicht gehört. Neben ihm stapelten sich Metallkästen, die mit herumhängenden Kabeln den Weihnachtsbaum eines Schrotthändlers imitierten. Auf dem Linoleumboden lagen Schrauben, vor einem Papierkorb sogar ein Nagel mit der Spitze nach oben.

Kate kannte sich zwar nicht sonderlich in dieser Branche aus, aber mit einem Lagerraum, der bis zum hintersten Quadratzentimeter mit Regalen und Elektronikschrott vollgestopft war, hatte sie nicht gerechnet. Sie hatte immer geglaubt, Systemlösungen wären Softwareprodukte, die Nerds mit dicken Brillengläsern programmierten. Klar, in ihrer Vorstellung gab es auch bei denen einen vermüllten Raum, doch den füllten vergammelte Pizzaschachteln und leere Energydrink-Dosen, während die Nerds heimlich auf ihren Firmenlaptops Pornos guckten. Hatte ihr Boss sie deswegen so schnell als Nutte abgestempelt? Weil die Pornodarstellerinnen so wie sie aussahen? War sie wirklich so grell geschminkt? Kate nahm eines der Metallbleche aus dem Regal und betrachtete ihr verzerrtes Spiegelbild. Gut, die Hetzjagd von der Kneipe zu Josuas Büro hatte ihr nicht gutgetan. Heute früh hatte sie außerdem ungewöhnlich große Augenringe abdecken müssen, weil Rocco halb eins immer noch auf ihrer Couch gehockt und auf Sex beim ersten Date gehofft hatte.

Hinter einer der angehäuften Müllkippen rauschte ein Auto hervor. Also ein Miniaturauto. Es war rot und surrte auf winzigen schwarzen Reifen auf sie zu. Kurz vor Kates linkem Schuh stoppte er, und in der Windschutzscheibe erschienen große leuchtende Punkte. Waren das seine Augen? Die oberen Punkte verschwanden, und Kate konnte sich nicht helfen … Das Miniauto starrte sie misstrauisch an!

»Was ist das?«, fragte Kate, erhielt jedoch keine Antwort.

Ihr Chef stierte weiter auf seinen Bildschirm und klickte so schnell mit der Maus, dass er entweder nur frustriert wüst herumklickte, oder er spielte gerade Ego-Shooter. Immerhin hatte er die Musik ausgeschaltet. Vielleicht war aber auch die Playlist zu Ende.

»Haben Sie eine Aufgabe für mich?«, versuchte sie es erneut, erhielt aber immer noch keine Antwort. Die nächsten Wochen würden ja herrlich werden. »Gut, dann sehe ich Ihnen über die Schulter.«

»Bleiben Sie da stehen.«

Seine Stimme war plötzlich hart, kalt und so autoritär, dass Kate tatsächlich stehen blieb. Leider. Sie hasste es, so angepflaumt zu werden, selbst wenn der Kerl zwischen ihr und fünftausend Euro stand. Das Auto zu Kates Füßen piepste, stupste gegen ihren Schuh, und ehe sie sich versah, kam aus dem Kofferraum ein Roboterarm und rammte ihr eine Nadel durch die Strumpfhose in den Knöchel.

»Au«, fluchte Kate und taumelte zurück.

»Hehe«, kicherte das blöde Ding, steckte die Nadel ein und rauschte auf seinen Besitzer zu.

»Gut, Sie sind frei von den üblichen ansteckenden Krankheiten«, erklärte dieser nun, sah damit aber auch nicht zufriedener aus als vorher.

»Übliche ansteckende Krankheiten?«, wiederholte Kate.

»Grippe, HIV, Syphilis.«

Ah ja. Der Kerl hatte einen Knall – aber einen gewaltigen! »Und das wissen Sie woher?«

»Von der Blutprobe, die Ihnen eben abgenommen wurde.«

Ganz toll. Er sah endlich von seinem Monitor auf und schenkte ihr seine ungeteilte Aufmerksamkeit. Zur Hölle! Wenn er einfach nur stur auf seinen blöden Bildschirm starrte, war er ihr wesentlich lieber! Sie marschierte auf den Schreibtisch zu und packte ihn am Kragen. Sehr schön, sein Grinsen verrutschte.

»Tun Sie das nie wieder, wenn Sie *Ihre* Blutprobe nicht durch die Nase abgeben wollen.«

Sein Blick wurde trotzig, und er zog ihre Finger von seinem Hemdkragen. Sie hätte sich hineinkrallen können, doch die Berührung seiner Hände irritierte sie. Jedes Haar an ihrem Körper schien sich aufzustellen, und ihre Nervenstränge erzitterten vor Schreck.

»Sehen Sie den Vorteil«, murrte ihr Boss und deutete mit dem Kopf auf den Bildschirm. »Sie haben die Gewissheit bekommen, dass Sie halbwegs gesund sind. Als Kassenpatient müssen Sie mindestens eine Woche auf den Laborbefund warten.«

»Toll.« Sie entzog ihm ihre Hände, verschränkte die Arme vor der Brust und linste auf seinen Monitor. Auf dem Bildschirm standen unzählige Zahlen und Worte, die sie nicht verstand. »Ist das Italienisch?«

»Das ist Latein. Es sind Ihre Blutwerte.«

»Ihnen ist klar, dass es verboten ist, seinen Mitarbeitern Blut abzunehmen?«

»Sie sollten schon an der Stellenanzeige gesehen haben, dass sich hier niemand um solchen Mumpitz schert.«

Hervorragend. Sie arbeitete jetzt für einen irren Stalker, der innerhalb der ersten fünf Minuten an ihre Blutwerte gekommen war. Was kam als Nächstes?

»Und Sie sind nicht schwanger«, verkündete er und grinste schon wieder.

Sie wollte ihn erwürgen. Herrgott, warum konnte sie ihn nicht erwürgen? Ach ja, weil der Typ fünftausend Euro wert war!

Vielleicht war es ihr Starren, womöglich knurrte sie auch unbewusst, aber er rollte mit seinem Stuhl von ihr weg. »Ich dachte, das interessiert Sie.«

»Ich weiß, dass ich nicht schwanger bin«, fauchte Kate.

»Dann haben Sie keinen Mann.«

Kate kniff die Augen zusammen. »Finden Sie es doch heraus, Superhirn.«

Verfluchter Mist! Eine Stimme in ihrem Hinterkopf sagte ihr, dass sie die Herausforderung besser für sich behalten hätte. Hoffentlich schickte er nur das Miniauto hinter ihr her, wenn sie in den Feierabend ging, und hängte sich nicht persönlich an ihr Fensterbrett. Aber sie brauchte nur ein paar Tage mit ihm durchhalten und bekam mehr, als sie in einem halben Jahr verdienen könnte. Wäre dieser arrogante Bastard nicht unfähig, allein nach China zu reisen, gäbe es den Job nicht. Dann wäre sie nicht hier und müsste einen schleimigen Wirt anbetteln, sie einzustellen. Was der erst machte, wenn sie ihm ihre Brüste zeigte. Sie hatte es hier also ganz gut getroffen. Das redete sie sich ein, während sie tief ein- und ausatmete. Ja, das war besser.

»Wo kann ich mich hinsetzen?«, fragte sie und schob ein Lächeln hinterher, von dem sie hoffte, dass es nicht gleich ihre unterdrückte Mordlust verriet.

»Nirgends.«

Der Kerl war reizend, im wahrsten Sinn. Er reizte sie, bis der blanke Hass fast überkochte!

»Aber Sie können mein Büro haben, wenn Sie sich um die Vorbereitungen kümmern.«

Gut, vielleicht brachte sie ihn nicht sofort um. In einem Chefbüro kampieren zu dürfen, klang annehmbar.

Ihr Chef wandte sich wieder seinem Bildschirm zu, klickte Kates Blutwerte weg und rief eine Datei mit einem schier endlosen Code auf.

»Wie heißen Sie überhaupt?«, fragte Kate.

»Haben Sie sich nicht informiert, bevor Sie sich hier so überaus charmant beworben haben?«

»Doch.«

»Aber?«

»Ich hatte nicht viel Zeit. Außerdem gab es nur ein Foto von Josua Demmings, aber nicht von Ihnen.«

Ihr Boss zuckte die Schultern. »Macht auch Sinn. Er ist der Schönere von uns beiden.«

Oh, das war ihr durchaus aufgefallen. »Also, wie heißen Sie?«

»Aaron Merkenthaler.«

»Und wie soll ich Sie ansprechen?«

»Denken Sie sich was aus.«

»Wie wäre es mit Kuschelchen?«

Ha! Jetzt hatte sie endlich seine volle Aufmerksamkeit. Er drehte sich von dem Bildschirm weg, stand auf und überragte damit sogar sie. Es war verdammt ungewohnt, dass ein Mann größer war als sie.

»Hören Sie, Kate Parker. Ich weiß, wie ich einen Menschen töten kann, ohne eine Schuss- oder Stichwaffe zu gebrauchen oder ihn auch nur anfassen zu müssen. Und vor allem weiß ich, wie ich es wie einen Unfall aussehen lassen kann. Nennen Sie mich einmal Kuschelchen, und es ist das Letzte, was Sie getan haben.«

»Kuschelchen«, wiederholte eine elektronische Stimme auf der Höhe ihrer Füße.

Kate presste die Lippen aufeinander, ihre Nase kribbelte, und sie schloss die Augen, um die Lachtränen zu unterdrücken.

»Kuschelchen«, krakelte das Auto erneut.

»Ich bin gespannt, wann Sie wegen Luftmangels umkippen«, sagte ihr Boss überraschend freundlich.

Nanu? Aaron Merkenthaler drohte *ihr* den Tod an, aber bei seinem Spielzeugauto interessierte es ihn nicht die Bohne? Kate öffnete vorsichtig ein Auge. Ihr Chef sah wirklich nicht verärgert aus. Er bückte sich, hob das Auto hoch und drehte es auf den Rücken.

»Kuschelchen!«

»Er lernt alle Worte, die ich sage. Kennt er ein Wort noch nicht, speichert er es, sobald er es das erste Mal hört«, erklärte Aaron und drückte einen Knopf auf dem Unterblech des Miniautos.

»Und sagt das Wort dann so oft es geht?«, fragte Kate.

Aaron schüttelte den Kopf. »Einem Computer mag das Gefühl der Schadenfreude fremd sein, aber er merkt anhand der Herzfrequenzen in seiner Umgebung, ob die Menschen Freude empfinden, wenn er etwas sagt.«

»Er misst meinen Puls?«

Aaron verzog das Gesicht. »Nicht so laut, und ja, tut er.«

»Ich könnte Ihnen Zehntausende aus dem Hintern klagen, wenn ich das einem Arbeitsgericht erzähle«, platzte Kate heraus. Diese Firma – dieser Mann! – war völlig irre.

»Wenn das heißt, dass Sie gehen, dann von mir aus.«

Kate schnaubte. Sie konnte sich sowieso keinen Anwalt leisten, und warum sollte sie die Firma in irgendetwas hineinreiten? Das konnte sie nach den fünftausend Euro immer noch tun.

»Misst das Ding auch meine Körpertemperatur?«, schnappte Kate. »Damit Sie wissen, wann ich meine anschmiegsamen Tage habe und wann die, an denen man mir lieber aus dem Weg geht?«

»Das kann er tatsächlich. Er kann Ihnen außerdem Ihre fruchtbaren Tage nennen«, sagte Aaron, als ginge es um eine verdammte Tageszeitung!

Das Miniauto hupte und blinkte mit sämtlichen Scheinwerfern. »Kuschelchen!«

»Sie sind verärgert. Er versucht, Sie aufzuheitern«, sinnierte Aaron, während er einen Schraubenzieher vom Schreibtisch nahm und die Bodenplatte abschraubte.

»Wenigstens einer«, schnaubte Kate. »Fliegen wir deswegen nach Hongkong? Wegen Roboterautos, die Frauen, die von ihren Chefs gemobbt werden, aufheitern?«

»Nein«, erwiderte Aaron gedehnt. »Wir fliegen wegen der größeren Modelle nach Hongkong. Was wissen Sie über autonome Fahrzeuge?«

Kate zuckte die Schultern. »Dass man Zeitung lesen kann, während sie selbst fahren.«

»Sehr gut«, lobte Aaron. »Jetzt denken Sie ein Stück weiter. Es wäre doch sehr viel schöner, wenn Sie bei der Fahrt
nicht nur Zeitung lesen oder einen Film sehen könnten,
sondern wenn Ihnen dabei noch die Füße massiert würden.
Oder Ihre Blutwerte überprüft. Es gibt unzählige Möglichkeiten, einem Fahrgast die Reise zu versüßen.«

»Mechanische Nutten?«, schlug Kate vor.

»Interessante Idee. Stellen Sie sich als lebendes Modell
zur Verfügung?«

»Kuschelchen«, fiepte das Auto. »Kuschelchen.«

Aaron schloss die Bodenplatte und setzte die Miniatur
wieder auf dem Boden ab.

»Kuschelchen!«

Jetzt hob Kates Boss die Augenbrauen, sah sie forschend
an und drückte ihr schließlich einen Schlüssel in die Hand.

»Kuschelchen.«

»Bevor Ihr Blutdruck endgültig durch die Decke geht,
folgen Sie dem penetranten Ding. Es führt Sie in mein
Büro.«

»Kuschelchen.«

Aaron runzelte die Stirn. »Ich habe noch keine Frau erlebt, die dermaßen schwer zu befriedigen ist.«

»Kuschelchen. Kuschelchen.«

Der Schlüssel bohrte sich fest in Kates Handballen, als
sie die Faust ballte.

»Kuschelchen. Kuschelchen. Kuschelchen.«

Aaron kratzte sich am Kopf und bückte sich erneut zu
dem Wagen hinunter. »Womöglich ist er defekt, dann
nehme ich jeglichen Kommentar zu Ihrer Unausgeglichen-
heit zurück.«

Kate atmete tief ein und wieder aus. Vielleicht half es ja,
wenn sie überhaupt nicht mehr mit den Atemübungen auf-

hörte. »Sparen Sie sich die Mühe. Er ist nicht kaputt. Er hat auch keinen Fehler. Im Übrigen, Herr Merkenthaler …!«

»Dr. Merkenthaler«, korrigierte Aaron, aber wenigstens grinste er nicht.

Kate redete einfach lauter weiter: »Ich weiß, wie man in Hongkong eine Leiche entsorgen kann!«

Bevor sie ihm noch den verdammten Schlüssel in die Augenhöhle rammte, drehte sie ihm den Rücken zu und bog in den Gang zwischen den Regalen ein, von dem sie hoffte, dass er sie zum Ausgang brachte.

Der Wagen blinkte, piepste und rauschte hinter ihr her. Die Tür fiel ins Schloss, und das Miniaturauto raste fiepend voran über den Flur. »Kuschelchen!«

»Seh ich ganz genauso«, rief Kate frustriert aus. »Er ist ein Vollpfosten, ein Irrer, ein Stalker …«

»… ein gehirninkompatibler Idiot. Ein Saftsack. Und ja, Josua Demmings ist der Hübschere«, tönte Kates Stimme aus Aarons Laptop. Hätte er Kate sagen sollen, dass Twinkey Töne aufnehmen und an seinen Computer weiterleiten konnte?

»Ein blödsinniger Nerd. Der hat in seinem ganzen Leben noch keine Frau gehabt«, keifte es weiter aus dem Lautsprecher.

Aaron stützte die Wange auf seine Hand. Schimpfen konnte sie, das musste man ihr lassen. Aber warum lautete die letztendliche Schlussfolgerung immer, dass er niemals eine Frau berührt hatte? Hatte er – nur für die, die hier ebenfalls Zweifel hegten. Es hatte mehr Frauen in seinem Leben gegeben, als für ihn erträglich waren. Seit zwei Jahren war er

Single, und er genoss es mit jeder Faser seines Herzens. In dieser Zeit war er mit seinen Entwicklungen ein erhebliches Stück vorangekommen. Twinkey fuhr nicht mehr nur stumpfsinnig wie ein Saugroboter ohne Orientierungssinn durch die Botanik und schrammte an jeder Wand entlang. Nein, er war ein intelligentes, reagierendes Kerlchen geworden, der versuchte, das Leben seiner Menschen besser zu machen. Nur Treppen kam er nicht hinauf. Er pfiff schrill und brach erst ab, als Kate ihn scheinbar hochhob und in die obere Etage trug. Jedenfalls hörte er ihr Schnaufen und das Stampfen ihrer Füße auf der Treppe.

»Vielleicht ist er schwul. Und außerdem noch misogyn«, wütete Kates schrille Stimme.

Kompliment, er hätte nie gedacht, dass Kate solche Worte kannte. Dem GPS-Punkt nach zu urteilen, war sie inzwischen in seinem Büro angekommen. Twinkey konnte ›Kuschelchen‹ nicht so oft wiederholen, wie er meinte, dass Kate es brauchte. Er verschluckte die Silben, während Kates Puls immer weiter nach oben schoss.

»Vielleicht hat er auch nur ein Ei«, vermutete Kate nun.

Wie kam diese Frau nur auf solche Gedanken? Hatte sie nichts Besseres zu tun?

Aaron streckte den Arm aus, fuhr mit seiner Maus über den Bildschirm und klickte das Icon zu dem Programm an, mit dem er die Aufnahmen der Kamera öffnete, die in seinem Büro hing.

Kate stand im Raum, ihr Arm mit der Tasche baumelte herunter, und sie fixierte die Cognac-Flasche, die neben dem Besuchertisch stand. Die Tasche ließ sie fallen, trat zu der Flasche Cognac und füllte eines der Gläser. »Ich wette, er war zu lange nicht mehr auf einem Transvestitenball!«

Aaron rieb sich über die Stirn. Diese Frau war die Pest, und seine Geduld verdammt noch mal auch nicht unendlich! Sie testete die Grenzen nicht nur aus, Kate übersprang sie mit Leichtigkeit! Sie ärgerte ihn im höchsten Maße. Spott und Frechheiten war er gewohnt. Aber womit, zum Teufel, hatte er sich ihre Verachtung verdient?

Aaron drückte einen Knopf, setzte sich aufrechter hin und starrte streng auf Kate. »Frau Parker.«

Kate fuhr herum, erstarrte mit offenem Mund und ließ das Glas fallen. Tja, dass er auf einem riesigen Bildschirm hinter seinem Schreibtisch erschien, damit hatte sie wohl nicht gerechnet.

»Ich kann weder klagen, dass mir ein Ei fehlt, noch bin ich Teil der Transvestitenszene. Frauen wie Sie kann ich nicht leiden, das ist richtig, und meine sexuelle Orientierung geht Sie nichts an. Wenn Sie fertig sind, abstruse Theorien aufzustellen, könnten Sie sich endlich um die Vorbereitung der Reise kümmern. Je schneller Sie das schaffen, umso weniger Zeit müssen Sie hier verbringen. Sagen Sie mir nur rechtzeitig, wann wir zum Flughafen fahren. Das wäre alles.«

Er wollte nichts mehr von ihr hören oder sehen. Aaron drückte auf den Knopf, der die Verbindung unterbrach, und mit zwei weiteren Klicks sorgte er dafür, dass Twinkey keine Geräusche mehr zu ihm übertrug und er das Bild nicht mehr sehen konnte. Er verbannte Kate von seinem Computer und löschte sie aus seinen Gedanken. Mit ein wenig Glück blieben ihm sowieso nur ein paar Stunden, bis sie ihm wieder auf die Nerven fiel.

KAPITEL 5
WER BREMST, VERLIERT

Aaron irrte sich gewaltig. Ihm blieben fünf verdammte Tage, in denen er Kate weder sah noch hörte. Sollte ihn das ärgern oder freuen? Das Schlimmste war: Er wusste es nicht.

Sie aus seinen Gedanken zu entfernen hatte für ein paar Stunden, in denen er sich der Entwicklung neuer Feinheiten für selbstfahrende Autos widmete, funktioniert. Doch dann hatte er sich gefragt, ob sie schon gegangen war, oder ob sie immer noch in seinem Büro hockte und sich ausmalte, mit welchen abstrusen Theorien sie sich sein Verhalten erklären könnte. Wenn die Theorien einigermaßen sachdienlich waren, würde er die gern hören. Er wusste selbst nicht, warum er so auf sie reagierte. Er war selten dermaßen abweisend. Okay, Aaron konnte sich eigentlich nur bei technischen Fachsimpeleien halbwegs sympathisch ausdrücken, während auf anderen Gebieten … Seine Mutter hatte ihn einmal als empathische Baustelle bezeichnet, die es nicht mal für nötig hält, mit einem simplen Schild vor der zehn Kilometer tiefen Grube seiner Menschenverachtung zu warnen.

Von Carmen erfuhr er, dass sie den Vertrag zwischenzeitlich unterschrieben und die Hotelbuchungen vorgenommen hatte. Josuas Assistentin erzählte ihm auch, dass Kate ihr zur Hand ging, wenn sie gerade nichts für die Reise vorbereiten konnte. Mangelnde Arbeitsmoral konnte man ihr nicht vorwerfen, aber zum Henker! *Er* war ihr Boss! Wieso fragte sie nicht *ihn*, ob sie ihm zur Hand gehen könnte? Anscheinend hatte er sie so verschreckt, dass sie sich nicht mal in die Nähe seiner Werkstatt wagte. Twinkeys

GPS-Punkt bewegte sich nur in der oberen Etage. Hervorragend, er war das beste Negativbeispiel für Mitarbeiterführung. Vielleicht sollte er ein Buch schreiben. ›Wie man seine Mitarbeiter dazu bringt, dem Chef aus dem Weg zu gehen.‹

So saß er sichtlich unzufrieden an einem Dienstag vor seinem Laptop und verfluchte die strahlende Oktobersonne. Sie schien direkt durch das Fenster seiner Werkstatt und erinnerte ihn daran, dass es höchste Zeit wurde, seinen Bildschirm zu säubern. Wegen reflektierenden Staubflusen konnte er fast nichts mehr von seinem Code erkennen. Konnte man aufgrund störender Sonne frei machen? Er hatte sowieso keine Lust zum Arbeiten. Je länger er an die bevorstehende Reise dachte, umso mehr drückte ihm der Magen, und wenn sich seine Gedanken dann auch noch zu Kate verirrten, war die Versuchung verdammt groß, sich einer Magenspiegelung zu unterziehen. Nur, um sicherzugehen, dass er nicht doch ein Geschwür mit sich herumtrug. Sollte er sich einen Kaffee kochen? Wenn Josua eine echte Assistentin für ihn eingestellt hätte, könnte die ihm jetzt den Kaffee bringen.

Aaron seufzte tief, rollte ein Stück mit seinem Stuhl zurück und legte die Stirn auf seinen Tisch. Er dachte gern in dieser Position nach. Nicht einmal das Klicken der Tür ließ ihn aufsehen. Josua und jeder andere Mitarbeiter kannten ihn schon in dieser Position. Wenn er Glück hatte, sahen sie ihn nicht, glaubten, er wäre nicht da, und gingen wieder. Allerdings hörte er ein bekanntes Sirren. Twinkey.

Bevor Aaron den Kopf heben konnte, schnurrte das Miniaturauto zwischen seinen Beinen entlang, und die digitalen Augen blinkten ihn an. Twinkey stupste gegen Aarons linken Schuh, fuhr rückwärts, sauste davon und kam nur wenige Sekunden später zurück, mit einem Zettel in seinem Greifarm, der aus der Beifahrertür ragte.

Aaron schnappte sich den Zettel, ohne die Stirn vom Tisch zu lösen.

Der Flug geht am 12. Oktober um 13:45 Uhr. Wir müssen zwei Stunden vorher am Flughafen sein. Daher schlage ich vor, ich hole Sie um neun Uhr von Ihrer Werkstatt ab. Wenn Sie Interesse an einem Chinesen-Beeindruckungs-Bootcamp haben, treffen wir uns heute um dreizehn Uhr im Restaurant ›Goldene Waage‹.

Kate

Auf der Rückseite des Zettels klebte ein ausgeschnittenes Stück des Restaurantflyers mit der Adresse. Nette Idee. Offenbar hatte ihr niemand gesagt, dass er sich auf dem Weg x-mal verlaufen würde, selbst wenn es gleich um die Ecke war.

Aaron richtete sich auf, gab die Adresse in der Suchmaschine ein und tatsächlich, es war nicht weit. Nah genug, um es zu finden, oder? Denn die Alternative hieße, Kate ebenfalls eine Botschaft zukommen zu lassen und sie wie der größte Depp des Universums darum zu bitten, ihn mitzunehmen. Ihre Meinung über ihn würde damit kaum besser werden. Aus irgendeinem Grund wollte er jedoch, dass sie nicht zu schlecht von ihm dachte. Vielleicht bekam er ja eine Grippe, oder die Dämpfe von Lötzinn und Lösungsmittel verursachten die ersten irreparablen Schäden in seinem Gehirn.

Bei dem Gedanken, wieder auf Kate zu treffen, zog sich sein Magen zusammen, und sein Herz schlug schneller.

Wie spät war es überhaupt? Er sah auf die Uhr in der unteren Ecke seines Bildschirms. 12:03 Uhr, er hatte also noch knapp eine Stunde. Wenn er jetzt losging, hatte er genügend Pufferzeit, um sich die obligatorischen drei Mal zu verlaufen, und wäre trotzdem pünktlich.

Und ihm fiel noch etwas Besseres ein! Er könnte die Adresse Twinkey einprogrammieren und sich von ihm führen lassen!

Aaron griff nach seinem Handy, öffnete die App, die Twinkey steuerte, und gab die Adresse ein. Das kleine Auto blinkte, sirrte und schoss durch die Werkstatt, drehte eine waghalsige Runde um das Tischbein und rauschte mit Karacho zum Ausgang.

»Hey!«, rief Aaron. »Warte auf mich!«

Er schnappte sich seine Jacke und rannte Twinkey hinterher. Sein Roboterauto jagte pfeifend den Gang entlang, und nur mit Mühe gelang es Aaron, ihm auf den Fersen zu bleiben. Zu Aarons Pech öffnete in dem Moment eine Mitarbeiterin die Eingangstür zur Straße, als Twinkey angerast kam. Sie riss die Augen auf, sah sich panisch um, bevor sie das Geräusch in Bodennähe lokalisierte, da rauschte Twinkey auch schon zwischen ihren Beinen hindurch. Aaron stürzte auf sie zu, wie erstarrt blieb die stellvertretende Teamleiterin irgendeiner Abteilung, deren Name Aaron immer vergaß, mitten in der Tür stehen.

»Entschuldigung«, murmelte Aaron, packte die Frau an den Schultern und drehte sie zur Seite. Er schob sich an ihr vorbei, stolperte auf die Straße und brüllte: »Twinkey!«

Herrgott, warum hatte er dem Ding nie beigebracht, auf seinen Namen zu hören? Er hatte sich nie fühlen wollen, als würde er seinem Hund Befehle erteilen, sondern steuerte ihn immer nur über die App. Eine dämliche Entscheidung, wie er zugeben musste. Jetzt hatte er keine Zeit, das Handy hervorzukramen und womöglich ständig noch den falschen

Button zu erwischen. Denn Twinkey nahm nicht erst die Rampe für die Rollstuhlfahrer, sondern polterte die Treppenstufen auf den Bürgersteig hinab.

Er flitzte an einer Gruppe Senioren vorbei, direkt auf die Straße!

»Twinkey!«, brüllte Aaron entsetzt.

Reifen quietschten, Twinkey donnerte geradewegs gegen das Hinterrad eines Motorrads und fiepte lautstark. Das Motorrad fuhr weiter, der Fahrer hatte den Zusammenstoß vermutlich nicht einmal bemerkt. Twinkey setzte zurück, wechselte die Spur, aber er kam nicht zu Aaron zurück! Stattdessen schien er regelrecht verwirrt, er blieb mitten auf der Straße stehen! Ein schwarzes Auto fuhr über ihn hinweg, und Aaron konnte nicht hinsehen. Er barg das Gesicht in den Händen. Seine Erfindung beging in diesem Moment Selbstmord.

Aber er hörte nicht das Knirschen von Metall oder das letzte Fiepen eines sterbenden Roboterautos. Twinkey pfiff zwar, jedoch er tauchte wohlbehalten wieder auf. Er war zwischen den Rädern gewesen, und zum Glück rauschte nicht gleich das nächste Fahrzeug über ihn hinweg. Die nachfolgenden Wagen standen zwanzig Meter weiter an der Ampel.

Aaron nutzte die Lücke zwischen zwei Autos auf der Linksabbiegerspur, hechtete auf die Straße und wollte den wildpfeifenden Twinkey greifen, als dieser mit durchdrehenden Reifen ein weiteres Mal losschoss. Verdammter Mist. Aaron rannte ihm hinterher, hörte ein tiefes Dröhnen wie von der Hupe eines Lkws, aber er hatte nur Twinkey im Blick, der erneut völlig desorientiert stehen blieb. Jetzt bekam Aaron ihn zu fassen, das Dröhnen wurde lauter, und im nächsten Moment fühlte er sich zur Seite gerissen. Er verlor den Halt und schlug auf dem Gehweg auf, mit dem Ellenbogen zuerst. Fuck, tat das weh!

»Sind Sie völlig verrückt geworden?«, brüllte eine viel zu schrille Stimme in sein Ohr, und bevor er sich fragen konnte, ob sie Kate nur ähnlich klang, tauchte über ihm auch noch das Gesicht seiner Assistentin auf. Sie packte ihn am Kragen und schüttelte ihn. »Sie können sich doch nicht vor einen Lastwagen werfen!«

»Ich habe versucht, Twinkey einzufangen!«

Wo war der überhaupt? Er hielt ihn nicht mehr in der Hand, sondern hatte ihn beim Sturz verloren.

Das Pfeifen tönte vom anderen Ende der Straße.

»Das Ding ist völlig verrückt geworden«, gestand Aaron.

»Wundert mich nicht«, murmelte Kate. »Wie der Herr, so's Gescherr.«

Sie konnte froh sein, dass ihm ihre Haare ins Gesicht und in den Mund fielen, sonst könnte sie sich eine gewaschene Erwiderung anhören! Endlich hörte sie auf, seinen Hemdkragen so zusammenzupressen, dass er kaum noch Luft bekam. Sie ließ ihn los und richtete sich auf.

»Bei Fuß!«, brüllte sie über die Straße. »Ein bisschen plötzlich.«

»Das bringt nichts«, protestierte Aaron. Er zog aus seiner Tasche das Handy. Das hätte er gleich tun sollen, anstatt in Panik zu verfallen.

Der Bildschirm hatte den Sturz nicht so gut verkraftet, ein langer Sprung zog sich über das Glas. Aber die App war immer noch geöffnet, und Aaron versuchte, über die GPS-Karte Twinkeys Punkt zu ihnen zurückzudirigieren. Es gab nur einen direkten Home-Befehl, und der Weg wäre einmal mitten über die Straße in die Werkstatt. Zu seiner Schande musste er gestehen, dass seine Finger zitterten. Aarons

Handflächen brannten, der Ellenbogen schmerzte, und Blut sickerte aus der Schürfwunde an seinem kleinen Finger.

Kate hockte sich neben ihn, sah ihm über die Schulter, und ihre Haare kitzelten ihn am Hals. »Was machen Sie da?«

»Ich versuche, ihn zu mir zurückzulenken.«

Blöderweise war das verflucht schwierig, sein Finger war zu groß, das Display zu klein, der Riss machte es auch nicht einfacher, und im Kartenlesen war er verdammt mies. Aaron konnte nur raten, was er tat. Solange sich Twinkeys Punkt bewegte, schien er noch nicht unter die Räder eines Elefantentransporters gekommen zu sein.

»Geben Sie her.«

Ehe er sich versah, riss ihm Kate das Telefon aus den Händen. Die Augenbrauen konzentriert zusammengezogen starrte sie auf den Bildschirm, fuhr mit dem Finger darüber, und für einen Moment vergaß Aaron die Sorge um seinen Prototypen. Die steile Falte auf Kates Stirn, die Art, wie sie die Zungenspitze zwischen den Lippen hielt – Es gab nichts Schöneres, als Frauen, denen man ansah, wenn sie sich auf etwas konzentrierten, wenn sie mit Leib und Seele dabei waren.

Twinkeys hohes Pfeifen wurde lauter. Aaron meinte, ihn zwischen einem Polo und einem Caddy entlangzischen zu sehen.

»Halten Sie ihn auf Kurs«, rief Kate und drückte Aaron das Handy in die Hand.

Schnell setzte er sich auf und versuchte, Twinkeys Tempo zu drosseln. Kate huschte derweil auf die Straße, hockte sich auf der gestrichelten Linie zwischen den Fahrspuren nieder, genau in Twinkeys Route. Kate öffnete die Arme, und Aaron steuerte Twinkey hinein. Sofort sprang Kate hoch, wirbelte herum und wich einem Motorradfahrer aus, der sie anbrüllte.

»Pass auf, du spinnst doch!«

Mit einem großen Satz rettete sie sich auf den Bordstein.

»Und … das … alles … nur … wegen … eines … Spielzeugs«, keuchte Kate und stützte die linke Hand auf ihren Oberschenkeln ab. Mit der anderen presste sie den pfeifenden Twinkey samt seinen durchdrehenden Reifen an ihre Brust. »Sie spinnen doch!«

»Sie sind genauso losgerannt«, hielt Aaron dagegen.

»Ich bin aber auch nicht das Superhirn der Firma. Ob mich ein Auto umnietet, interessiert niemanden. Bei Ihnen sieht es schon anders aus.«

Wie bitte? Verblüfft starrte er Kate an. Sie hielt sein Leben für wichtiger als ihres? Einen solchen Blödsinn hatte er seit Jahren nicht mehr gehört.

»Sie stürzen sich nie wieder ohne nach links und rechts zu sehen auf die Straße. Das ist eine Anweisung«, sagte er. Gut, zugegeben, er war nur bis zum Ende der Reise ihr Boss, aber vielleicht konnte er das ja in ihr Arbeitszeugnis schreiben und ihrem nächsten Chef auf den Weg geben.

Kate setzte sich auf die Steinkante der Wiese, Twinkey immer noch fest an sich gepresst. Aaron rappelte sich auf und ließ sich neben ihr nieder.

»Bitte geben Sie ihn mir«, bat er sie.

Mit festem Griff packte Kate seinen Prototypen am Kofferraum und setzte ihn in Aarons Hände. Noch immer pfiff und sirrte Twinkey, doch als Aaron den Befehl der Navigation über sein Handy löschte, beruhigte er sich endlich.

»Er hat eine Beule«, stellte Kate fest und deutete auf Twinkeys rechten Kotflügel. Das Miniauto pfiff und tschilpte.

»Er hat doch kein Schmerzempfinden?«, fragte Kate besorgt.

»Nein, aber er ist darauf programmiert, Freundschaft zu den Menschen in seiner Umgebung aufzubauen«, erwiderte Aaron. »Also erzeugt er auch Mitleid, wenn er welches in Ihrer Stimme und Sprachmelodie hört.«

Twinkey quietschte, produzierte jammernde Tonmelodien, und Aaron beobachtete fasziniert Kates Reaktion. Ihre Augen glänzten feucht, bevor sie den Kopf schüttelte und die Handtasche, die sie mit dem Riemen über der Brust trug, nach vorn schob. Sie zog eine Packung Pflaster hervor und klebte zwei über Kreuz auf Twinkeys Beule.

»Ich habe Ihrem Auto das Leben gerettet«, sagte Kate, als sie seinen schiefen Blick bemerkte. »Sie sind es mir schuldig, sich erst später über mich lustig zu machen.«

»Das habe ich nicht vor«, erwiderte Aaron, und sein Blick blieb von selbst an Kates dunkelbraunen Augen hängen. Warum sollte er über sie lachen? Schließlich bewies ihm Kate in diesem Moment, dass sein Coding funktionierte. Was ihm an Emotionalität scheinbar fehlte, konnte er offenbar gut seinem Prototypen einprogrammieren.

KAPITEL 6
EHRLICHKEIT BIS ZUR KÜNDIGUNG

In drei Teufels Namen … Ob der Mann wusste, wie blau seine Augen waren? Am äußeren Rand wurde die Farbe dunkler und ging sogar ein bisschen ins Violette. Was war denn nur los mit ihr?

Seit sie ihrem Boss diesen verflixten Zettel geschrieben hatte, könnte sich Kate permanent nur noch ohrfeigen. Ihr Magen flatterte vor Nervosität … Warum? Ja, Aaron Merkenthaler war ihr Boss, aber warum sollte er sie nervös machen? Sie hatte in der ersten Stunde, die sie für diese Firma gearbeitet hatte, genügend Frechheiten losgelassen, um sie auf der Stelle hinauszuwerfen. Aaron hatte auf seinem riesigen Bildschirm zwar angefressen gewirkt, dennoch hatte sie trotzdem den Arbeitsvertrag bekommen. Danach war sie ihm aus dem Weg gegangen. Sicher war sicher.

Sie schluckte den Kloß in ihrem Hals schnell hinunter und wandte den Blick ab. Er drehte sowieso gerade den Kopf und setzte Twinkey auf der Wiese ab. Das kleine Auto summte, sirrte und holperte über die Grasbüschel, drehte eine Runde und sauste einem Hund hinterher. Der Collie starrte seinen Verfolger verdutzt an und ergriff die Flucht zwischen die Beine seines Herrchens. Twinkey keckerte und visierte die Gänseblümchen an. Ob Aaron sein Denken und seine Emotionen eins zu eins auf das Auto übertragen hatte? Twinkey erschien ihr für einen Roboter viel zu menschlich. Oder war genau das der Trick?

Sie wollte Aaron danach fragen, als ihr Blick auf seine Hand fiel.

»Sie haben auch eine Delle«, stellte sie fest und zeigte auf die blutende Schürfwunde.

Bevor er den Mund aufmachen konnte, zog sie zwei weitere Pflaster hervor und griff nach seiner Hand. Vielleicht hätte sie das lieber lassen sollen. Ihr Boss hatte eindeutig mit zu viel Elektrizität zu tun. Er war regelrecht aufgeladen und jagte ihr einen gewaltigen Stromstoß durch den Körper. Sie fuhr zusammen, und ihre Finger kribbelten dort, wo sie seine Hand berührt hatte. Sie schnappte für einen Moment nach Luft.

»Alles in Ordnung?«, fragte ihr Chef und sah sie prüfend an. Mit diesen verdammt blauen Augen. Das gab's doch nicht!

»Alles bestens«, presste sie heraus und klebte ihm die Pflaster auf die Wunde. Über Kreuz, wie bei Twinkey. Am liebsten hätte sie ihm gesagt, dass sie sich damit noch ähnlicher wurden, aber kaum hob sie den Blick und blieb erneut an seinen Augen hängen, stürzte anscheinend der Server in Kates Gehirn ab. Kein Wort schaffte es auch nur in die Nähe ihres Mundes. Sie musste sich unbedingt ihre Blutwerte von ihm geben lassen. Aus irgendwelchen Gründen bekam sie aus heiterem Himmel Herzrasen. Das lag hoffentlich nicht an dem plötzlichen Stress, dann würde sie die Reise nämlich nie überleben.

Aarons Lippen bewegten sich, aber sie musste den Kopf schütteln und ihn bitten, seine Worte zu wiederholen, bevor sie deren Sinn begriff.

»Wie sehen Sie überhaupt aus?«

Sie kniff die Augen zusammen. Was denn? Sah sie schon wieder aus wie eine Nutte? Doch bevor Kate ihm das um die Ohren hauen konnte, kam ihr die Erkenntnis. Er meinte ihren Kimono!

Plötzlich kam sie sich in der roten geblümten Seidenrobe extrem dumm vor. Kein Mensch trug in Hongkong diese

Tracht, außer zu Feierlichkeiten. Aber na ja, wer weiß, vielleicht mussten sie auf ein Fest.

»Ich dachte mir, ein wenig Vorbereitung kann nicht schaden«, sagte sie und deutete auf die Lampions, die an einem Vordach des übernächsten Hauses hingen. »Der Besitzer ist sogar ein echter Chinese. Kein Koreaner oder Vietnamese oder Thailänder.«

»Ich muss doch nicht auch so ein Ding anziehen?«, fragte Aaron besorgt.

Kate legte den Kopf schief. »Ein Kimono könnte Ihnen stehen.«

Aaron warf ihr einen misstrauischen Blick zu. »Und dann schicken Sie mich so auf einen Transvestitenball.«

Kate biss sich unwillkürlich auf die Unterlippe. Wäre auch zu schön gewesen, wenn er *das* vergessen hätte.

»Dann könnten Sie mit Twinkey im Partnerlook gehen.« Sie versuchte wirklich, das Ganze mit einem Scherz abzuwiegeln, doch der Gesichtsausdruck ihres Chefs blieb unergründlich. Er zuckte mit keinem Muskel, kein Lächeln, kein Stirnrunzeln, man könnte meinen, er wäre eine verfluchte Statue. Himmel, selbst Twinkey war emotionsgeladener als dieser Mann! Vielleicht lachte er sich innerlich über sie kaputt oder plante, wie er ihre Leiche verschwinden ließ. Es war aber genauso gut möglich, dass er über die Lösung der globalen Klimakrise nachdachte. Sie hatte keine verdammte Ahnung!

Frustriert über sich und ihn seufzte Kate. Das Essen und das ›Training‹ war nicht nur die Vorbereitung für die Reise, sondern auch ihr Friedensangebot. Sie konnte nur hoffen, dass er es annahm.

»Also darf ich Ihnen nun etwas über die chinesische Tradition zeigen?«, fragte sie. »Sie müssen keinen Kimono anziehen. Ihr Anzug steht Ihnen ausgezeichnet.«

Für einen Moment bildete sie sich ein, ihrem Boss schoss die Röte in die Wangen. Aber vielleicht bekam er auch nur in der prallen Oktobersonne einen Sonnenbrand.

»Also gut«, seufzte Aaron. »Sofern nicht gerade meine Beerdigung in die Woche der Reise fällt, komme ich um diese sowieso nicht herum. Und ich wette, nicht einmal das wäre für Josua eine akzeptable Ausrede. Er würde mich in einer Urne hinfliegen lassen.«

Kate presste die Lippen aufeinander, um nicht zu lachen. Die Art, wie ihr Chef resignierte, die Arme auf die Knie stützte und sich die Schläfen rieb, weckte einerseits in ihr den Drang, ihn auszulachen, und andererseits, ihn in den Arm zu nehmen.

»Hongkong ist eine wundervolle Stadt«, tröstete sie ihn.

Sie erhob sich und streckte ihm die Hand hin. Aaron stand zögernd auf, ergriff ihre Hand, und Kate verbeugte sich für einen winzigen, aber wahrnehmbaren Moment und ignorierte mühselig das Kribbeln, das seine Berührung durch ihren Arm jagte.

»*Ni hao*«, sagte sie tapfer.

Aaron runzelte die Stirn. »Beleidigen Sie mich schon wieder?«

»Nein«, protestierte Kate. »Ich begrüße Sie!«

»Das sagen Sie nur, weil ich es nicht nachprüfen kann.«

Was hatte sie ihm nur getan, verflucht? Gut, sie hatte unschöne Sachen über ihn gesagt und das Glas zerschlagen. Aber rechtfertigte das, auf ihren Nerven herumzutrampeln?

»Ich sagte ›Guten Tag‹ auf Chinesisch. Sehen Sie doch mit Ihrem Smartphone nach!«

In diesem Moment pfiff das Miniaturauto dazwischen. Es raste über die Wiese heran und stoppte an der Rasenkante. In dem Greifarm hielt es ein Gänseblümchen und blinzelte Kate mit seinen leuchtenden Augen an. Beharrlich reckte es ihr die Blume entgegen. Kates Blick ging von der gepflückten Pflanze zu ihrem Boss, doch der schien sich mehr für den Verkehr als für seinen technischen Freund zu interessieren. Erst als Kate unentschlossen auf das Gänseblümchen starrte und Twinkey plötzlich wie ein überkochender Wasserkessel zu pfeifen begann, wandte er sich ihr erneut zu.

»Nehmen Sie schon das Gänseblümchen. Sonst explodiert er noch und schmollt dann ewig.«

Sie zog die Blume aus dem Greifarm Twinkeys und schlagartig verstummte er.

»Er kann schmollen?«, fragte Kate irritiert.

»Er war mehrere Tage mit Ihnen zusammen, natürlich kann er inzwischen schmollen.«

»Ach, und das hat er von mir?«

»Ich bin mir die letzten Tage jedenfalls nicht aus dem Weg gegangen.«

»Suchen Sie schon wieder Streit?«, murrte Kate.

»Ich suche selten, aber ich finde ihn gerade in Ihrer Gegenwart oft.«

Zu ihrer Schande musste sie gestehen, dass sie ihn sprachlos anstarrte. Zum Teufel, was lief jetzt verkehrt? Sie machte ihm ein Friedensangebot, und er brach den nächsten Zank vom Zaun! Vielleicht hatte er all seine netten Seiten auf Twinkey übertragen und die schlechten behalten. Es würde jedenfalls einiges erklären!

»Kuschelchen«, rief sein Prototyp dazwischen.

Das verdammte Auto verriet ihre Wut! Aber es hatte ja recht. Sie musste sich beruhigen. Sonst stieß sie ihn zurück auf die Straße und vor den nächsten Lkw!

Sie presste die Hände zusammen und quetschte das arme Gänseblümchen fast zu Tode. »Was sagt er eigentlich, wenn Sie sauer werden?«

»Das werden Sie erfahren, wenn Sie mich in seiner Gegenwart wütend machen«, gab Aaron gelassen zurück. »Bisher stecken Sie schlecht ein und teilen genauso mies aus.«

»Kuschelchen!«

»Sind Sie von Natur aus so unausgeglichen?«, fragte Aaron.

»Ich hasse dieses Ding«, maulte Kate.

Aaron schüttelte den Kopf. »Sie hassen nicht *ihn*. Sie ärgern sich über sich selbst.«

»Nein, verflucht. Ich ärgere mich über *Sie*«, fauchte Kate. »Erst bin ich für Sie eine Nutte, dann werten Sie einfach ohne mein Einverständnis meine Blutwerte aus, lassen mich das verrückte Ding auf der Straße fangen und Sie vor einem Lkw wegzerren. Zum Dank bin ich unausgeglichen! Was soll ich da noch einstecken? Dass der Kimono schrecklich aussieht?«

»Ich finde, die Farbe beißt sich durchaus mit Ihrem Lippenstift …«

»Kuschelchen!«

Kate deutete auf das Roboterauto. »Kann das kleine Kerlchen Ihnen eine reinhauen?«

»Sie könnten versuchen, es ihm zu befehlen«, erwiderte Aaron und schien keineswegs beunruhigt. Eher als war er selbst interessiert, was das Miniauto dann anstellte. »Er heißt übrigens Twinkey.«

»Twinkey, fass«, befahl Kate und erntete einen mitleidigen Blick von Aaron. Twinkey starrte sie mit Lichtpunkten an, die so angeordnet waren, dass er tatsächlich irritiert aussah. War ja klar, dass er mit diesem Befehl nichts anfangen konnte. Sonst hätte sich dieser arrogante Mistkerl einen Hund zugelegt, aber das war ihm ja nicht anspruchsvoll genug. Genauso wenig wie sie!

»Stecken Sie sich Ihr Geld dahin, wo niemals die Sonne scheint, Dr. Aaron Merkenthaler. Ich würde mich lieber von einem Hochhaus stürzen, als mit Ihnen nach Hongkong zu fliegen!« Mit einem letzten zornigen Schnauben drehte sie sich auf der Ferse um und marschierte den Gehweg entlang.

Der Wind fuhr unter den Seidenstoff ihres Kimonos, und sie musste ihn festhalten, damit er ihr nicht kurzerhand ins Gesicht wehte und ihren Schlüpfer entblößte. Selbst der Wind hatte was gegen sie!

Man könnte wohl sagen: Er hatte es übertrieben. Nur dass sie so schnell aufgab, damit hatte Aaron nicht gerechnet. Sie nahm kein Blatt vor den Mund und ließ sich so leicht verschrecken? Gut, er sah es ein. Er war zu grob gewesen. Und jetzt rannte sie geradewegs vor ihm davon. Aaron setzte Twinkey auf den Gehsteig und folgte ihr.

Bisher hatte er sich auf Twinkey und Kate konzentriert, doch nun holte ihn die Geräuschkulisse ein. Der Lärm der Motoren, der lauten Stimmen, das Hupen, die Sirene eines Krankenwagens – alles stürmte mit einem Mal auf ihn ein. Passanten hasteten an ihm vorbei, Twinkey suchte zwischen seinen Beinen Schutz, und Aaron wünschte nicht zum ersten Mal, er könnte es ihm gleichtun.

Deswegen war sein Orientierungssinn so mies. Es war der Lärm, der ihn verwirrte. Ihn vergessen ließ, wo er war, und Aarons Gehirn so überforderte, dass sein räumliches Sehen auf ein Minimum schrumpfte. Glücklicherweise war das Lokal nur zwei Häuser entfernt, und er hatte die roten Lampions mit den schwarzen Schriftzeichen fest im Blick.

Er hob Twinkey hoch, drückte die Tür auf und fand sich in einem mit dem Duft von Zwiebeln und Lauch geschwängerten Raum wieder. Auf dem Tresen stand die obligatorische Winkekatze, statt Lampen hingen auch hier rote Laternen von der Decke.

»Kate«, sagte Aaron und trat auf die Frau zu, die ihm in dem synthetischen Kimono den Rücken zudrehte. Sie wirbelte herum, ein Tuch in den Händen, und verblüfft registrierte er, dass sie sich den Lippenstift abgewischt hatte. Ihre Lippen glänzten zwar noch immer rot, aber diesmal waren sie vom Reiben gerötet.

»Was?«, blaffte sie. »Ich habe gekündigt. Also überlegen Sie sich, was Sie sagen, sonst reiße ich Ihnen den Kopf ab und benutze ihn als Spucknapf.«

»Kuschelchen!«

Aaron legte die Hand über den vibrierenden Twinkey, um dessen Gequassel zu dämpfen. »Wenn Sie kündigen, werde ich niemanden finden, der nicht unterwegs wegen mir aus dem Flugzeug springt.«

»Fragen Sie doch den Secret Service«, ätzte sie.

»Ich will nicht, dass Sie kündigen.«

»Das hätten Sie sich vorher überlegen sollen!«

Wer rechnete denn damit, dass sie gleich das Handtuch warf? Aber diesen Einwand verkniff sich Aaron. Entweder war sie auf das Geld schlichtweg nicht angewiesen, oder es reichte nicht, um seine Gesellschaft zu entschädigen.

»Wir könnten doch mit dem Training anfangen, das Sie im Sinn hatten«, versuchte er es erneut.

Aber die Wut aus Kates Augen verflog nicht. Sie schob das Kinn so weit vor, dass noch nicht mal mehr das Grübchen dort zu sehen war.

»Kuschelchen?«, fiepte Twinkey und klang dabei genauso ratlos, wie sich Aaron fühlte.

Er konnte es seinem Prototypen nicht verübeln, dass dieser nicht mehr weiter wusste. Er wusste es ja selbst nicht. Er war zu Kate unhöflicher als zu jeder anderen Frau, und er wusste ums Verrecken nicht wieso. Bestimmt käme nicht mal Josua momentan bei Kate weiter, denn der konnte lügen und schmeicheln, bis die Hello Kittys auf den Schlüpfern seiner Opfer kotzten. Obwohl … Wahrscheinlich doch. Denn nicht Jo war das Problem, sondern Aaron. Und er hatte gerade keine Ahnung, wie er es aus der Welt räumen sollte.

Seufzend hielt er ihr Twinkey entgegen. »Dann behalten Sie ihn.«

Kate kniff misstrauisch die Augen zusammen. »Was soll ich mit Ihrem Prototypen?«

»Er soll Ihnen Freude machen«, sagte Aaron. »Darum geht es ja. Den Menschen Freude zu bereiten, wenn sie das Glück schon nicht in kleinen Momenten finden. Und wenn ich die Menschen ständig verärgere, ist es nur gerecht, dass ich es mit solchen Dingen wiedergutmache.«

Er setzte ihr Twinkey auf die Arme, nickte ihr und dem Wirt zu und ging zur Tür.

Dort drehte er sich noch einmal um. »Eines der Flugtickets ist auf Ihren Namen ausgestellt. Ich würde mich freuen, wenn Sie sich doch dazu entschließen, mit mir zu fliegen.«

Kate murmelte etwas in ihren nicht vorhandenen Damenbart. Er verstand es nicht, allerdings klang es so, als könne er lange darauf warten.

»Schade«, sagte er leise und zog die Tür auf.

Heute früh hätte er sich vielleicht noch einreden können, dass er froh darüber war, doch jetzt bedauerte er es tatsächlich.

KAPITEL 7
EMOTIONALE INKOMPETENZ IST
KEINE AUSREDE

Mit der Hilfe des Navigationssystems auf seinem Handy schaffte es Aaron tatsächlich in seine Werkstatt zurück und verlief sich dabei nur zweimal geringfügig, indem er erst eine Straße zu früh und dann eine zu spät abbog.

»Wo warst du?«, empfing ihn Jo.

Sein Freund hockte an Aarons Klapptisch, kippelte mit dem Stuhl und hatte den Fuß gegen eine Ecke der Tischplatte gestellt. Ein ungewohnter Anblick, schließlich bestellte Jo ihn viel lieber in sein Büro, als sich in Aarons Gefilde zu bequemen.

»Ich habe mich mit Kate zum Essen getroffen«, erwiderte Aaron und blieb vor dem klapprigen Tisch stehen.

Jo sperrte verblüfft den Mund auf. »Ihr versteht euch?«

»Nein«, gab Aaron zurück. »Wir waren zwar verabredet, aber sie hat noch vor Betreten des Lokals gekündigt.«

»Und sie hat dich anschließend mit dem Menüschild beworfen?«, fragte Jo und deutete auf Aarons demoliertes Hemd und das Pflaster auf seiner Hand, unter dem sich das Blut durch den Zellstoff gedrückt und nun einen hässlichen Braunton angenommen hatte. Als würde Aaron rosten. Vielleicht tat er das auch. In einem waren sich seine Ex-Freundinnen einig gewesen: Sie hatten Aaron allesamt mit einer Maschine verglichen. Er befürchtete jedoch, dass damit nicht seine Kompetenzen im Bett gemeint waren.

»Nein, sie hat mich vor einem Unfall mit einem Lastwagen bewahrt«, gestand Aaron.

Jo starrte ihn durchdringend an. Das machte sein Freund immer, wenn er überlegte, ob er Mitgefühl heucheln oder lachen sollte. »Ein Lkw?«

»Ja, ich muss Twinkey unbedingt Respekt vor tonnenschweren Lastern einprogrammieren. Er ist über die Straße gefegt, als wäre er ein Minitornado.«

»Und du hinterher.«

»Natürlich«, rief Aaron aus. Tausende Stunden seiner Lebenszeit steckten in diesem Roboter, Programmierungen, von denen er sich teilweise nicht einmal mehr erinnern konnte, wie er sie gemacht hatte. Wenn Twinkey verloren ging, würde es ewig dauern, ihn zu reproduzieren.

»Und wo ist das Ding jetzt?«

»Das Ding heißt Twinkey.« Aaron wusste nicht, warum er das sagte. Twinkey war ein Roboter – ein Gegenstand – darauf getrimmt, bei Menschen Gefühle zu erzeugen. Er war anscheinend so gut, dass Aaron mittlerweile selbst darauf hereinfiel. »Ich habe ihn Kate mitgegeben. Damit sie übermorgen trotzdem zum Flughafen kommt.«

»Du hast *was*?«, brüllte Jo.

»Ich habe ihn Kate mitgegeben, damit …«, begann Aaron, seine Worte zu wiederholen.

»Das habe ich verstanden«, fauchte Jo.

»Warum fragst du da-«

»Warum ich frage?« Jo schlug mit der Faust auf den Tisch und erwischte dabei die Kante von Aarons Laptop. »Du willst ernsthaft wissen, warum ich frage? Hat dir der Lkw das Hirn weggerammt?«

»Ich bin nicht …«

Sein Freund sprang auf, fuhr sich durch die Haare, und in seinen Augen blitzte die blanke Wut auf. »Du weißt ganz genau, dass du Twinkey für die Konferenz in Hongkong brauchst, dass du *Kate* brauchst, um überhaupt dorthin, geschweige denn zurück zu kommen! Und da lass ich dich Superhirn mal zwei Sekunden aus den Augen, und du verlierst beides!«

Ehe Aaron zurückweichen konnte, umrundete Jo den Tisch und packte ihn am Kragen. Sein Atem schlug ihm ins Gesicht, und Aaron roch Pfefferminz, der den Whisky-Geruch nicht übertünchte, sondern noch verschlimmerte. Genauso wie sich Jos Aftershave mit dem Rosenparfüm einer Frau balgte, die er vor kurzer Zeit umarmt haben musste. Dabei hasste seine Frau Rosen …

Aber diesen Gedanken vergaß er schnell, als Jo ihm ins Gesicht brüllte: »Du wirst es nicht versauen, hast du mich verstanden?«

Aaron versuchte, von Jo abzurücken, doch der hielt ihn fest gepackt. »Selbst wenn das mit den Chinesen nicht klappt, geht diese Firma nicht unter«, beharrte Aaron.

»Wir brauchen diesen Auftrag«, zischte Jo.

»Wir haben genug andere«, widersprach Aaron und verzog das Gesicht. Das Rosenparfüm wurde stärker, je näher ihm Jo kam. Dessen Nasenspitze stieß mittlerweile gegen die Aarons, egal, wie sehr er seinen Kopf zurückbog.

»Du sorgst ständig für Nachschub«, keuchte Aaron. »Wir haben keine finanziellen Schwierigkeiten, sagst du doch selbst.«

Für einen Moment zögerte Jo, und Aarons Bauch krampfte sich zusammen. »Haben wir …?«, setzte er an.

»Natürlich nicht«, fauchte Jo. »Dein Geld ist genauso gut angelegt wie dein Gehirn. Aber diese Firma könnte Milliarden verdienen, wenn du dich zusammenreißt, aufhörst, dich wie ein Kind zu benehmen, und diesen Deal über die Bühne bringst!«

Mit einem Ruck ließ er Aaron los, so plötzlich, dass dieser das Gleichgewicht verlor und gegen den Tisch taumelte. Die Scharniere quietschten, und sein Laptop rutschte.

»Ich werde jetzt eine Lebensversicherung auf dich abschließen. Falls dein Superhirn erneut vor einen Lkw laufen will. Bringt uns die Jahrespolice eben fast um. Und du, mein Freund, siehst zu, dass du deinen Prototypen samt dieser Frau nach Hongkong schaffst«, schnarrte Jo. »Sonst bin ich die längste Zeit dein Partner gewesen!«

Jo verschwand zwischen den Regalen, und nur wenige Augenblicke später hörte Aaron das Knallen der zugeworfenen Tür.

Hervorragend. Wenn Jo endgültig der Geduldsfaden riss und er einen der Jobs annahm, die ihm andere Tech-Firmen anboten, war *Merkenthaler und Demmings System Solutions* und vor allem Aaron aufgeschmissen. Betriebswirtschaft hatte er zwar ein Semester lang studiert, es dann allerdings aufgegeben. Er wusste, wie Bilanzen aussahen, sie langweilten ihn nur zu Tode. Müsste er sich selbst um diesen Humbug kümmern, würde er es erst wieder in hundert Jahren in seine Werkstatt schaffen. Genau deswegen brauchte er Jo – ihm konnte er vertrauen. Was auch immer Jo also an dem Deal mit der chinesischen Firma reizte, es schien bedeutsam zu sein.

Vielleicht sollte er Carmen fragen. Sie wusste mitunter besser als Jo selbst, was dieser dachte. Aber zuerst musste er sich wohl oder übel um Kate kümmern. Abwarten, ob sie in zwei Tagen am Flughafen auftauchte, konnte er getrost von seinem Schlachtplan streichen. Jo würde sie eher an den Haaren dorthin schleifen, als sich darauf zu verlassen, dass sie Aarons Charme vermisste und von selbst kam.

Doch wie sollte er das anstellen? Mit einem leisen Seufzen setzte sich Aaron auf den wackeligen Stuhl, dessen Sitzfläche noch warm von Jos Hintern war. Er schob seinen Laptop gerade und öffnete die App, die ihn mit Twinkey verband und mit dessen Kamera. Kate würde ihn vermutlich vierteilen, jedes Arbeitsgericht ihn auf Millionen verurteilen, aber was juckte ihn das? Auch wenn er es sich nicht eingestehen wollte, vermisste er Twinkey. Gut, Kate fehlte ihm ebenso. Vor allem vermisste er die Kombination aus Kates blitzenden Augen, die an dunkle Schokolade – okay, eher an einen wütenden Braunbären – erinnerten, und Twinkeys ›Kuschelchen‹. Vielleicht sollte er nach der Geschäftsreise Urlaub machen. Er hatte Twinkey noch nie vermisst und schon gar nicht eine Frau, die jedes unvorsichtige Wort von ihm zum Anlass nahm, einen Streit anzuzetteln.

Zum Teufel! Die Internetverbindung war heute nervtötend träge, oder es kam ihm nur so vor. Der Kreis in der Mitte des Bildschirms schien sich seit Minuten zu drehen. Sein Magen verkrampfte sich, und Aaron merkte, wie sein Herz schneller schlug. Er hasste lahme Internetverbindungen. Sie lebten in Zeiten des Aufruhrs, der Klimakatastrophen, und sie erklommen langsam aber sicher den Gipfel der technischen Entwicklung, da sollte doch eine stabile Internetanbindung drin sein!

Endlich hellte sich der Bildschirm auf und zeigte ihm … eine weiße Wand mit verschwommenen Rosen? Ihre Tapete war es mit Sicherheit nicht, dazu war die Oberfläche zu zerknittert. Ein Tuch? Zumindest sah es so aus. Obwohl es massiver wirkte. Fast so wie eine dicke Bettdecke. Kate hatte Twinkey mit ins Bett genommen? Himmel, sie lag doch nicht nackt neben seinem Prototypen, oder?

Kaum zu Hause hatte sie Twinkey neben die Heizung gesetzt und eine Decke über ihn gelegt. Was wusste sie, ob der verfluchte, besserwisserische Kerl nicht eine Kamera installiert hatte oder ein Mikro. Er hatte schließlich gewusst, was sie über ihn gesagt hatte.

Ihn zum Essen einzuladen war eine dämliche Idee gewesen. Warum hatte sie das überhaupt getan? Ach ja, um sich für ihre Beleidigungen zu entschuldigen. Und offenbar war sie nicht gut darin, zu Kreuze zu kriechen. Jetzt war sie den Job los, der ihr Leben auf einen Schlag hätte verändern können. Sie hasste sich selbst für ihr Temperament. Es gab größere Arschlöcher als Dr. Aaron Merkenthaler. Andere ertrugen ihre Chefs doch auch irgendwie! Ach was! Es gab *kein* größeres Arschloch als diesen Kerl!

Sie hatte das Richtige getan. Nur … Wovon sollte sie jetzt leben?

Die Zeit verging, es war längst Abend, und sie hatte zwar die Schuhe, aber nicht den verdammten Kimono ausgezogen. Stattdessen hatte sie auf dem Bett gelegen, sich bedauert, und irgendwann fiepte Twinkey so weinerlich, dass es ihr das Herz brach. Sie stand auf und zog die Decke von ihm herunter.

Sollte der Bastard eben spannen, es war ihr egal. Ihre emotionale Bindung an den kleinen Wagen war größer. Sie wusste genau, dass es Unfug war, und doch konnte sie nichts dagegen machen. Es war wie mit Aaron. Einen Roboter wie ihn mochte man nicht, erst recht nicht einen so anmaßenden, und trotzdem dachte sie permanent an ihn. Vor allem an seinen geknickten Blick, als er das Restaurant verlassen hatte. Aber Teufel noch eins, er hatte sich alles selbst zuzuschreiben! Er war an dem ganzen Desaster schuld! Was war er auch so unverschämt!

Sie schlurfte in die Küche, mit Twinkey auf den Fersen und schenkte sich Weißwein ein. Es war ihr unbegreiflich, warum sie es tat – sie setzte sich neben das Roboterauto auf den Boden und seufzte.

»Warum kann er nicht so niedlich, friedlich und aufmerksam sein wie du?«

Natürlich gab ihr das Auto keine Antwort. Dem Himmel sei Dank, denn wie sollte die schon lauten? Aaron Merkenthaler war ihr Boss gewesen, nicht ihr Freund! Mist, bei Bernd hatte es sie auch nicht interessiert, wenn jemand unhöflich zu ihr war, warum störte es sie ausgerechnet bei ihm so sehr?

Twinkey pfiff und stupste sie an. Wusste der Geier, was er ihr sagen wollte. Er rammte ihren nackten Fuß, fuhr seinen Greifarm aus und kniff ihr tatsächlich in den Zeh.

»Au!«, rief Kate empört.

Twinkey keckerte und rauschte zur Küchentür. Das Ende eines Pflasters hatte sich gelöst und wehte nun im Fahrtwind. Das Miniauto holperte über die Schwelle und surrte ihren Flur entlang. Ein Poltern folgte, er musste gegen eine Wand oder ein Möbelstück gedonnert sein, und sie hörte, wie etwas zu Boden fiel. Die verdächtige Stille, die nun einsetzte, würde Eltern in höchste Alarmbereitschaft versetzen. Aber Kate war zu müde, um Twinkey davon abzuhalten, ihre Wohnung zu zerlegen. Wenn er sie abfackelte, musste sie wenigstens keine Miete zahlen.

Wieder surrte es, erst leiser, dann immer lauter, bis Twinkey in die Küche schoss. In seinem Greifarm schwenkte er ihr Handy!

»Hey«, sagte sie, und er ließ es neben ihr auf die Fliesen fallen. Zum Henker, das Ding war zwar nur von Aldi-Talk, aber für ihre Verhältnisse unbezahlbar!

Sie entsperrte das Display, und die Skyline Hongkongs tauchte auf. Es war ihr Hintergrundbild, und dem Himmel sei Dank, das Handy war nicht durch Twinkeys rüden Umgang kaputt gegangen.

Der angelte mit seinem Greifarm danach, packte es am unteren Ende und zog es ihr erstaunlich kräftig aus den Fingern. Aber er legte es auch sanft auf dem Boden ab, rief mit beängstigender Präzision ihren Anrufmodus auf und tippte eine Nummer ein.

»Wem gehört die Nummer?«, fragte Kate irritiert. Wen rief das verrückte Ding jetzt an?

Er visierte gerade den Wählenbutton an, da klingelte es im gleichen Moment an der Tür. Ob das ihr Boss war? Wollte er seinen Prototypen zurück? Von ihr aus gern! Das Ding machte sie wuschig!

Eilig rappelte sie sich auf und rannte zur Tür. Aber es war nicht Dr. Merkenthaler … Es war Rocco.

Verfluchter Mist. Er hatte sie fast so weit gehabt, dass sie ihn anrief! Aaron würde ja selbst anrufen, wenn er ihre Nummer hätte. Hatte er aber nicht. Leider. Weil er ein Dummkopf war und nie Zugriff auf die Personalakten gewollt hatte.

Twinkey zu steuern erforderte absolutes Fingerspitzengefühl. Seine Schultern waren hoffnungslos verspannt; vom konzentrierten Zusammenkneifen der Augen und dem Runzeln der Stirn bekam er Kopfschmerzen. Seine Finger zitterten. Während er durch Twinkey Kate hinterhergestarrt hatte, sperrte sich ihr Handy wieder. Blöder Mist. Warum hatte er nicht einfach auf ›Anrufen‹ gedrückt? Diese Frau ließ ihn seine letzte Gehirnzelle einbüßen. Was sollte er jetzt tun? Seine Nummer ein weiteres Mal von Twinkey in das Telefon eingeben zu lassen, gelang ihm höchstens, wenn er sich fünf Whisky einpfiff. Aber dann würde Kate ihm auch keine Beachtung schenken!

Sie stand auf bloßen Füßen an der Tür und lächelte einen Kerl an, den Aaron noch nie gesehen hatte. Objektiv betrachtet entsprach der Mann einem Schema, das Frauen als attraktiv wahrnahmen. Dunkles, welliges Haar, baumlang (zumindest aus Twinkeys Perspektive), ein Kreuz, mit dem er auch als Landebahn für Flugzeuge herhalten könnte, und ein heuchlerisches Lächeln. Für Aaron sah er aus wie ein unehrlicher Zeitgenosse, der kam und ging, wann es ihm passte, und jede Frau, die nicht bereits bei seinem Anblick wegrannte, um den Finger wickelte.

Toll …

»Hi, meine Schöne«, sagte der Kerl nun, lehnte sich in den Türrahmen und streckte ihr eine Rose entgegen, die schon mal bessere Zeiten gesehen hatte. Hatte er die vom Bahnhofsvorplatz geklaut?

»Oh, Rocco«, sagte Kate sichtlich verblüfft. »Komm doch rein.«

Nein! Warum ließ sie ihn herein? Diese drei Worte schienen außerdem eine eindeutige Einladung zu sein. Zwar trat der Kerl ein, aber er beließ es auch nicht dabei. Kaum fiel die Tür hinter ihnen zu, zog er Kate an sich und küsste sie.

Aaron schaltete die Kamera ab. Das wollte er sich nicht ansehen, das konnte er sich nicht ansehen! Er stand auf und tigerte auf und ab. Prima, sie hatte einen Freund. Bei einer

Frau wie Kate kaum verwunderlich. Sie war frech, selbstbewusst und schön. Außerdem um kein Wort verlegen und mutig noch dazu. Morgen sollte er seinen Prototypen von ihr zurückverlangen und sie aus seinem Gedächtnis streichen. Warum hämmerte es aber in seinem Kopf immer wieder ›Nein, nein, nein‹?

Als würde ihn jemand anderes steuern, kehrte Aaron zu seinem Laptop zurück und schaltete die Kamera erneut ein.

»Rocco, bitte«, hörte er Kates Stimme seufzen. »Ich schlafe nicht mit dir. Wir haben uns erst vor ein paar Tagen kennengelernt.«

»Wir müssen nicht schlafen, lass uns küssen«, brummte der Kerl.

Ob sie in den verliebt war? Wenn der Bastard sie um den Verstand knutschte, wollte sie sich bestimmt nicht für eine Woche von ihm trennen, um mit Aaron nach Hongkong zu fliegen. Was würde Jo in dieser Situation machen? Oh, er wusste es genau!

Er ließ Twinkey einen Angriff auf den Kerl fahren, schnappte sich seine Jacke und rannte aus der Werkstatt. Er jagte die Treppen hinauf, in den ersten Stock und dann den Flur entlang zu Jos Büro oder vielmehr zu dessen Vorzimmer!

Wie immer saß Carmen zwei Stunden nach Feierabend noch an ihrem Rechner und sah erstaunt auf, als Aaron ins Zimmer raste und mit heftig schlagendem Herzen vor ihrem Schreibtisch stehen blieb.

»Geben Sie mir Kates Adresse, schnell«, keuchte Aaron.

»Ist was passiert?«, fragte sie besorgt.

»Ja … nein … ich weiß nicht.« Wie sollte man beschreiben, was gerade geschah? »Bitte, ich brauche sie.«

Carmen zuckte die Schultern. »Sie müssen bezahlen, wenn Kate Sie verklagt, nicht ich.«

Sie drückte auf ihrer Maus herum, gab etwas mit der Tastatur ein und las vor: »Günther-Meiner-Straße 5.«

»Können Sie mich hinfahren?«

»Was?«

»Oder rufen Sie mir ein Taxi«, schlug Aaron vor. Aber verflucht, ehe das Taxi hier war, dauerte es auch noch mal eine Weile. Das schien sich Carmen ebenfalls zu überlegen. Sie schaltete den Rechner aus, schnappte sich ihre Handtasche und sprang auf.

»Sie sind wundervoll«, seufzte Aaron.

»Hätten Sie das nur zu Kate gesagt.«

Sie huschte an ihm vorbei, und er folgte ihr auf dem Fuße. Carmens Wagen stand hinter dem Firmengebäude. Aaron hatte sich noch nicht einmal angeschnallt, da fuhr sie schon los. Sie raste von dem leeren Parkplatz, reihte sich in den abendlichen Verkehr ein und überfuhr großzügig eine Ampel, die zwei Sekunden vor dem Passieren auf Rot umgesprungen war.

»Josua hat mir erzählt, dass Kate eigentlich gekündigt hat«, sagte Carmen in die Stille des Wagens hinein.

Aaron brummte, aber ihm fiel nichts ein, was er sagen sollte. Die ganze Situation fühlte sich völlig absurd an. Wie diese pseudokitschigen Happy Ends in Filmen.

»Wir entführen sie doch jetzt nicht und zwingen sie, mit Ihnen nach Hongkong zu fliegen, oder?«, fragte Carmen, und Aarons Kopf ruckte hoch.

»Natürlich nicht!«

»Dann bin ich ja beruhigt. Ich glaube, das wäre sogar für diese Firma zu viel des Guten.«

Was zum Teufel war nur mit diesem Auto los? Der kleine Flitzer fuhr ununterbrochen gegen Roccos Schuh und summte so laut, dass Kate schwindlig wurde. Zu allem Überfluss holte er aus seinem Kofferraum auch noch eine dieser verdammten Spritzen und rammte sie Rocco durch den Hosenstoff ins Bein.

»Scheiße!«, brüllte Rocco und sprang zur Seite.

Twinkey riss die Spritze heraus, fuhr hinter dem zurückweichenden Rocco her und jagte ihm erneut die Spritze ins Bein.

Rocco jaulte und hüpfte über den Flur. »Nimm das Ding weg!«

Kate wusste nicht, ob sie lachen oder weinen sollte. Sie musste sich an die Wand anlehnen und die Hand auf ihren Mund pressen, um Rocco nicht lauthals auszulachen. Ja, sie wusste, dass die Spritze wehtat, und vielleicht war sie ein schlechter Mensch, aber der Anblick war einfach unbezahlbar. Twinkey jagte den achtzig Kilo schweren Mann wie ein verängstigtes Kind über ihren Flur, wich dessen Tritten aus, und schließlich blieb die Spritze in Roccos Wade hängen.

»Ich mach dich kaputt«, brüllte Rocco, trat ein weiteres Mal nach dem Roboterauto, doch wieder wich es mit Leichtigkeit aus. Kate sah etwas in der künstlichen Beleuchtung der Deckenlampen glitzern, aber sie konnte nicht sagen was. Twinkey raste unaufhörlich um Roccos Beine, so schnell, dass Kate allein vom Zusehen schwindlig wurde. Rocco machte einen Schritt nach vorn, taumelte und krachte zu Boden.

»Himmel«, rief Kate aus. Jetzt sah sie auch den Faden, den Twinkey um Roccos Beine gewickelt hatte. Das freche

Ding wollte geradewegs auf den Kopf des Liegenden zudonnern, da sprang Kate nach vorn, bückte sich und fing ihn ein. Twinkeys Reifen drehten einen Moment in der Luft durch, bevor er zur Ruhe kam.

»Das Scheißding gehört in die Schrottpresse«, knurrte Rocco, rappelte sich auf und warf die Schnur weit von sich weg. Er wollte das Miniauto packen, aber Kate drehte sich weg und schlug ihm auf die Hand.

»Fass ihn an, und ich hack dir die Finger ab.« Ups, das kam gereizter heraus als geplant, und Twinkey tuckerte wie ein alternder Skoda mit Kühlerschlauchverstopfung.

»Dämliches Spielzeug«, murrte Rocco, aber er war klug genug, seine Griffel nicht noch einmal nach Twinkey auszustrecken. Stattdessen rieb er sich die Brust. »Halt mir das verkackte Ding bloß vom Leib!«

»Es ist kein verkacktes Ding, es ist ein Prototyp«, widersprach Kate. »Irgendwann werden daraus große Autos.«

»Gott bewahre.«

Wem sagte er das? Wenn die lebensgroßen Twinkeys alle so ihre Frauchen beschützten, starb die Menschheit bald aus.

»Ich dachte, wir verbringen einen romantischen Abend«, beschwerte sich Rocco, und Kate strich ihm über die Wange.

»Du bist hier, ich bin hier. Was steht dem im Weg?«, fragte sie.

»Das Mistvieh!« Rocco deutete auf Twinkey. Der röhrte wie ein Hirsch mit eingeklemmten Eiern.

»Er ist ein bisschen eigen«, nahm Kate ihn in Schutz.

»Eigen?«, echote Rocco. »Das Ding ist völlig durchgeknallt! Wer steuert das?«

Das wüsste sie auch gern. Aaron hatte doch wohl hoffentlich keine Kamera installiert und glotzte ihr jetzt auf die Brüste?

»Es ist eine Mischung aus Programmierungen, persönlichen Befindlichkeiten und kaum akzeptierten, geschweige denn, salonfähigen Macken, die ihm jemand eingegeben hat«, sagte Kate. »Er will die Menschen in seiner Umgebung glücklich machen. Oder vielleicht in diesem Fall auch beschützen.«

»Beschützen?« Jetzt lachte Rocco, und ein zufriedenes Lächeln breitete sich auf seinen Zügen aus. Er trat näher an Kate heran, legte die Hände auf ihre Schultern und beugte sich über sie. »Beschützt er mich auch vor deinen waffenscheinpflichtigen Küssen?«

Eines musste man Rocco lassen. Er war vielleicht nicht der Hellste, aber charmant. Ein hübscher kleiner Schmetterling, der zu einer anderen Blume flog, wenn er diese hier bestäubt hatte. Er schien ihr Schweigen nicht als Ablehnung aufzufassen. Ehe sich Kate versah, legte er seine Lippen zart auf ihre und zog sie an sich. Nicht übel, allerdings … Es klingelte schon wieder an der Tür!

»Mach nicht auf«, murmelte Rocco und presste sie noch fester an sich.

»Sei nicht albern«, nuschelte Kate an seinen Lippen und tastete mit der Hand nach hinten. Sie erwischte die Klinke und versuchte gleichzeitig, sich von Rocco zu lösen. Zwar zog sie die Tür auf, dafür gelang es ihr nicht, sich aus Roccos Armen zu befreien.

Rocco landete mit dem Gesicht an ihrem Hals und küsste dort weiter, während Kate geradewegs auf Carmen starrte und … ihren Boss? Pardon, Ex-Boss. Carmen stieß ihm den Ellenbogen in die Seite, und Aaron räusperte sich.

»Äh, guten Abend.«

»Guten Abend«, erwiderte Kate, presste die Hand in Roccos Gesicht, und endlich ließ er sich wegschieben.

»Wir stören doch hoffentlich nicht?«, sagte Aaron.

Für ihren Geschmack klang das viel zu unschuldig. Aber was sollte ihn interessieren, mit wem sie ihren Abend verbrachte? *Sie* hatte gekündigt, weil *er* unhöflich gewesen war!

»Was wollen Sie?«, fragte Kate.

Aaron fuhr sich durch die Haare, warf Carmen einen Hilfe suchenden Blick zu. Doch die verschränkte lediglich die Arme vor der Brust und sah ihn neugierig an.

»Ähm …«, machte Kates Ex-Chef. »Ich muss unbedingt nach Twinkey sehen. Die Meldungen, die ich in meinem Programm erhalte, sind ziemlich konfus.«

»Sie meinen, Sie haben gesehen, dass er meinen Liebhaber über den Flur jagt?«, fragte Kate.

Im schummrigen Licht der Treppenhausbeleuchtung färbten sich Aarons Wangen tatsächlich dunkler.

»Nun, so detailliert wird es mir nicht angezeigt.«

Aha, na, sein Glück.

»Wer sind Sie überhaupt?«, fragte Rocco gereizt.

»Ihr Ex …«, sagte Aaron. Kate hob die Augenbrauen, Rocco lief puterrot an, und Aaron fügte hinzu: »Boss.«

Kate fuhr sich mit der Hand über die Lippen, um ihr Grinsen zu verstecken. Niemand konnte ihr einreden, dass Aaron diese Pause nicht absichtlich gemacht hatte.

»Und was machen Sie hier?«, fauchte Rocco.

»Ist das Ihre Wohnung? Im Mietvertrag ist nur Frau Parker angegeben.«

Das war doch hoffentlich nur ein Schuss ins Blaue! Wenn dieser Kerl ihren Vermieter angerufen hatte, um nachzufragen, ob sie allein wohnte, würde sie ihn erwürgen!

Und über seine Leiche würde sie immer wieder Twinkey fahren lassen!

»Was spielt das für eine Rolle?«, knurrte Rocco. Sein Nacken färbte sich rot, während seine Lippen zusehends weißer wurden.

»Eine erhebliche«, sagte Aaron. »Wenn es Ihre Wohnung wäre, müsste ich Ihnen Rechenschaft ablegen, was ich hier will. Wenn nicht, dann schulde ich diese nur Frau Parker.«

»Du schuldest mir gleich eine Menge, Freundchen«, blaffte Rocco und packte Aaron am Kragen.

»Ich verbitte mir diese Behandlung«, fauchte Aaron und griff nach Roccos Hand. »Dieses Privileg ist allein Josua vorbehalten, und genau genommen habe ich es dem auch nie erlaubt.«

Er zerrte an Roccos Arm, allerdings könnte er genauso gut versuchen, sich gegen einen Bulldozer zur Wehr zu setzen. Rocco knurrte und schüttelte ihren Boss gehörig durch.

»Lass ihn los«, donnerte Kate, aber der verdammte Mistkerl hörte nicht!

Kate setzte den Wagen ab. Twinkey hupte ihn an, rammte erneut seinen Schuh, und als Rocco ihren Boss immer noch nicht losließ, verlegte sich der Mini-Roboter auf ein hohes Pfeifen. Zähflüssiges Öl schoss aus einer Öffnung seines Kotflügels und durchnässte Roccos Hosenbein. Echt jetzt? Twinkey versuchte seinen Besitzer zu retten, indem er dessen Angreifer anpinkelte?

Ihr Boss äugte nach unten. »Ich fürchte fast, er kann Sie nicht leiden.«

»Ihr spinnt doch«, brüllte Rocco, ließ Aaron los und stieß ihn zur Seite.

Er krachte mit dem Rücken gegen den Türrahmen, stöhnte unterdrückt, und hätte Carmen ihn nicht rechtzeitig gepackt, hätte er wohl den Halt verloren.

Rocco drängelte sich an den beiden vorbei. »Ich komme erst wieder, wenn diese Spinner und dieses … dieses … dieses …« Er deutete auf Twinkey.

»Erster Entwurf selbstständig lernender und umsetzender künstlicher Intelligenz zur Verbesserung und Erleichterung des Alltags des Einzelnen …«, warf Aaron ein, und auf Kates entgeisterten Blick zuckte er die Schultern. »Oder auch einfach Twinkey genannt.«

Rocco raufte sich die Haare und ballte die Fäuste. »Wenn das verblödete Mistding …«

»Mit Verlaub, dieses ›Mistding‹ ist wesentlich intelligenter als Sie!«

Kate packte ihren Boss schnell am Arm und zerrte ihn von der Eingangstür weg. Konnte er nicht einfach die Klappe halten? Rocco sah aus, als würde er Aaron gleich einmal quer über den Flur fliegen lassen wollen.

»Es ist aus«, kreischte Rocco durch das Treppenhaus, drehte sich um und polterte die Stufen hinunter.

»Ist da überhaupt schon was gewesen?«, brummte Aaron.

»Nun ja, mindestens ein Strohfeuer, wenn man die Begrüßung bedenkt«, spottete Carmen, und Aarons Mundwinkel sackten nach unten. Er löste sich von Kate, und für einen Moment fehlte ihr die Wärme seines Körpers. Ach was, Blödsinn.

»Ich hoffe, wir haben Ihnen nichts kaputt gemacht«, sagte ihr Boss.

Kate legte den Kopf schief und musterte ihn durchdringend. »An Ihrem bedauernden Tonfall sollten Sie noch arbeiten. Er ist unglaubwürdig.« Seufzend fing Kate Twinkey ein und hielt ihm Aaron hin. »Hier.«

Ihr Boss hob abwehrend die Hände. »Sie sollten ihn behalten.«

»Aber Sie wollten doch zu ihm.«

Aaron brummte leise etwas, das ihr verdächtig nach ›Ach ja‹ klang und nahm Twinkey vorsichtig in die Hände. »Er ist außerordentlich wichtig für die Reise. Und Sie auch.«

»Ändern Sie Ihr Verhalten mir gegenüber?«

»Ich könnte es versuchen.« Er fuhr mit dem Finger über das abstehende Pflaster Twinkeys, klebte es fest, nur um dann wieder an der Ecke zu zupfen. Schließlich seufzte er. »Allerdings will ich fair sein. Die Wahrscheinlichkeit, dass es mir gelingt, liegt bei etwa 6,523 Prozent.«

Die Zahlen dachte er sich doch nur aus! Kate fuhr sich über die Stirn. Das hier war ihre Chance, die fünftausend Euro zu kassieren und das zu ihren Bedingungen. »Gut«, beschloss sie. »Aber wenn ich mitfliegen soll, will ich die Wahrheit wissen.«

»Welche denn?«

»Haben Sie über Twinkey gesehen, dass Rocco hier war?«

Aarons Blick huschte zu Carmen, die ihn eindringlich anstarrte. Vielleicht versuchte sie, ihm etwas über Telepathie mitzuteilen?

»Nein«, sagte Aaron.

Kate verzog die Lippen. Ihr Boss war ein verdammt mieser Lügner. Überzeugung klang eindeutig anders. Dieser Mistkerl!

»Raus«, sagte Kate und deutete auf die Tür.

»Was?«, rief ihr Boss aus, äh, Ex-Boss, oder nicht? Ach verflucht!

»Ich sagte: raus!«, beharrte sie. Dieser Kerl durfte sie nicht ausspionieren! Der war doch völlig wahnsinnig!

»Aber …«

»Raus!«

»Welche Antwort hätte Ihnen denn gepasst?«, fragte Aaron aufgebracht.

»Ja!«

»Ja?«, wiederholte Aaron dümmlich.

»Ja!«

Er verschränkte die Arme vor der Brust. »Dann wären Sie sauer, weil ich Sie mit Rocco gesehen hätte.«

»Aber dann wären Sie ehrlich gewesen!«

»Ach, hören Sie auf«, rief Aaron. »Keine Frau will die Wahrheit wissen, wenn die heißt, dass sie beobachtet wurde.«

»Diese hier schon«, fauchte Kate. »Und jetzt gehen Sie.«

Aaron ging zögernd zur Tür, Carmen auf den Fersen. Sie drehte sich noch einmal zu Kate um und zog aus der Handtasche ein Stück Papier. »Hier, Ihr Flugticket. Zum Umbuchen ist es ohnehin zu spät.«

Zögernd nahm Kate das Ticket entgegen, Carmen lächelte sie freundlich an.

»Lassen Sie es verfallen, oder nehmen Sie es in Anspruch, es liegt bei Ihnen«, sagte sie in einer mütterlichen Art, die Kates Herz bluten ließ. »Aber ich würde Ihnen raten, es nicht verfallen zu lassen. Vielleicht erleben Sie das Abenteuer Ihres Lebens. Zumindest bekommen Sie sehr viel Geld, wenn Sie über Ihren Schatten springen.«

Carmen nickte ihr zu, wandte sich ab und trat zu Aaron ins Treppenhaus. Zum Glück war es dort dunkel, weil niemand auf die Idee gekommen war, mal das Licht einzuschalten. Aarons Blick gab ihr schon den Rest, obwohl sie ihn nur wage erkannte. Er versaute alles und sah sie an, als wäre *sie* verdammt noch mal schuld an jedem einzelnen Elend dieser Welt und vor allem an seinem!

Eilig schloss Kate die Tür und lehnte den Kopf gegen das Holz. Gedämpft hörte sie Carmens Stimme: »Sie wissen schon, dass Josua Ihnen aufgetragen hat, Twinkey *und* Kate zurückzuholen.«

»Und Sie haben anscheinend nicht gemerkt, dass mir nichts davon gelungen ist. Ich habe Twinkey bei ihr gelassen.«

Und tatsächlich, in der Ecke neben der Tür leuchteten Twinkeys Augen, zwinkerten sie an, und er keckerte leise.

KAPITEL 8
NUR LOSER KOMMEN PÜNKTLICH

Den nächsten und übernächsten Tag erkundigte sich Aaron stündlich bei Carmen, ob sie etwas von Kate gehört hatte.

Hatte sie nicht, und das allein machte ihn wahnsinnig. Entweder hatte Kate einen besseren Job gefunden, oder sie hasste ihn mehr, als sie das Geld wollte. So schlecht war sein Stand bei einer Frau noch nie gewesen. Mit Geld waren sie schließlich alle zu überzeugen! Und überhaupt … Wie konnte eine Frau dermaßen stur sein? Er hatte ihr seinen Miniatur-Roboter geschenkt. Genauso gut hätte er ihr seine Kronjuwelen überreichen können! Nur pfiffen die ihr kein Lied oder pflückten Blumen. Aaron klingelte lediglich an ihrer Tür, wenn sie zudringlichen Besuch hatte. Immerhin war dieser Rocco nicht noch mal bei ihr aufgetaucht. Ja, er hatte nachgesehen! Was dagegen? Er wusste selbst, dass es moralisch nicht vertretbar war, aber an Neugierde zu sterben, kam nicht infrage.

Statt Kates Fürsorge musste er sich nun die anderer erkaufen. Der Erste war der Taxifahrer, der ihn zum Flughafen fuhr. Dort starrte Aaron missmutig auf den Flughafenmitarbeiter, der ihn am Eingang abholte. Der Mann kostete für etwa zwei Stunden vierhundert Euro. Nur, damit er Aaron über den Flughafen führte, durch die Sicherheitskontrolle brachte und ins richtige Flugzeug setzte. Allerdings genügte ein Blick auf die unzähligen Terminals, Menschen und Koffer, umgeben von Geschrei und unbeschreiblich undeutlichen Durchsagen, um den Preis zu rechtfertigen. Allein fände Aaron das Gate in tausend Jahren nicht, selbst wenn sein Leben davon abhinge.

Also erwiderte er den Gruß von ›Stefan‹ (so stand es auf dessen Namensschild).

»Sie können mich gern Steve nennen«, sagte Stefan.

»Nein, danke.«

Stefan verzog das Gesicht, aber er war offenbar darauf getrimmt, seine Gedanken über uncoole Gäste für sich zu behalten.

»Wir gehen zuerst zum Einchecken«, verkündete er und deutete auf die Schalterreihe, hinter der uniformierte Männer und Frauen saßen, während sich davor Touristen in grässlich kurzen Hosen, quietschbunten Hemden und Blusen und weißen Socken in Sandalen drängten.

»Da muss ich mich doch nicht anstellen?«, sagte Aaron entsetzt.

»Nein, nein, Dr. Merkenthaler«, beruhigte ihn Stefan. »Sie haben den Premium-Check-In gebucht.«

Weniger er als Kate, und in diesem Moment war er ihr unendlich dankbar. Der Lärm unzähliger Stimmen, Kindergeschrei und das Rattern der Kofferrollen über die Fliesen wölbte sein Trommelfell nach innen, und er stünde wohl noch stundenlang regungslos hier, wenn ihn Stefan nicht anstupsen würde.

»Oder warten Sie auf jemanden?«, fragte er.

»Nein«, sagte Aaron, und ein Stich fuhr ihm in die Brust. Na herrlich. Und Twinkey war nicht da, um seine Herzfrequenz zu überwachen. Dieser Kerl hier konnte bestimmt nicht rechtzeitig einen Herzinfarkt feststellen, geschweige denn behandeln.

Glücklicherweise bekam Aaron nicht auch noch andere Symptome wie Engegefühl in der Brust und Übelkeit, als sie an den Economy-Fluggästen vorbei zum Schalter gingen, Stefan die Buchung vorlegte und Aaron seinen Ausweis. In einer riesigen Halle voller Gaffer zu krepieren, die ihn dabei filmten, wäre das Schlimmste, was ihm passieren könnte. Oder war das Schlimmste, wenn Kate nicht auftauchte? Stefan hob Aarons Koffer auf das Band neben der Flughafenmitarbeiterin, steckte das ausgehändigte Ticket ein und faselte etwas von Sicherheitskontrolle. Gott sei Dank. Das lenkte Aaron ab, und er konzentrierte sich allein darauf, Stefan zu folgen und ihn nicht in dem Gedränge zu verlieren. Was war das für eine lausige Angewohnheit, ohne Vorankündigung mitten im Weg stehen zu bleiben? Stefan umrundete solche Gestalten mit natürlicher Eleganz, Aaron hingegen erkannte die Gefahr nie rechtzeitig und rannte gleich viermal in tratschende Weiber hinein, die abrupt mit leeren Blicken vor Anzeigetafeln und Schaufenstern stehenblieben.

»Passen Sie doch auf«, nölten sie ihm hinterher, und Aaron war heilfroh, als sie die Sicherheitskontrolle erreichten. Erstaunlicherweise ließen sie Aaron durch, ohne ihm wie sonst die Schuhe abzunehmen oder Twinkey. Ach nein, den hatte ja Kate. Vielleicht verlief die Kontrolle deswegen problemlos. Sein Handgepäck wies keinen potenziell aufsässigen Prototypen auf, der gerne mit seinem Greifarm in fremde Hände kniff, wenn er sich bedroht fühlte.

Kaum hatten sie die grauen Stahlkonstruktionen aus Laufbändern, Gepäck- und Körperscannern sowie die unmotiviert schnaufenden Sicherheitsbeamten hinter sich gelassen, fragte Stefan fröhlich: »Wollen Sie erst in die Lounge oder gleich zum Gate?«

Wenn Aaron es sich genau überlegte, wollte er zu Kates Wohnung, sie packen und auf Händen zum Flughafen tragen. Aber er bezweifelte, dass sich Stefan überreden ließe, ihn zu ihr zu fahren.

Verflucht, warum kam sie nicht?

»Taxi!«, brüllte Kate, stürzte auf die Straße, und ihr Koffer holperte, als sie ihn hinter sich den Bordstein hinunterzerrte. Twinkey presste sie an ihre Brust, die Handtasche schnitt in ihrer Schulter ein, und sie hatte nicht die Zeit gehabt, sich Socken oder gar Schuhe überzuziehen.

»Taxi«, rief sie erneut, und Twinkeys blecherne Stimme wiederholte es wie eine Sirene.

Diesmal wurden sie gehört. Ein Mann deutete die Straße hinunter, und da stand tatsächlich ein beiges Auto mit dem gelb-schwarzen Taxischild.

»Danke schön!« Kate schlüpfte zwischen den parkenden Autos hindurch und rannte auf das Taxi zu, das in zweiter Reihe parkte und dessen Fahrer gerade einsteigen wollte.

»He!«, rief Kate. »Bitte warten Sie auf mich.«

Der Fahrer schlug die Tür zu und eilte ihr entgegen.

»Ich muss in vierundfünfzig Minuten am Flughafen sein«, keuchte sie.

Der Fahrer riss die Augen auf. »Sportlich.«

Er öffnete die Kofferraumklappe, hievte ihren Koffer hinein, während sie sich mit Twinkey auf den Beifahrersitz schob. Sie befestigte den Gurt und siedend heiß wurde ihr bewusst, dass sie keinen BH trug und zu allem Überfluss ein Wasserfallshirt. Sie zog den Stoff bis zu ihrem Hals, und der Fahrer warf sich hinter das Lenkrad, startete den Motor, drückte aufs Gas und schnitt einen Motorradfahrer.

»Sind 'ne Menge Baustellen und deswegen viel Stau«, sagte er vage.

»Ich bezahle Ihnen fünfzig Euro, wenn wir das schaffen. Mehr hab ich leider nicht.«

»Die Fahrt kostet von hier etwa sechzig.«

Verdammt, verdammt, verdammt! Entsetzt starrte sie den Fahrer an, doch er lächelte und winkte ab. »Machen Sie sich mal keine Sorgen. Wenn Sie mich dann nicht verpfeifen.«

Kate lächelte. »Danke!«

»Verschlafen?«

»Volle Lotte«, gab Kate zu. Sie klappte die Sonnenblende herunter und warf einen Blick in den kleinen Spiegel. Himmel. Gestern Abend hatte sie sich nicht sonderlich gründlich abgeschminkt. Auf ihrer Wange prangte immer noch der Kissenabdruck, der Rest der Mascara hing unter ihren Augen, und sie musste kräftig rubbeln, um ihn zu entfernen. Die letzten Spuren ihres Kajalstiftes wischte sie so auch gleich weg.

Die letzten zwei Tage hatte sie sich gefragt, warum Aaron so daran gelegen war, dass sie mitkam. Und warum sie sich so furchtbar dusslig anstellte, diesen Job und diesen Boss zu akzeptieren. Die Antwort war einfach: Aaron war anders als alles, was sie bisher erlebt hatte. Er war größenwahnsinnig, dreist und arrogant. Und zu allem Überfluss hatte er etwas an sich, dass sie diese Charaktereigenschaften, die er nun wirklich nicht für sich allein beanspruchte, ständig auf die Palme brachten! Aber sie brauchte das Geld. Also hatte sie Carmen angerufen und gesagt, sie würde das Ticket nicht verfallen lassen. Diese hatte ihr kichernd vorgeschlagen, es Aaron nicht zu sagen. Ihretwegen. Wenn ihr Boss Kate wegen der Verlade anmeckerte, könnte sie ihn immer noch mit dem Gesicht voran in die Bordtoilette stopfen. Nur könnte es jetzt gut sein, dass er einfach ohne sie flog! Blöder Mist.

Die Straßen zogen an ihnen vorbei, der Taxifahrer rief seine Kollegen an und fragte nach freien Strecken, um die Staus zu umgehen. Einmal zerrte er kurz vor einem Stauende das Lenkrad herum und rauschte in eine Passage. Eine *Fußgänger*passage wohlgemerkt!

Aber als er auf der anderen Seite wieder vorsichtig auf die Straße setzte, grinste er. »Wollte ich schon immer mal machen.«

»Kuschelchen?«, fiepte Twinkey. Erst jetzt spürte sie, wie fest sie ihn an ihre Brust drückte. Unter Aufbietung all ihrer Willenskraft löste sie ihren Klammergriff und setzte ihn auf ihren Schoß.

»Hübsches Spielzeug«, sagte der Fahrer. »Besuchen Sie Verwandtschaft?«

»Nein«, erwiderte Kate lahm und sackte prompt in einer scharfen Kurve gegen die Wagentür. »Wenn ich mit dem Mann verwandt wäre, dem er gehört, würde ich mich erschießen.«

Der Fahrer lachte bellend. »Liebe ist nun mal nicht einfach. Sach ich meiner Holden auch immer, glaubt'se mir nur nich.«

Sie verstand überhaupt nicht wieso. Es war ja nicht so, dass er wie ein verdammter Höllenhund fuhr! Kate dankte dem Himmel, als sie endlich vor dem Flughafenterminal zum Stehen kamen. Sie drückte dem Fahrer den Fünfziger in die Hand, rannte zum Kofferraum und schnappte sich ihr Gepäck. Die Rolltreppe war viel zu vollgestopft, sie rannte gleich die Treppe nach oben und – dem Himmel sei Dank – Premium-Check-In!

Sie war sofort dran, erntete einen schiefen Blick, gab ihren Koffer ab, und die Mitarbeiterin sagte: »Schnell, schnell. Ich sage Bescheid, dass Sie da sind.«

Danke!

Twinkey und ihre Tasche an sich gepresst, rannte Kate zur Sicherheitskontrolle.

»Bitte legen Sie Ihren Gürtel und Ihre Schuhe ab«, sagte die Beamtin, die ihr gelangweilt ins Gesicht sah.

»Ich habe keine Schuhe an!«

Ihr Blick wanderte nach unten zu Kates nackten Füßen, und ihre Augenbrauen hoben sich. Für einen Moment sah sie regelrecht angewidert aus.

»Ich habe verschlafen«, keuchte Kate. »Könnten Sie mich bitte vor allen anderen kontrollieren?«

»Nur weil Sie nicht Eco fliegen, sollen wir zack zack machen?«, spottete die Beamtin.

Ach verflucht, eine Diskussion nutzte am Ende nur der Beamtin etwas, wenn sie dafür sorgen konnte, dass sie dieses blöde Flugzeug verpasste!

»Wir bitten Frau Kate Parker, sich unverzüglich zu Gate B28 zu begeben. Frau Kate Parker, bitte begeben Sie sich zu Gate B28.«

»Hören Sie? Das ist mein Name!«, rief Kate aus.

»Eher kommen könnte helfen«, sagte die Schnepfe frech.

Ihr eine reinzuhauen auch! Ach, was sollte es. Kate ließ den Drachen einfach stehen, rannte zum nächsten Band und drängte sich vor einen Familienvater, der ohnehin noch seine Tochter an- oder auszog. So genau wusste sie es nicht.

»Bitte, bitte, darf ich vor? Mein Flieger geht gleich!«, bettelte Kate und schnappte sich schon eine graue Kiste. Sie setzte Twinkey hinein und ihre Handtasche und tapste auf nackten Sohlen durch die Kontrolle.

»Wo sind Ihre Schuhe?«

»Zu Hause!«

Sie hob die Arme, damit der Beamte sie mit dem Handpieper bearbeiten konnte und nervös trat sie dabei von einem Fuß auf den anderen. Twinkey gefiel es überhaupt nicht, durch den Scanner geschickt zu werden. Dieser fiepte und jaulte zum Steinerweichen und wurde mit jeder Sekunde, die er von den Beamten auf dem Bildschirm angestarrt wurde, weinerlicher.

»Das gehört meinem Boss. Es ist sein Prototyp, den er in China vorstellen muss, um damit einen großen Deal zu machen«, rief Kate und nahm ihre Tasche aus der grauen Plastikbox. Herrgott, sie brauchte nur noch Twinkey.

»Und wer ist Ihr Boss?«, fragte der Beamte.

»Dr. Aaron Merkenthaler.«

»Nie gehört.«

Ach nee, willkommen im Club der Ahnungslosen. Ihr Boss führte sich zwar wie der Godfather persönlich auf, aber sie hatte vor zwei Wochen auch noch keinen Schimmer von seiner Existenz gehabt. Für einen Moment wünschte sie sich, für Elton John zu arbeiten. Dieser Name öffnete garantiert jede Tür.

»Lassen Sie mich bitte durch«, flehte Kate. »Mein Boss ist ein cholerischer Tyrann. Wenn ich ihm das Blechteil nicht bringe, wirft er mich raus. Wissen Sie, wie es ist, mit drei Frauen in einer Zweizimmerwohnung zu wohnen?« Sie merkte, wie sich ihre Stimme mit jedem Wort höherschraubte. »Natürlich wissen Sie es nicht. Weil Sie nicht für einen Hungerlohn für einen Despoten arbeiten. Selbst wenn ich die Kohle hätte, könnte ich mir keine Wohnung suchen. Weil ich keine Zeit habe. Aber ich brauch diesen Job, für

94

den hab ich sogar meinen Lebenslauf gefaked. Wenn Sie mir den vermasseln, dann … dann … dann …«

Verdammt, ihr fiel nix ein!

Der Beamte starrte sie stoisch an. »Wie ist es denn?«

»Was?«, fragte sie verwirrt.

»Sich mit drei Frauen eine Zweizimmerwohnung zu teilen?«

Oh … Kate wippte auf den Zehenspitzen, und schon wieder hörte sie ihren Namen. Himmel noch eins, sie musste sich schnell was einfallen lassen! »Die eine lädt sich einen Kerl ein, und kaum hat er die Schwelle übertreten, versuchen die anderen beiden, ihn ihr auszuspannen.«

Ob er ihr glaubte? Reichte das? Oder wollten die sie gleich noch gründlicher durchsuchen?

»Kuschelchen«, fiepte Twinkey.

Der Beamte musterte den kleinen Wagen irritiert, hob die Augenbraue und verschränkte die Arme vor der Brust. »Eigentlich müsste ich das Ding gesondert durchchecken.« Er deutete auf Twinkey. Verfluchter Mist!

Aber er redete weiter: »Ich lass es aber mal sein. Unter einer Bedingung!«

»Welche?«, stöhnte Kate.

»Sie geben mir Ihre Adresse. Die Mitbewohnerinnen will ich unbedingt kennenlernen.«

Das Boarding hatte nicht nur schon begonnen, außer ihm saßen bereits alle im Flugzeug!

Wieder einmal zog Aaron sein Handy hervor und wählte auf dem gesprungenen Display Carmens Nummer. »Hat sich Kate gemeldet?«

»Ist sie noch nicht da?«

»Nein.«

»Oh«, rief Carmen aus.

Sein Herz klopfte. Was hieß hier ›Oh?‹ Carmen klang, als wäre sie eher erstaunt, dass Kate nicht auftauchte.

»Carmen …«, sagte Aaron gedehnt.

»Sie hatte gestern Morgen angerufen und gesagt, dass sie heute mitfliegen will«, stotterte Carmen. »Vielleicht ist ihr was passiert? Oder sie wurde aufgehalten?«

»Warum haben Sie mir das nicht gesagt?«, fauchte Aaron.

»Nun ja, so ein wenig Strafe und so. Ich dachte, es wäre …«

»Sie dachten, Sie könnten mich damit bestrafen, indem Sie auf meinen Nerven herumtrampeln?«, knurrte Aaron. »Finden Sie das witzig?«

»Nun jetzt nicht mehr ganz so sehr«, gestand Carmen. »Ich dachte ja, Sie sehen sie am Flughafen.«

»Ich sehe eine Menge Flughafen, dafür verdammt wenig Kate«, schnarrte Aaron und legte auf. Fuck. Hatte sie es sich anders überlegt?

»Sie können übrigens einsteigen. Seit fünfzehn Minuten!«, forderte Stefan Aaron zum wiederholten Male auf.

»Ich weiß«, knurrte Aaron. Verflucht, er wollte nicht im Flugzeug mit hämmerndem Herzen und voller Hoffnung warten, um dann festzustellen, dass sich die Luken ohne sie schlossen. Kates Name wurde gerade erneut in der Durchsage genannt, und man forderte sie auf, sich zum Gate zu begeben. Okay, sie hatte Carmen angerufen und gesagt, sie würde kommen. Kate schien keine Frau zu sein, die log. Was würde ihr das auch bringen? Vielleicht ließ sie ihn also nicht sitzen, sondern war aufgehalten worden. Es gab unzählige Möglichkeiten, Aarons Gedanken spulten innerhalb weniger Sekunden jedes verdammte Horrorszenario durch. Stau, ein Unfall, dieser Rocco hatte sie entführt und verschleppt. Sie lag verscharrt im Wald. Oder sie war mit Twinkey durchgebrannt, hatte ihn für weit mehr als fünftausend Euro verhökert und nur behauptet, mitfliegen zu wollen, um Zeit zu gewinnen. Okay, er musste damit aufhören. Am Ende hatte sie nur verschlafen! Oder schmollte doch lieber in ihrer Wohnung.

»Sie können *im* Flugzeug warten«, beharrte Stefan und legte Aaron die Hand auf den Rücken.

Aber zum Teufel, er ließ sich nicht wegschieben. »Ich weiß!«

»Sie verpassen selber Ihren Flug.«

»Dann sorgen Sie dafür, dass das Ding nicht ohne mich abhebt«, blaffte Aaron. Unruhig tigerte er vor den Wartebänken auf und ab.

»Wie lange hat sie noch Zeit?«, wandte sich Aaron an Stefan.

Der verdrehte die Augen. »Gar keine! Sie wurde viermal aufgerufen. Es ist schon ungewöhnlich, dass es überhaupt ein viertes Mal gegeben hat.«

Es gab sogar ein fünftes Mal. Wieder erklang Kates Name, und diesmal klang die Stimme so genervt wie Stefan.

Teufel noch eins, warum sah er es nicht einfach ein? Sie kam nicht. Warum sollte sie auf die letzte Sekunde angepreescht kommen? Die Wahrscheinlichkeit, dass sie ausgerechnet heute verschlief, war nicht sonderlich hoch.

Stefan berührte ihn am Arm. »Bitte, Dr. Merkenthaler, Sie müssen jetzt einsteigen.«

»Ja, ja«, erwiderte Aaron unwirsch. Er warf einen letzten Blick über die Sitzreihen und wandte sich seufzend der Frau hinter dem Tresen zu. Er reichte ihr sein Ticket und wollte durch die Tür gehen, die zur Gangway führte.

»Halt!«, brüllte es hinter ihm, und er wirbelte herum. Wenn er nicht nur einer sehr subjektiven Wahrnehmung unterlag, war das wirklich Kates Stimme.

Sein Herz machte einen Hüpfer, als sie sich zwischen einem alten Ehepaar und einer Mutter mit einem Baby im Brustgurt vorbeizwängte. Ihre langen Haare wehten wie eine Fahne hinter ihr her, die nackten Sohlen klatschten auf den Fliesen.

Keuchend blieb sie für einen Moment am Schalter stehen, warf das Ticket hin und presste die Hand mit der Tasche auf ihr Herz. »Fuck.«

Keine aufdringliche Farbe verunstaltete ihr hübsches Gesicht, nur ein paar hektische rote Flecken. Sie holte tief und rasselnd Luft. Nanu, gesund klang das nach seinen Maßstäben nicht. Aber solange sie nicht im Flugzeug saß und die Türen unwiderruflich verriegelt worden waren, verkniff er sich besser jeden Kommentar.

»Ich wünsche Ihnen auch einen guten Tag«, sagte Aaron stattdessen.

Twinkey quietschte unter ihrem Arm eingeklemmt. »Guten Tag!«

»Es … lag … nicht … an mir!« Sie japste nach Luft und sackte gegen den Tresen. »Der Wecker …«

»Sie müssen jetzt endlich einsteigen«, sagte die Frau vom Bodenpersonal verärgert.

Kate wankte keuchend Richtung Gangway und drückte ihm im Vorbeigehen Twinkey in den Arm. »Der hatte Sehnsucht.«

»Ihre Liebste?«, fragte Stefan irritiert.

»Meine Assistentin«, gab Aaron zurück. »Eigentlich hatte sie gekündigt.«

»Ah«, machte der Flughafenmitarbeiter. »Toll, dass sie doch noch gekommen ist …« Er grinste und zeigte mit dem Daumen nach oben.

Aaron wagte zu bezweifeln, dass Stefan tatsächlich die Tragweite dieser Situation auch nur ansatzweise begriff. Er selbst konnte es ja kaum fassen. Kate war hier! Jetzt hatte er eine ganze Woche mit ihr in einer fremden Stadt. Himmel noch eins, hoffentlich hatte er sich da nicht zu viel vorgenommen. Er war ja schon überfordert gewesen, als sie ›nur‹ in seinem Kopf herumgespukt hatte.

KAPITEL 9
ALLE KOMMEN HOCH ... IRGENDWIE

Der Flieger hatte wegen ihnen bereits zwanzig Minuten Verspätung, wie Aaron mit einem Blick auf seine Uhr feststellte. Einen Grund, seinen Schritt zu beschleunigen, sah er deswegen trotzdem nicht. Sie hatten das Flugzeug so lange aufgehalten, da machte noch eine Minute keinen Unterschied mehr. Als er das Ende der Gangway erreichte, stellte er fest, dass er unterwegs noch einen Kaffee hätte trinken können.

Kate stand mit einem nackten Fuß bereits im Flugzeug, aber sie zögerte und starrte misstrauisch die Flugbegleiterin an, die versuchte, ihr die Jacke abzunehmen.

»Die finde ich in dem Gewühl doch nie wieder«, zeterte Kate.

»Ich hänge sie in das Fach hier.« Die Stewardess zeigte auf ein kleines Fach neben der Bordküche, lächelte Kate gezwungen freundlich an und wies in den Gang.

Aaron stupste Kate in den Rücken. »Steigen Sie endlich ein. Die anderen Passagiere hassen Sie ohnehin schon.«

»Was? Wieso?«

»Weil wir die Letzten sind.«

Die Wut über die Verzögerung und der unerklärliche Drang, andere für ihre Verfehlungen zu demütigen, äußerte sich wenig überraschend in einem Beifall der Fluggäste, als sie die Kabine und damit die Business-Class betraten.

»Kuschelchen«, fiepte Twinkey.

Aaron sah, wie sich Kates Nacken rot färbte. Dabei hatte sie noch Glück. In der Economy-Class sähe sie sich wesentlich mehr Leuten gegenüber, und der Beifall vieler Hände besaß die lausige Angewohnheit, nicht so schnell abzuebben. Dafür wurde sie hier von einem Passagier aus der ersten Reihe schmierig angegrinst.

Aaron legte die Hand in Kates Rücken und schob sie den Gang entlang zu ihren Sitzen. Dort schlüpfte er an ihr vorbei ans Fenster und packte ihre Hand, um sie auf ihren Sitz zu ziehen. Ihre Wangen glühten feuerrot, sie presste die Lippen aufeinander und starrte auf ihre Fäuste.

»Das ist peinlich«, stöhnte sie leise.

»Wieso?«, fragte Aaron.

»Ich wette, die hassen mich jetzt wirklich alle.«

»Na und?«

»Sie hassen sie bestimmt auch«, platzte sie heraus.

Aaron kratzte sich den Bart und betrachtete Kate nachdenklich. »Ich fürchte, ich muss meine Frage wiederholen: Na und?«

»Macht es Ihnen nichts aus?«

»Ich kenne diese Menschen nicht«, sagte Aaron. »Mir sind nicht mal deren Namen bekannt. Ich unterhalte keine gefühlsmäßigen Bindungen zu ihnen. Sollten wir abstürzen und im eiskalten Nirgendwo landen, würde ich sie aufessen, um meinen eigenen Tod hinauszuzögern.«

Natürlich war Menschenfleisch nicht so nahrhaft wie das von Tieren, aber in der Not fraß der Teufel bekanntlich Fliegen.

Kate starrte ihn aus unerfindlichen Gründen entsetzt an. »Sie würden mich aufessen?«

Aaron runzelte die Stirn. »Nein«, wehrte er ab. »Ich rede von den anderen.«

Sie starrte ihn immer noch an, und er konnte sich nicht im Mindesten erklären, wieso! Sie entsprach doch überhaupt nicht der eben genannten Aufzählung!

»Ich würde Sie nicht essen«, beharrte er. »Ich kenne Ihren Namen und äh …«

Verflucht, er redete sich gerade um Kopf und Kragen. Nicht nur Männer reagierten verständnislos, wenn man zu früh von gefühlsmäßigen Bindungen faselte.

»Also eine Bindung …«, setzte Kate an.

»Geschäftlich vorhanden und damit ausreichend, Sie nicht zu essen«, unterbrach Aaron sie. »Es sei denn, Sie wären die einzige Tote.«

Aber bekanntlich gewannen bei einer essbaren Leiche auf hunderte Passagiere ohnehin die Stärksten. Und zu denen zählte Aaron nicht.

Glücklicherweise verzichtete Kate darauf, das Thema zu vertiefen und lauschte wie er lieber der Durchsage, dass das Flugzeug eine neue Abflugszeit erhalten hatte und in wenigen Minuten den Start einleiten konnte.

Aaron setzte Twinkey auf der breiten Mittelkonsole ab, und aus dem Kofferraum schoss ein Kabel mit USB-Anschluss, das er in den zugehörigen Anschluss rammte. Twinkeys Augen wurden schmaler, und er seufzte leise.

»Er hat geheult«, sagte Kate plötzlich.

Aaron hob erstaunt den Kopf. »Wer?«

»Na, er hier.« Kate deutete auf Twinkey, aber Aaron schüttelte entschieden den Kopf.

»Er ist ein Computer. Er kann keine Gefühle empfinden. Er imitiert nur die Geräusche, die er hört.« Aaron stockte und warf Kate einen schiefen Blick zu. »Sie haben doch nicht vor ihm geweint?«

»Nein, er muss es von Ihnen haben«, gab Kate spitz zurück und rutschte auf ihrem Sitz hin und her. »Was ist das denn?« Sie zog eine dicke Rolle hinter ihrem Rücken hervor.

»Das ist die Matratze für die Nacht«, erklärte Aaron.

»Wo soll ich die ausrollen? Im Gang?«

»Nein«, grinste Aaron. »Sie können Ihren Sitz in eine Liege verwandeln. Wenn Sie die First Class gebucht hätten, müssten Sie das nicht einmal selbst tun. Sie hätten faktisch einen Steward für sich, ein eigenes Bett, eine eigene Kabine.«

»Wissen Sie, was die First Class kostet?«, fragte Kate und drehte die Rolle zwischen ihren Händen, bevor sie diese gegen den Vordersitz lehnte.

»Wie viel?«

»Achttausend Euro pro Person *und* Strecke!«

»Ja, und?«

»Ja, und?«, widerholte Kate schrill. »Von zweiunddreißigtausend Euro kann man sich ein Auto kaufen!«

»Wohl eher eine Schrottschüssel«, widersprach Aaron. Für diesen Preis bekam man niemals ein adäquates Auto.

Kate fuhr sich durch die Haare und schüttelte den Kopf. »Klar, Sie sind CTO eines großen Unternehmens, aber selbst dann kennt man die Relationen von Geld. Sie waren doch nicht schon immer reich?«

Aaron sah sie schief an, und Kate warf die Hände in die Luft. »Sie waren schon immer reich.«

»Reich ist ein dehnbarer Begriff«, erwiderte Aaron.

Er drückte die Knöpfe von Kates Konsole, und schnurrend begann sich der Sitz unter Kate zu bewegen. Sie sackte mit der Rückenlehne nach hinten, ihre Füße gingen hoch, und dann lag sie waagerecht.

»Wow«, machte Kate und ließ sich von ihm zurück in die Sitzposition fahren. Sie beugte sich nach vorn und untersuchte den Beutel am Sitz vor sich. »Zahnpasta, Kamm, Deo, meine Güte. So gut bin ich ja nicht mal ausgestattet, wenn ich drei Wochen in den Urlaub fahre.«

Das wollte er jetzt nicht gehört haben. Aaron sah auf, als die Stewardess vorbei kam und ihnen jeweils ein Kissen reichte. Kates Gesicht gefror zu einer Maske schieren Unglaubens. Ihre Finger strichen immer wieder über das Kissen, das sie an ihre Brust drückte.

»Kate?«, fragte er besorgt. Sie wurde doch nicht etwa kurz vor dem Start krank?

»Es ist so weich«, hauchte Kate und zog auch noch die Decke aus dem Beutel. »Die ist auch weich.«

Ähm, war das nicht der Sinn von Decken und Kissen? Zumindest im modernen Europa?

Aaron beugte sich nach vorn und zerrte aus der Lasche, in der auch das Hygienebeutelchen steckte, ein Paar eingeschweißter Socken hervor. »Ziehen Sie die an, sonst werden Sie noch krank.«

Kate riss die Verpackung auf, griff hinein und stöhnte wie ein wollüstiger Elch. »Fuck!«

»Was ist?«, fragte Aaron erschrocken.

»Die sind ja der Hammer!« Sie knüllte die Packung zusammen und zerrte sich umständlich die Socken über die Füße. »So flauschig wie ein verdammter Teddy!«

Ah ja. Ihre Begeisterungsfähigkeit war ihm ein wenig suspekt. Aaron hielt Kate die Speisekarte unter die Nase, vielleicht half das ja. Essen half doch bei fast jedem Problem, das Frauen hatten.

»Oh Gott, ich hab Hunger. Wann bekommen wir es?«

»Nach dem Start.«

»Und worauf warten wir?«

»Dass Sie sich anschnallen«, erwiderte die Stewardess freundlich. Sie drückte noch den Knopf, bis Kates Sitz in der richtigen Position war und half ihr, den Gurt zu schließen. Aaron hingegen setzte in der Zwischenzeit den schnurrenden Twinkey auf seinen Schoß.

»Soll ich Ihnen was sagen?«, flüsterte Kate.

»Was?«, brummte Aaron.

»Ich hab Flugangst.«

»*Was?*« Aarons Stimme war wesentlich lauter als ihre, und in der Mittelreihe drehte sich ein Mann nach ihnen um.

»Ich bin zwar schon ein paar Mal in meinem Leben geflogen, aber ich habe immer noch Flugangst. Das ist jetzt nicht unbedingt ungewöhnlich«, erwiderte Kate.

»Warum haben Sie das nicht vorher gesagt?«, fauchte Aaron. »Dann hätten wir Sie niemals eingestellt.«

»Was? Wieso?«

»Weil *ich* Flugangst habe!«

»Und Sie haben das Alleinrecht darauf?«, fragte Kate pikiert.

»Nein. Aber ich habe verdammt große Flugangst, und es ist nicht sonderlich hilfreich, wenn mich meine Reisebegleitung auch noch mit *ihren* Ängsten behelligt.«

»Sie sehen nicht gerade aus, als stünden Sie kurz vor der Hysterie«, gab Kate zurück.

»Weil ich bis vor zwei Minuten damit abgelenkt war, ob Sie es schaffen, Ihren werten Hintern in dieses Flugzeug zu bewegen, oder ob Sie bis ans Ende Ihres Lebens schmollen und ich mir einen neuen Prototypen bauen muss.«

»Dann habe ich doch schon einen Punkt meines Arbeitsvertrages erfüllt, ohne auch nur anwesend zu sein. Vielleicht sollte ich aussteigen!«, fauchte Kate.

»Die Türen sind bereits verschlossen.«

»Ich krieg sie bestimmt wieder auf.«

»Wenn Sie das versuchen, lösche ich bei Twinkey das Wort ›Kuschelchen‹.«

»Das wagen Sie nicht.«

Kate erstarrte, als sich das Flugzeug mit einem Ruck in Bewegung setzte, genauso wie Aaron. Seine Finger krallten sich in die Mittelkonsole, dort wo die Knöpfe für ihre Sitze waren. Fuck. Bisher war sie immer mit jemandem geflogen, der *ihr* die Hand halten konnte und nicht andersherum.

Sie drückte sich in den Sitz. Am liebsten hätte sie die Beine angezogen, aber das war nicht die vorgeschriebene Sicherheitsposition. Wenigstens hatte ihr die Stewardess das Kissen gelassen. Sie drückte es gegen ihre Brust. Twinkey hielt sich mit seinem Greifarm an Aarons Sakko fest, und seine blickenden Augen sahen beneidenswert entspannt aus. Ob der vielleicht Betäubungsspritzen in seinem Kofferraum hatte?

»Warum haben Sie keine Tabletten genommen?«, brummte ihr Boss.

»Ich nehme nie Tabletten, bevor ich fliege. Wenn ich abstürze, dann will ich das bei vollem Bewusstsein tun und jede Minute nutzen, um Gott zu verfluchen. Und Sie? Warum haben Sie keine geschluckt?«

»Ich habe es vergessen«, gestand Aaron. Er zog einen Blister runder Tabletten aus der Tasche seines Sakkos. Sie war noch voll. »Ich nehme nachher eine, wenn es etwas zu trinken gibt.«

»Sofern wir den Start überleben, ohne das Flugzeug zusammenzukreischen«, flüsterte Kate.

»Ich bitte Sie, nicht zu kreischen. Das ist mehr, als ich ertrage. Soll ich als gebrochener Mann in Hongkong ankommen?«

»Wollen Sie damit sagen, meine Stimme ist scheußlich?«

»Nein. Sie ist sehr angenehm. Sehr tief und sinnlich, aber wenn Sie sich aufregen, werden Sie extrem schrill.«

Dieser Mann machte sie fertig! Hatte sie das schon erwähnt? Erst wartete er auf sie, dann stritten sie (mal wieder), und jetzt fand er ihre Stimme erst gut, dann nicht.

Sie atmete tief ein und starrte an Aaron vorbei aus dem Fenster. Das Flughafengebäude entfernte sich und wurde immer kleiner. Sie fuhren an anderen parkenden Flugzeugen vorbei, an Grünstreifen und breiten Asphaltbahnen. Eigentlich wollte sie mit ihrem Boss nicht streiten. Sie wollte mit niemandem streiten, allerdings musste sie zu ihrer Schande gestehen, dass seine Stimme sie ablenkte, und sie wollte mehr davon hören. Auch er sah zum Fenster hinaus, aber sie berührte ihn am Arm.

»Hören Sie, Dr. Merkenthaler. Wir werden auf dieser Reise nicht sonderlich gut miteinander auskommen, wenn Sie ständig an allem etwas auszusetzen haben.«

»Ich habe nichts auszusetzen«, behauptete ihr Boss. »Was kann ich dafür, wenn Sie nicht mit der Wahrheit umgehen können? Ihre Stimme *ist* schrill, wenn Sie sich aufregen. Wir können ja alle hier zu einer Befragung einladen.«

»Wagen Sie es ja nicht«, zischte Kate. »Na und, dann werde ich eben schrill! Weil ich Emotionen nicht nur empfinde, sondern auch ausdrücke. Tut mir leid, dass ich keiner Ihrer Prototypen bin. Roboter werden bestimmt niemals schrill.«

»Das ist nicht ganz richtig«, widersprach Aaron und verschränkte die Arme vor der Brust. »Roboter haben meistens eine Sirene, die anspringt, wenn Gefahr in Verzug ist. Und eine Sirene muss schrill sein.«

Na, wenn er das sagte.

»Kann Twinkey auch schrill werden?«, fragte Kate.

»Versuchen Sie mal, ihn zum Shoppen mitzunehmen.«

»Och, da hat er sich eigentlich ziemlich gut angestellt«, behauptete Kate.

»Er mag Sie eben« gab Aaron zurück.

»Ich denke, er kann keine Gefühle empfinden«, bohrte Kate und starrte auf das vorbeiziehende Grün. Das Flugzeug wurde immer schneller.

Ihr Boss schloss die Augen, drückte sich in den Sitz und atmete sichtlich bemüht. »Wie ich schon sagte, er übernimmt im Selbstlernmodus meine Gefühle, reagiert auf diese und auf die der Menschen in meiner Umgebung.«

Oh, was? Kate drehte sich auf dem Sitz herum, bis sie ihren Boss anstarren konnte, ohne sich eine Nackenverspannung zu holen. Sie starrte ihn ziemlich lang an. In ihrem Kopf ratterte es.

Twinkey übernahm seine Gefühle. Hatte Twinkey dann ebenfalls Flugangst? Sie warf einen Blick auf das kleine Auto, dessen Windschutzscheibe dunkel war bis auf zwei schmale beleuchtete Streifen. Er surrte leise, und wenn sie es nicht besser wüsste, könnte sie schwören, er war eingeschlafen.

Sein Besitzer war wesentlich weniger entspannt. Er atmete schwer, presste die Lider aufeinander, und seine Finger umklammerten so fest die Armlehnen, dass seine Knöchel weiß hervortraten.

Ihr eigenes Herz klopfte ihr bis zum Hals, und es wurde noch schneller, als ein Ruck durch das Flugzeug ging, und das Brausen der Turbinen immer lauter wurde, ihre Ohren ausfüllte, bis sie nichts anderes mehr hörte. Sie beugte sich zu Aaron, tastete seine verschränkten Arme entlang, bis sie seine Hand fand. Ihre Finger schoben sich neben seine, und er schlug die Augen auf. Sie lächelte ihn kurz an, und als er die Umklammerung seiner selbst löste, packte sie seine Hand fester. Erst dann lehnte sie sich ebenso in ihren Sitz und schloss die Augen. Als sich die Räder vom Boden lösten und das gesamte Flugzeug ins Beben kam, drückte sie seine Hand.

Fuck, verdammt, sie würde sich niemals daran gewöhnen, egal, wie oft sie noch flog. Dabei war es eine große Maschine. Beim Starten und Landen merkte man wesentlich weniger von den Kräften, die miteinander kämpften, um das Flugzeug in die Höhe zu bekommen, als bei kleinen Urlaubsfliegern. War die Reiseflughöhe erst einmal erreicht, flogen die Maschinen meistens so ruhig, dass man denken könnte, man säße in einer Schwebebahn. Aber von der Erde in den Himmel und wieder hinunter zu kommen waren die schlimmsten Minuten während des gesamten Fluges. Sie verurteilte niemanden dafür, dass er eine Scheißangst hatte, sein Leben einer Blechbüchse mit Turbinen anzuvertrauen. Ein Fehler des Piloten oder der Technik, und es konnte das Ende sein. Dabei war Fliegen sicherer als alles andere. Aber Spinnen taten auch niemandem was, wenn man es nicht gerade mit einer Tarantel zu tun bekam, die Bock auf ein Opossum hatte.

Aaron erwiderte den Druck ihrer Hand. Ihre Finger verkrampften sich ineinander, und sie könnte schwören, dass sie beide Quetschungen davontrugen. Immerhin beschwerte sich ihr Boss nicht, weil sie ihm fast die Hand brach. Nein, zu allem Überfluss streichelte sein Daumen über ihren Handrücken. Ein Schauer durchfuhr ihren Körper. Himmel. Jetzt wusste sie nicht, was ihr mehr Angst machte.

Vorsichtig öffnete sie ein Auge und blinzelte verdutzt. Ihr sonst so streitsüchtiger Boss hatte sich ihr zugewandt, presste nicht mehr die Augen zusammen, sondern betrachtete sie. Als sie seinen Blick erwiderte, sah er schnell auf die Sitzlehnen vor ihnen.

Das Flugzeug wurde ruhiger, das Tosen der Turbinen leiser, und Kate drückte Aarons Hand, bis er wieder zu ihr sah. »Und? Habe ich Sie abgelenkt? Auch wenn ich diesmal geistig abwesend war?«

»Es muss immens sein, was Sie erreichen können, wenn Sie erst physisch und psychisch voll und ganz bei der Sache sind«, spottete Aaron und lächelte schwach.

Und Kate? Die mochte sich noch nicht so recht aus seinem Griff lösen. Ihre Finger blieben in einander verschränkt, bis die Stewardess nach ihrem Getränkewunsch fragte.

»Orangensaft«, verlangte Aaron

Kate hingegen schwankte zwischen Sekt und Härterem.

»Darf ich während der Arbeitszeit trinken?«

»Ich wüsste nicht, dass Sie sich an eine einzige Regel gehalten hätten, warum sollten Sie jetzt damit anfangen?«

Hm, toll, danke schön. »Ich nehme auch den Saft«, murrte Kate.

Kaum servierte man ihnen die gefüllten Gläser, setzte Aaron Twinkey auf die Mittelkonsole und zog erneut die Tablettenpackung hervor. »Wollen Sie eine?«

»Nein, danke«, gab Kate zurück.

»Fluchen Sie für mich mit, wenn wir abstürzen.« Aaron steckte sich eine Tablette in den Mund und spülte sie mit Saft hinunter.

Dann lehnte sich Aaron erneut zurück und schloss die Augen. Als Kate endlich damit fertig war, sich umzusehen, den Bildschirm an dem Sitz vor ihr und die Taschen darunter zu untersuchen, stellte sie fest, dass er eingeschlafen war. So … und jetzt? Hatte sie frei? Konnte sie sich einen schönen Feierabend machen, oder musste sie den Rest des Fluges über Dornröschens Schlaf wachen?

Kate entschied sich, das Magazin der Fluggesellschaft durchzublättern und das Ruckeln des Flugzeuges so gut es ging zu ignorieren. Die meisten Passagiere schalteten sich einen Film ein, setzten die Kopfhörer auf und nahmen sie nicht einmal ab, als der köstliche Duft von Essen durch die Kabine waberte.

Nur wenig später kam die Stewardess mit der Essensverteilung in ihrer Sitzreihe an, und Kate stupste ihre Märchenprinzessin, äh, den Prinzen vorsichtig am Arm. Er zeigte keinerlei Reaktion. Sie pikste ihn stärker, wieder nichts. Sie rüttelte ihn an der Schulter. Er murrte und drehte den Kopf in die andere Richtung. Gute Güte, der verpasste das Essen. Er war ohnehin schon unausgeglichen. Wie wurde das erst, wenn er mit Hunger aufwachte?

Kate löste ihren Gurt, kniete sich auf den Sitz, beugte sich über die Trennkonsole und sagte mit gedämpfter Stimme in sein Ohr: »Hey, Boss, es gibt Essen. Ich weiß, wie zickig Männer mit Unterzuckerung werden. Sie wollen doch nicht, dass ich Sie füttere, oder?«

Die Drohung verpuffte im Nichts, obwohl … Aaron rührte sich, zog die Nase kraus und drehte ein weiteres Mal den Kopf. Diesmal in ihre Richtung und zwar so unvermittelt, dass sie nicht rechtzeitig zurückwich. Seine Nase streifte ihre, er grinste im Schlaf und seufzte.

Schlafend sah er irgendwie harmlos aus und täuschend friedlich. Weder zogen sich seine Augenbrauen zusammen und seine Mundwinkel nach unten, um gleich eine Beleidigung von sich zu geben, noch stellte er betonte Emotionslosigkeit zur Schau.

Josua mochte der klassisch Schönere von beiden sein, aber Aaron besaß einen aufregenderen Charme. In jeglicher Hinsicht. Wann brachte ein Mann ihr Blut so in Wallung vor Wut?

Wie lange starrte sie ihn eigentlich schon an? Und was war das für Zeug, dass er davon sogar den Essensduft verschlief? Vielleicht konnte sie ihr Schneewittchen ja wach küssen?

Ihre Vernunft sagte, dass das eine blöde Idee war, aber die hatte noch nie viel zu melden gehabt. Und huch, sie verlor ein wenig das Gleichgewicht, rutschte ein Stück nach vorn und stieß ausgerechnet mit Aaron zusammen. Genau genommen traf sie mit *ihrem* Mund *seine* Lippen. Dafür, dass zwischen diesen mitunter solche Bosheiten herausschlüpften, waren sie überraschend weich. Ein Kribbeln fuhr Kate durch den Bauch, bis in ihre Brust und raubte ihr für einen Moment den Atem.

Das war nicht gut. Kate zuckte zurück, starrte Aaron mit klopfendem Herzen an, aber den könnte gerade auch eine Rakete treffen, er würde nichts merken. Sorgsam sortierte Kate ihre Knochen in eine Sitzposition, die besser zum Essen geeignet war.

Die Stewardess klappte Kates Tablett aus und stellte eingelegten Chicorée, Orangensalat, Frischkäse und Feigen vor ihr ab.

Verdammt, sah das lecker aus, und doch schielte sie immer wieder hinüber zu Aaron. Er gehörte zu den Männern, die nicht bei jeder Gelegenheit schnarchten. Bis auf die gelegentlichen Seufzer. Wer wusste, wovon er träumte. Bestimmt nicht von ihr. Toll, jetzt fing sie an, sich solche Gedanken zu machen. Sie war dumm. Eine Frau wie sie machte sich keine Gedanken darum, ob ein Mann von ihr träumte. Konnte ihr schließlich egal sein. Sie träumte ja auch nicht von Männern. Nur von Hunden, oder sie fiel aus großer Höhe, oder dass sie Probleme mit ihren Augen hatte und nur alles verschwommen sah.

Um weder die Stewardess oder gar den Flugzeugkoch zu beleidigen, ließ sie sich auch Aarons Essen servieren. Sie nahm ihren Job schließlich ernst! Sie sorgte dafür, dass nichts verschwendet wurde, nur weil er Dornröschen spielte. Beim Hauptgang spannte bereits ihr Oberteil, und das Dessert sah so gut aus, dass sie noch einmal versuchte, ihn zu wecken.

»Es gibt Mandelpudding mit Beerengrütze und Amarettinistreusel«, raunte sie von der Karte ablesend in Aarons Ohr. Er sagte keinen Ton und bewegte sich nicht mal. Also war er anscheinend kein Zuckerjunkie. Damit war es entschieden. Sie opferte sich und aß auch sein Dessert. Anschließend fühlte sie sich wie eine Kuh kurz vorm Kalben. Jetzt konnte sie ebenfalls ein Nickerchen gebrauchen.

Kate drückte die Knöpfe, die ihren Boss in eine waagerechte Position brachten, breitete die Decke über ihn aus, und zum Glück für ihn, war er viel zu weit unten, um ihn noch einmal verstohlen abzuknutschen.

Das erinnerte sie an ihre ersten Kussversuche als Zehnjährige mit ihrem Teddy – der arme Kerl hatte sich auch nicht wehren können. Gott, war das peinlich. Wie konnte sie nur? Warum kamen ihr im Flugzeug eigentlich immer solche dummen Gedanken? Lag es an dem Glück, den bedrohlichen Start überlebt zu haben? Das Leben nach einer Extremsituation auszukosten, oder hatte sie einfach nur einen Knall?

Twinkey brummte leise und zwinkerte sie an.

»Schlaf weiter«, zischte Kate.

Twinkey fiepte, wendete, so gut es das Kabel zuließ, und starrte auf die Sitze vor ihnen. Hm, sie könnte ihm den Fernseher anschalten, oder? Kate drückte sich durch das Programm, suchte nach einem Film, der Twinkey gefallen könnte und landete schließlich bei ›Peter Hase‹. Sie startete den Film, und Twinkeys Augen richteten sich auf den Bildschirm. Ausgezeichnet, ein weiteres Prinzesschen versorgt.

Kate ging zur Toilette, putzte sich in der engen Kabine die Zähne und machte es sich dann auf der Liege bequem. Sie zog die Decke über sich, wickelte sich darin ein, und anscheinend tat ihrem Gehirn die Höhenluft nicht gut – für einen winzigen Moment wünschte sie sich, sie könnte sich in die Arme ihres Bosses schmiegen. Toll, wie sollte sie jetzt schlafen? Und als wäre das nicht genug, begann die verdammte Maschine stärker als sonst zu schaukeln!

KAPITEL 10
TEDDYS KUSCHELN BESSER

Geschaukel weckte Aaron und ließ sein Herz im gleichen Atemzug schneller schlagen. Die Maschine vibrierte, und bei jedem Hüpfer krampfte sich sein Magen zusammen. Die Lichter waren aus, am Anfang des Ganges sah er den Schein der Taschenlampen, mit denen sich die Kabinencrew bewegte, wenn einer der Gäste einen Wunsch hatte. Bei einigen Plätzen liefen Filme auf dem Monitor, die meisten trugen Kopfhörer, und niemand schien beunruhigt, außer ihm. Und dieser jemand, der leise wimmerte. Kam das von Kate? Aaron schob sich nach oben und spähte über die Mittelkonsole. Dort lag Kate, die Decke fest umklammert, und mit geschlossenen Augen murmelte sie immer wieder ›Lass es doch endlich vorbei sein‹. Sie meinte hoffentlich den Flug.

»Was ist los?«, zischte er.

Kate hielt inne, riss die Augen auf und starrte ihn an. »Oh, Sie sind wach.«

Ja, auch dank ihr, aber das verkniff er sich. Er schob die Füße von der Liege, beugte sich zu ihr und griff nach ihren verkrampften Händen. Sie fühlten sich feucht und kalt an. Kate hatte panische Angst.

Aaron nahm den Blister aus seiner Sakkotasche und reichte ihn Kate. »Schlucken Sie eine von den Tabletten. Sie helfen gut.« Zwar hätte er nach der Einnahme noch mindestens zwei Stunden schlafen müssen, aber die Hersteller hatten vermutlich nicht weibliches Panikgewimmer einberechnet.

Doch Kate schüttelte vehement den Kopf. »Ich nehme keine Tabletten. Niemals.«

»Wieso nicht?«, fragte er irritiert.

»Das mag jetzt blöd klingen …«, setzte Kate an und verzog das Gesicht, »… aber ich habe immer Angst, an den Dingern zu ersticken.«

Ungläubig starrte Aaron auf die Packung. Die Pillen waren vielleicht so groß wie Stecknadelköpfe.

»Sie sind viel zu klein, um daran zu ersticken«, widersprach er.

»Und Flugzeuge sind sicherer als jedes andere Verkehrsmittel, und trotzdem haben Sie sich beim Start genauso fast eingemacht.«

Zugegeben, da hatte sie recht. Aaron steckte die Pillen wieder ein und wollte gerade seine Hand von Kate wegziehen, doch ehe er sich versah, schob sie ihre eiskalten Finger unter seinen Ärmel, soweit es der Ausschnitt zuließ.

»Sie sind so herrlich warm.«

Und sie war ein Eiswürfel! Er meinte zu spüren, wie ihre Kälte unter seine eigene Haut kroch, sich die Härchen an seinem Arm aufstellten, und fröstelte plötzlich. Sein Herz machte auch irgendwie einen erschrockenen Satz, und mit einem Mal war ihm heiß und kalt zugleich.

Sie versuchte, ihre zweite Hand unter seinen Ärmel zu schieben. Ihr ganzer Körper begann zu zittern, und am liebsten hätte er sie in seine Arme gezogen. Aber er war ihr Vorgesetzter. Am Ende verstand sie es noch falsch. Das Letzte, was er wollte, war, ihr das Gefühl zu vermitteln, tatsächlich mehr von ihrer Begleitung zu erwarten.

Nachdrücklich entwand er ihr seinen Arm, griff hinter sich nach der Decke und breitete sie über Kate aus. »Schlafen Sie.«

Er wusste selbst, dass das leichter gesagt war als getan, aber was sollte er tun? Sie wollte keine Tabletten.

Chloroform hatte er zufälligerweise nicht einstecken, genauso wenig wie Beruhigungsspritzen. Da half nur noch Alkohol. Aaron drückte den Rufknopf für die Stewardess, und keinen Moment später beugte sie sich zu ihnen herunter, den Strahl einer Taschenlampe auf den Boden gerichtet. Nachdem sie einige alkoholische Drinks aufgezählt hatte, bestellte er einen doppelten Whisky. Viele Prozente, aber ungepanschter Alkohol. Das Letzte, was er brauchte, war eine kotzende Kate. Diese zitterte immer noch, und Aaron deutete auf den Bildschirm, auf dem der Trailer von Peter Hase lief.

»Soll ich den Film anschalten?«, fragte er. »Oder einen anderen?«

»Nein«, wehrte Kate ab. »Den hatte ich für Twinkey laufen lassen.«

Sein Prototyp stand auf der Mittelkonsole und hatte sich in den Sleep-Modus geschaltet. Die Windschutzscheibe war dunkel, und nur das Aufblinken seines rechten Scheinwerfers zeigte, dass seine Batterie gerade lud.

Die Stewardess kehrte zurück und reichte Aaron den Whisky, der ihn wiederum Kate in die Hand drückte.

»Trinken Sie.«

»Ich denke, ich darf während der Arbeitszeit nicht …«

»Es ist eine dienstliche Anweisung.«

Endlich hielt Kate den Mund und stürzte das Zeug mit einem Zug runter.

»Geht es Ihnen besser?«

Sie überlegte und nickte schließlich. »Ich denke schon.«

»Dann versuchen Sie zu schlafen.« Aaron zog sein Sakko aus, legte sich damit auf seinen eigenen Sitz und breitete es über sich aus. Verflucht. Für einen Moment bereute er es, Kate seine Decke gegeben zu haben. Durch die Klimaanlage war es in der Kabine recht kühl. Aber irgendwie musste er den Eisklumpen, der behauptete, seine Assistentin zu sein, ja warm halten.

Trotz der Kälte und des Geschaukels der Maschine fiel Aaron in einen leichten Dämmer. Doch gerade war er für gefühlt zwei Sekunden eingeschlafen, als er erneut aufwachte.

Er zuckte zurück, als sich eine Gestalt über ihn beugte. Nur ein Schatten in der Dunkelheit der Kabine. Der Schemen setzte sich neben ihn auf seine Liege und seufzte. Die Stimme klang verdächtig wie Kate!

Bevor er etwas einwenden konnte, quetschte sie sich neben ihn! Ihre Locken fielen ihm ins Gesicht, sie schmiegte die Nase gegen seinen Hals, und der Geruch ihres Shampoos - er tippte auf Mango-Duftstoffe - umhüllte ihn. Sie streckte die Arme nach oben, sortierte die Decke, bis diese sie beide wärmte und kuschelte sich an ihn.

Potzblitz.

Das war ihm in seinem gesamten Leben noch nicht passiert. Er wusste nicht einmal, dass zwei Menschen auf diese Liege passten. Dafür konzipiert war sie jedenfalls nicht. Es war verflucht eng, Kate war eiskalt, und trotzdem öffnete er nicht den Mund, um sich zu beschweren. Er sagte kein Wort, zu seinem eigenen Erstaunen.

Während Twinkey leise zu pfeifen begann, legte er den Arm um sie, und sie seufzte noch ein wenig mehr.

»Während der Arbeitszeit darf man das nicht«, kicherte Kate.

»Was?«, fragte Aaron verunsichert. Wovon zum Teufel redete sie? Hey, sie unterstellte ihm doch nicht Belästigung am Arbeitsplatz?

Sie schob den Kopf hoch, und mit jedem Atemzug blies sie ihm ihre Fahne ins Gesicht. Herrgott, sie musste sich bei der Stewardess noch mehr Whisky besorgt haben.

»Wie viel hast du getrunken?«

»Wunderbar weiche Lippen«, murmelte Kate.

»Wer?«

»Na, du …« Sie legte den Finger auf seine Lippen und grinste ihn verschmitzt an. »Ich sag auch nischts.«

»Wovon?«

»Du bischt kein richtiger Doktor.«

»Bin ich wohl«, widersprach er empört. »Ich habe promoviert.«

Kate sah ihn mit großen Augen an. »Oh, dann kannscht du operieren?«

»Was? Nein!«

»Siehscht du, du bischt kein rischtiger Doktor!«

Toll, und dafür hatte er jahrelang studiert!

Kate lehnte den Kopf gegen seine Schulter, und gerade mal zwei Sekunden später hörte er nur noch ein leises Grunzen von ihr. Sie war eingeschlafen. Einfach so. Sie annektierte seine Liege, sodass er sich mit dem Rücken gegen die Seitenlehne pressen musste, und schlief ohne jedes schlechte Gewissen ein! Ohne ihm das mit den weichen Lippen zu erklären. Sie konnte doch unmöglich seine gemeint haben. Weshalb sollte sie sich für die Beschaffenheit seines Mundes interessieren? Verwirrt lehnte er das Kinn gegen Kates Stirn. Eines musste er ihr trotzdem lassen – er brauchte keine Tablette mehr. Sie hatte ihm genügend zum Nachdenken gegeben, sodass er seine Flugangst völlig vergaß.

Vor zehn Minuten wäre er erleichtert gewesen, als er endlich merkte, wie die Tabletten doch noch nachwirkten.

Sie wollten ihn unbarmherzig in Morpheus' Arme ziehen, aber er wehrte sich dagegen. Schließlich fing er endlich an, sich an Kates Nähe zu gewöhnen, ja, sie sogar zu genießen. Das wollte er so lange wie möglich auskosten. Er spürte, wie sein Puls sich beruhigte, sein Atem flacher wurde, und Kates Duft begleitete ihn in die Träume.

Aaron wachte nur einmal kurz auf, als sie ihn beim Herumwälzen boxte. Das Flugzeug schien zu rütteln, wie ein Bus auf einer holprigen Landstraße. Aber selbst in diesem Moment beruhigte ihn ihre Nähe, und er schlief erneut ein.

Erst die aufkommende Unruhe bei Sonnenaufgang weckte ihn. Das Licht an den Gepäckfächern über ihnen wurde eingeschaltet, die Flugbegleiterinnen gingen durch die Gänge und verteilten an die Erwachenden warme, feuchte Tücher. Die Decke lag noch immer über ihm, allerdings fehlte etwas: Kate!

Er setzte sich auf und spähte über die Mittelkonsole. Sie saß kerzengerade auf ihrem Platz und starrte angestrengt auf den Bildschirm, auf dem stumm ein Film lief, aber sie trug keine Kopfhörer.

»Guten Morgen«, sagte Aaron.

Kate zuckte zusammen, drehte den Kopf zu ihm, grinste zu breit und im Übrigen viel zu unecht. »Oh, guten Morgen, Dr. Merkenthaler«, flötete sie. »Haben Sie gut geschlafen?«

»Jaaaa …«, gab Aaron zurück und runzelte die Stirn.

Dieses betont freundliche Lächeln machte ihm ein wenig Angst. Ihre Wangen färbten sich feuerrot, und Kate starrte angestrengt auf den Bildschirm.

Was war nur los mit ihr? Diese Frau war jeden Tag aufs Neue ein Mysterium. Nur drängelte seine Blase zu sehr, um es sofort ergründen zu können.

Er drückte die Knöpfe, bis sich sein Sitz in einen Sessel verwandelt hatte und erhob sich. »Würden Sie mich bitte vorbeilassen?«

Kate sprang auf, stolperte, und hätte Aaron nicht rechtzeitig ihren Arm gepackt, wäre sie wohl über den Gang dem nächsten Sitznachbar auf den Schoß gefallen.

»Tschuldigung«, murmelte Kate. Mit weit aufgerissenen Augen sah sie zu ihm hoch. Er konnte darin die kleinen geplatzten Adern sehen, eine Haarsträhne klebte an ihrem Mundwinkel, und sie versteifte sich. Er kannte sich zwar nicht sonderlich gut mit Frauen aus, aber Kate hatte entweder einen mordsmäßigen Kater, oder sie litt immer noch unter Flugpanik.

»Alles in Ordnung?«, forschte Aaron.

»Ja, natürlich.« Sie sah nicht nur zerzaust aus, sie wurde auch schon wieder so furchtbar schrill.

Er ließ sie los und den Arm sinken, doch nur um ihr Handgelenk zu ergreifen. Sie war so blass, da wollte er lieber ihren Puls fühlen, bevor er Twinkey auf sie hetzte, um ihre Blutwerte zu untersuchen. Aber sie zerrte so schnell ihre Hand weg, dass es Aaron einen Stich versetzte. Warum eigentlich? War doch lächerlich.

Lächerlich. Hey, war das vielleicht das Stichwort? Genierte sie sich, weil sie sich sturzbetrunken zu ihm auf die Liege gequetscht hatte?

»Sie brauchen sich nicht für die Einlage letzte Nacht zu schämen«, versuchte er, sie zu beruhigen. »Sie waren riechbar betrunken, Ihnen war kalt, und Sie hatten Angst.«

Er hatte damit gerechnet, dass es ihr nun besser ging. Aber Kate riss den Kopf hoch und starrte ihn an, als hätte sie der Blitz getroffen. Sie öffnete den Mund, heraus kam nur ein unverständliches Gurgeln. Beschimpfte sie ihn auf Chinesisch, oder was stimmte nicht mit ihr?

Bevor er fragen konnte, tauchte hinter Kate der Servierwagen auf.

»Können Sie bitte zur Seite treten?«, fragte die Stewardess freundlich.

Aaron schob Kate in ihre Sitzreihe, damit die Stewardess den Wagen an ihnen vorbeischieben konnte. Für einen Moment spürte er Kates Atem an seinem Hals, aber dann trat sie einen großen Schritt zurück und prallte mit dem Kopf gegen die Gepäckfächer.

»Fuck«, fluchte sie leise und hielt sich den Kopf.

»Was ist los mit Ihnen?«, bohrte Aaron.

»Nichts!«

»Es muss Ihnen nicht peinlich sein«, beharrte er.

»Es wird nicht besser, wenn Sie immer wieder darauf herumhacken«, fauchte Kate. »Können wir es nicht einfach vergessen?«

»Ich bin sehr schlecht im Vergessen.« Es sei denn, es handelte sich darum, wie er von A nach B kam. Und Fremdwörter. Gehirne waren schon seltsame Gebilde. Außerdem war es ziemlich einprägsam, einer Frau wie ihr so unvermittelt nahe zu sein.

Kate drückte die Hand gegen ihre Stirn. »Können Sie es dann einfach nicht mehr erwähnen? Bitte?«

Das erschien ihm zwar nicht der rechte Weg, mit dem Problem umzugehen, aber das behielt er lieber für sich. Er nickte und nahm das Päckchen mit Hygieneartikeln, um zur Toilette zu gehen.

Sich dort die Zähne zu putzen, brachte ihm frischen Mundgeschmack, allerdings klärte es nicht seine Gedanken. Diese Frau war anders als jede, die er je getroffen hatte.

Ehrlich, direkt und teilweise genauso unhöflich wie er. Und plötzlich zierte sie sich? Nur, weil sie mit einem durch Alkohol vernebelten Verstand Schutz und Wärme gesucht hatte? Er konnte sich nicht helfen, diese Frau war ihm ein Rätsel. Hatte er erwähnt, dass er von Rätseln nicht die Finger lassen konnte? Und diesmal war kein Jo anwesend, der ihm auf die Finger haute.

Verdammt. Verdammt. Verdammt! Warum hatte sie das getan? Warum hatte sie bei ihm auf der Liege geschlafen? Wieso passten da überhaupt zwei Menschen drauf? Klar, die Sitze waren bequem, aber doch nicht für zwei! Ob auf den Sitzen schon mal jemand Sex gehabt hatte? Oh, bitte nicht. Hoffentlich hatte sie ihn nicht auch noch betatscht. Das gäbe ihr den Rest. Und warum zum Teufel schien ihn das nicht im Geringsten zu jucken? Sie brauchte sich nicht dafür zu schämen?

Wenn er sich auf ihre Liege gequetscht hätte, hätte er sich was anhören können. Sexuelle Belästigung am Arbeits-, äh, Reiseplatz. Ach, was redete sie sich ein? Vermutlich hätte sie ihn zwar dumm angeschaut, aber dann nur einmal tief Luft geholt und sich am Ende sogar auf ihn draufgelegt. Wie konnte ein Mann nur so gut riechen? Zu allem Überfluss beruhigte er sie auch noch, wenn sie ihn um seinen Schlafkomfort brachte und alle Grenzen einer arbeitsrechtlichen Beziehung überschritt, ach was, sie gleich wegsprengte.

Kate schrak zusammen, als er wieder neben ihr auftauchte, sich an ihr vorbeizwängte und auf seinen Platz setzte. Sie starrte überall hin, nur nicht zu ihm. Hoffentlich hielt er endlich die Klappe und ritt nicht mehr darauf herum. Sie verkrampfte die Finger im Schoß und beobachtete angestrengt die Stewardess dabei, wie sie die Passagiere abfragte, was sie zum Frühstück essen wollten.

Sie wusste ganz genau, dass Aaron sie von der Seite ansah. Selbst Twinkey schnallte, dass mit ihr etwas nicht stimmte.

»Kuschelchen?«, fiepte er unsicher.

Dabei war sie gar nicht sauer. Höchstens auf sich. Und in diesem gottverdammten Flugzeug gab es absolut nichts, womit man sich ablenken könnte. Gut, vielleicht das Geschaukel, als das Flugzeug in holprige Strömungen kam und ihren Magen zusammenkrampfen ließ. Der klammerte sich bestimmt gerade kreischend an der Milz fest. Das würde erklären, warum ihr übel wurde und es hinter ihrer Stirn kribbelte. Himmel, sie bekam hoffentlich keine Panikattacke. Sie konnte doch nicht schon um sechs Uhr morgens Ortszeit (wo auch immer) anfangen zu trinken. Was daraus wurde, hatte sie ja gemerkt, als sie in Aarons Armen aufwachte. Es war ein zweifelhaftes Vergnügen, wenn einem nach dem ersten wachen Atemzug das Herz stehen blieb.

Er starrte sie immer noch an, sie wusste es ganz genau.

»Ich interpretiere nichts in diesen Vorfall«, hörte sie seine Stimme.

Sie lächelte verkniffen. Wie herzensgut von ihm, dass er nichts interpretierte. Sie wünschte, sie könnte ebenso einen Haken unter den Vorfall setzen. Gott sei Dank wurde das Frühstück serviert. Solange sie sich Essen in den Mund stopfte, konnte sie nicht reden. Am Ende gab sie noch irgendwas Idiotisches von sich. Warum hatte sie nur so viel Whisky getrunken? Sie wagte es kaum, zu Aaron hinüberzusehen, aber sie war heilfroh, dass er endlich aufhörte, ihr alles schönzureden. Er hätte ihr damit gnadenlos den Rest gegeben. Ihr Herz hüpfte sowieso so seltsam. Und es wurde noch schlimmer, als der Pilot nach einer Weile den Landeanflug ankündigte. Gott, Landen war genauso schlimm wie Starten, obwohl das verfluchte Ende des Fluges in greifbare Nähe rückte.

Sie spähte zu Aaron. Er starrte aus dem Fenster, und seine angespannte Haltung ließ darauf schließen, dass er vor den kommenden Minuten genauso großen Schiss hatte wie sie.

Das Flugpersonal räumte die Tassen und Tabletts ab, kontrollierte die Gurte und wartete darauf, dass Aaron Twinkeys USB aus dem Anschluss zog und ihn wieder auf seinen Schoß setzte.

Kate lehnte sich zurück und atmete bemüht ruhig ein und aus. Kaum senkte sich die Nase des Vogels, krallte sie sich in die Mittelkonsole. Und als wäre ihr Herz nicht schon strapaziert genug, bekam es im gleichen Moment den nächsten Schlag. Ihr Boss griff nach Kates Hand und drückte sie. Heiliger Bimbam, konnte sie bitte *jetzt* sterben? Also nur sie? Sie wollte ja nicht am Tod anderer Menschen schuld sein, aber langsam hielt sie es nicht mehr aus. Was hatte sie nur verbrochen?

»Kuschelchen?«, fragte Twinkey gedämpft, und Kate lächelte verbissen.

Sie versuchte, sich auf etwas Anderes zu konzentrieren. Ihr kam in den Sinn, wie sie Twinkey das erste Mal gesehen hatte. Gott … Sie wünschte, sie wären wieder in Aarons Werkstatt, noch besser im Büro seines Geschäftspartners. Am besten spulten sie zu dem Zeitpunkt zurück, als Josua

Demmings ihr den Job zusagte, während Aaron das blanke Gegenteil wollte.

»Warum wollten Sie mich nicht einstellen?«, platzte Kate heraus.

Aaron wandte seinen Blick vom Fenster ab und sah sie irritiert an. »Was?«

»Warum Sie mich nicht einstellen wollten? Warum haben Sie mich ab der ersten Minute gehasst?«

»Ich habe Sie nicht gehasst …«

»Aber sympathisch war ich Ihnen auch nicht.«

Aaron seufzte. »Kate … Ich war von Anfang an gegen diese Reise, gegen den Flug, gegen alles, was damit zu tun hatte und damit zwangsläufig gegen Sie.«

»Es war nur das?«

»Die Aussicht, mich eine Woche lang mit einer ausgesprochen hübschen Frau herumzuschlagen, hat mich ebenfalls nicht gerade freudig gestimmt.«

Toll, er war der einzige Mensch, der es hinbekam, ihr mit nur einem Satz gleichzeitig ein Kompliment zu machen *und* sie zu beleidigen.

»Könnten wir jetzt bitte in Ruhe abstürzen?«, bat Aaron.

Tatsächlich fiel ihr keine weitere Frage ein. Aber sie hatte eine hervorragende Idee: Sie konnte sich während des Landeanflugs neue Fragen überlegen. Oder darüber nachdenken, warum er sie als Nutte bezeichnete, wenn er sie hübsch fand. Oder warum sie das überhaupt ärgerte. Und wie sie das finden sollte, dass er sie hübsch fand.

Das lenkte sie immerhin von der Angst vor einem Absturz ab, und vielleicht brach sie Aaron dann nur zwei Finger anstatt alle fünf.

KAPITEL 11
WILLKOMMEN, SIE SIND VERHAFTET

Ihr fielen keine Fragen ein. Oder wenn doch, dann brausten die nur durch ihr leeres, kreischendes Gehirn. Für einen Moment sackte die Maschine ab, ein panisches Kribbeln fuhr durch ihren Magen. Das Innere der Maschine verzerrte sich, die Sitze vor ihr, der ganze Raum.

Twinkeys fröhliches Pfeifen vermischte sich mit dem Dröhnen der Motoren, dem Ruckeln der Maschine und dem Rauschen in ihren Ohren. Sie schluckte gegen das Druckgefühl an, klammerte sich an Aarons Hand, und Kate könnte schwören, sie spürte, wie ihr eine Sicherung rausknallte. Sie presste die Lider aufeinander, alles erschien ihr schwarz und dann gleißend hell. Einerseits atmete sie hektisch, andererseits bekam sie kaum Luft. Die ganze Maschine schien zu wackeln, zu rumpeln, und plötzlich war da dieses Gefühl der Leere und Schwerelosigkeit.

Kate riss die Augen auf und sah ein verschwommenes Gesicht über sich. Über seinem Kopf strahlte es hell. Fuck … Sie war tot, und der Kerl war ein Engel mit Heiligenschein. Nö, ernsthaft? So kurz vor dem Ziel stürzte sie mit so einem verdammten Ding ab? Das war nicht fair! Sie war kurz davor gewesen, sich ihren Traum zu erfüllen!

»Kate«, sagte die Stimme des Engels. »Kate!«

»Bin ich tot?«

»Wenn ja, sind wir beide tot, und das würde mir wenig gefallen!«

Kate runzelte die Stirn. Der Engel war irgendwie komisch, und wenn sie es sich recht überlegte, war der genauso mies gelaunt wie ihr Boss.

»Kate, wir sind seit fünf Minuten gelandet«, sagte die Stimme eindringlich. Moment, jetzt klang der Typ eindeutig wie ihr Chef! Sie blinzelte, sah sich um, und endlich machte es buchstäblich Klick. Sie war nicht tot. Sie saß immer noch im Flugzeug, und ihr Boss beugte sich über sie. Das war auch kein verfluchter Heiligenschein, sondern die Sonne, die durch die Fenster schien und auf seinem blonden Haar reflektierte.

»Geht es Ihnen besser?«, bohrte Aaron.

»Ja.«

Das war eine blanke Lüge, aber was sollte sie sonst sagen? Ihre Beine zitterten beim Aufstehen, sogar noch auf der Gangway. Ihre Schultern waren hoffnungslos verspannt, durch die flauschigen Socken kroch die Kälte der metallenen Treppe, bis sie den Asphalt erreichte.

Ihr Boss trug Twinkey, hielt sich hinter ihr und streckte fluchend seine Finger. »Ich wäre Ihnen sehr verbunden, wenn wir unterwegs an einem Krankenhaus vorbeikämen, wo man mir meine Finger gipsen kann.«

Kate würde einmal mehr am liebsten im Boden versinken. In ihrem heißgeliebten Boden. Wenigstens standen sie sich jetzt wieder wunderbar nahe.

Mitsamt den anderen Flugpassagieren strömten sie durch die warme Luft Hongkongs in die künstlich erzeugte Kälte des Shuttle-Busses. Dieser fuhr sie zum Terminal, und sie folgten den anderen zu einer Reihe Schreibtische, die hinter gläsernen Wänden standen.

Twinkey fiepte in Aarons Arm, während sich sein Besitzer nervös umsah.

»Wir müssen nur noch unsere Pässe kontrollieren lassen«, beruhigte ihn Kate.

Die redlichen Menschen wurden immer aufgeregt, wenn sie Beamten, die den grimmigen Gesichtsausdruck in der ersten Woche ihrer Ausbildung antrainiert bekamen, ihren Ausweis reichen mussten. Selbst ihr flatterte ein wenig der Magen. Aber was sollte schon passieren? Sie hatten den verdammten Flug überlebt, der Rest war pillepalle. Weder sie noch ihr Boss standen auf einer Fahndungsliste, seine Papiere waren in Ordnung, das hatte Carmen beteuert, ihre ebenfalls und ein Visum nicht nötig.

»Gehen Sie vor und geben Sie ihm Ihren Reisepass«, zischte sie Aaron zu und schob ihn voran.

Zögernd ging er auf das verglaste Abteil zu, aus dem ihn ein Mann mit kurzen schwarzen Haaren prüfend musterte. Aaron reichte ihm seinen Ausweis und erwiderte den kritischen Blick stoisch. Unter seinem Arm klemmte immer noch Twinkey, und das kleine Auto begann zu blinken und zu fiepen.

Der Beamte sah von dem Pass auf, betrachtete den Miniroboter und deutete auf diesen und dann auf seinen Tresen. Aaron stellte Twinkey zögernd ab, der Beamte öffnete die Glasscheibe ganz und nahm Twinkey vorsichtig in die Hände. Gewissenhaft untersuchte er ihn, bis Twinkey zu fiepen begann und der Beamte zu grinsen. Selbst seine Kollegen starrten zu ihm herüber. Eine weitere Beamtin, die gleich neben ihm saß, verließ sogar ihr Abteil und stellte sich neben Aaron.

»Interesting, very interesting«, riefen die beiden und lächelten Aaron an.

Der lächelte nicht sonderlich begeistert zurück. Er bekam gerade Twinkey und seinen Pass zurückgereicht, als

Twinkey zu brabbeln begann. Erst dachte Kate, er spräche Klingonisch oder anderes unverständliches Zeug, dann klangen einige Worte verdächtig nach Chinesisch. Was erzählte Twinkey da?

Die Beamten grinsten im ersten Moment breiter, aber schlussendlich fiel ihnen das Lächeln buchstäblich aus dem Gesicht. Himmel, Twinkey beleidigte sie doch nicht, oder?

Kate war noch damit beschäftigt, die Situation einzuschätzen, da griff die Sicherheitsbeamtin Aaron bereits am Arm und drehte ihm diesen auf den Rücken. Zwei weitere Uniformierte stürzten auf Aaron zu, packten ihn und zerrten ihn davon. Der dritte krallte sich Twinkey und ging ihnen nach. Aber wie? Was?

Kate hörte Aarons lautstarke Proteste, und endlich kam wieder Leben in sie.

»Stop!«, brüllte sie, rannte an dem Schalter vorbei, immer Aaron hinterher. Na ja, bis sie mit einem der Männer zusammenstieß. Sie rutschte auf den Socken aus und krachte zu Boden. Aua!

Sie stützte sich auf den Ellenbogen ab und spähte hinauf in das grimmige Gesicht.

»Ich gehöre zu ihm. Er ist mein Mann«, keuchte sie erst auf Englisch, dann auf Chinesisch. Ups, das war zwar nur die halbe Wahrheit, aber vielleicht hatte sie damit mehr Chancen. Auf jeden Fall war sie nun verdächtig genug, um ebenfalls am Arm gepackt, aufgerichtet und mitgezogen zu werden.

Dass sie ihren Pass immer noch in der Hand hielt, schien ihn nicht zu interessieren. Und wo zum Teufel war Aaron? Sie verrenkte sich nach ihm den Hals, sie meinte auch, irgendwo seine Stimme zu hören.

»Was ist denn überhaupt los?«, versuchte sie es erneut auf Englisch, doch sie bekam nur ein chinesisches Wort zugezischt, das sie beim besten Willen nicht übersetzen konnte. Sie kannte es nicht. Es konnte von ›Halt die Klappe‹ bis zu ›Ihr handelt mit Drogen‹ so ziemlich alles bedeuten.

Ihr Plan ging übrigens gehörig nach hinten los. Sie zerrten sie nicht ins gleiche Zimmer wie Aaron. Nein, verflucht. Der Raum hier bestand nur aus einem Schreibtisch und zwei Stühlen. Wenn sie Aaron nicht in eine Schublade gestopft hatten, war der überhaupt nicht hier!

»Wait!«, sagte der Beamte und schob sie zum Stuhl.

Kaum hatte er sie losgelassen, wirbelte sie herum. »Geben Sie mir sofort meinen Boss zurück«, brüllte Kate und sprang zur Tür. Bedauerlicherweise war der Kerl schneller, schlug die Tür vor ihrer Nase zu und schloss ab.

Toll. Das hatte sie sich irgendwie anders vorgestellt. Aber, was sollte sie sagen? Sie war offenkundig in ihrem Job beschissen. Sie hatten kaum richtig chinesischen Boden betreten, schon hatte Kate die Vorgabe ›Sorgen Sie dafür, dass er nicht im Knast landet‹ nicht eingehalten. Auch wenn hier von Gitterstäben noch nichts zu sehen war, wusste sie, wie schnell sich das ändern konnte.

Er hörte Twinkey in seinem Rücken pfeifen und quasseln. Immer wieder gab sein Prototyp Worte von sich, die Aaron nicht im Geringsten verstand. Zum ersten Mal bedauerte er, an Twinkey keinen Schalter angebracht zu haben, mit dem man ihm den Akku ausknipsen konnte. Schließlich war es einem Roboter gegenüber respektlos, wenn man ihm einfach den Strom entzog, sobald er nervte. Einem Menschen haute man auch nichts über die Rübe, damit er die Klappe hielt.

In diesem Moment würde er Twinkey jedoch zu gerne ausknocken. Er könnte ihn mit einem neuen Befehl ablenken, aber dazu bräuchte er sein Handy. Allerdings klammerten sich die Beamten so fest an seine Arme, dass sie ihn selbst durch das Sakko in die Haut kniffen, und wann immer er ihnen zu langsam wurde, rissen sie ihn voran.

Auf diese wahnsinnig charmante Art und Weise komplimentierten sie ihn in ein schmales Büro, hinter dessen Schreibtisch eine Frau mit blasierter Miene saß. Ihre Mütze war auf den Millimeter genau zu den fünf Abzeichen auf ihrer Brust ausgerichtet. Aaron wurde das Gefühl nicht los, dass die Beamten hier nicht zu einer mies bezahlten Sicherheitsfirma gehörten, sondern zum Militär.

Twinkey wurde vor ihr abgestellt, und einer der Männer, die ihn festhielten, ließ ihn los. Der andere setzte ihn auf einen Stuhl und hob die Hand.

Aaron zog den Kopf ein. »Nicht hau'n«, widersprach er. Das war hoffentlich selbst hier verboten.

Der Mann stockte, verbeugte sich schließlich leicht und sagte etwas, das ungefähr so klang: »Ni hau.«

Oh, gut, er wiederholte Aarons Worte Also hatte er ihn verstanden! Die Frau hinter dem Schreibtisch schnippte mit den Fingern. Ihre Sprache war rau und abgehackt. Kein Muskel bewegte sich in ihrem Gesicht, lediglich ihre Augen huschten zwischen Aaron und dem Beamten, der neben ihm stand, hin und her. Dieser wich nun an die Wand zurück, verschränkte die Arme hinter dem Rücken und starrte geradeaus.

Ob sie ein Offizier war? Bestimmt. Er hatte gelesen, dass Chinesen auf militärische Hierarchien standen. Auf jeden

Fall hatte sie die Befehlsgewalt. Vielleicht hätte Aaron Kate im Flugzeug nach solchen Details fragen sollen, doch konnte er ahnen, dass er so was brauchte?

Erneut erklang ihre strenge Stimme. Sie sagte etwas, von dem er vermutete, es sei Chinesisch. Dann redete sie in Englisch weiter. Er konnte es an der Sprachmelodie erkennen, für mehr Erkenntnisse reichte sein mieses Sprachgefühl leider nicht.

Sie sah ihn eine Weile eindringlich an, bevor sie ein Wort wiederholte: »Drugs?«

»Ich handle nicht mit Trucks«, erwiderte er und schüttelte den Kopf. »Die wollen wir aber womöglich als Nächstes in unser Portfolio aufnehmen, wenn wir mit den autonomen Pkws durch sind.«

»Drugs?«, fragte sie. »Do you deal with drugs? Don't lie to me!«

Nachdrücklich schüttelte er den Kopf. »Keine Trucks, Pkws.« Aus unerfindlichen Gründen wurde er sogar lauter, was völlig hirnrissig war. Schließlich sprach sie nur eine andere Sprache und war nicht taub. Einmal mehr verfluchte er sich, eine linguistische Niete zu sein. Dinge wie sich ankuschelnde Reisebegleiterinnen vergaß er zu deren Leidwesen nicht, aber Worte in einer anderen Sprache konnte er sich so gut wie nie merken, selbst wenn man sie ihm auf die Stirn tätowierte.

»Do you speak english?«, fragte die Offizierin.

Oh, die Frage kannte er! Jedenfalls wusste er, was er darauf sagen musste.

»No«, erwiderte er und hoffte, dass er sich nicht widersprach.

»German?«

Er sah sie ratlos an. Sie kniff für einen winzigen Moment die Augen zusammen, bevor sie nach unten sah, auf ihren Schreibtisch. Sie zog einen Zettel mit verschiedenen Flaggen hervor und hielt ihn Aaron hin. Dieser deutete auf die schwarz-rot-gelben Querstreifen. Daraufhin deuteten sie auf Twinkey, der fiepte und mit seinen Scheinwerfern blinkte.

»Roboter«, sagte Aaron.

Die Frau warf ihm einen Blick zu, den er ums Verrecken nicht deuten konnte. Mochte sein, dass sie ihn für völlig bescheuert hielt, oder sich gerade vorstellte, wie er jahrelang in einem chinesischen Arbeitslager verrottete. Sie hob Twinkey hoch und drehte ihn herum, mit den Reifen nach oben, was Twinkey ein empörtes Flöten entlockte. Sie schüttelte ihn, und Twinkey pfiff wie eine Sirene.

»Bitte vorsichtig«, rief Aaron aus und sprang auf, aber der Beamte, der eben noch an der Wand gestanden hatte, tauchte plötzlich neben ihm auf und drückte ihn mit einem derben Ruck zurück auf den Stuhl.

»Hey«, protestierte Aaron, nur hob der Kerl ein weiteres Mal seinen Arm. Aaron lehnte sich vorsichtshalber ein Stück zur Seite. »Nicht hau'n«, ermahnte er ihn.

Wie bereits beim ersten Mal stutzte der Beamte auch diesmal, starrte Aaron verdutzt an und senkte nochmals ein Stück sein Haupt, um Aarons Worte zu wiederholen. »Ni hau.«

War denn das zum Aushalten? Der Mann behauptete zwar immer, ihn nicht schlagen zu wollen, aber dann wurde er doch brachial!

Die Offizierin schüttelte den armen Twinkey und zog die Pflaster ab. Sie roch daran, bevor sie diese achtlos auf den Boden warf. Sie drückte auf seinem Prototypen herum, schlug ihn sogar einmal auf den Tisch, und Twinkeys Greifarm fuhr aus. Er kniff sie in die Hand, worauf sie ihn mit einer Mischung aus Wutschrei und erschrockenem Gurgeln auf den Tisch fallen ließ. Twinkey fuhr mit blinkenden Scheinwerfern im Kreis. Sie hatte ihm doch nicht etwa seinen Prototypen kaputt gemacht? Plötzlich begann Twinkey erneut, unverständliches Zeug zu quasseln. Aber nicht mit der hohen Stimme, mit der er einzelne Worte quäkte, sondern mit einer fremden, rauen, männlichen. Genau genommen waren es zwei. Die andere war zwar ebenfalls männlich, allerdings ein Stück höher, und die Art zu sprechen war anders, melodiöser. Aaron bildete sich sogar ein, im Hintergrund eine hohe Stimme ›Peter Hase‹ sagen zu hören. Grundgütiger. Das konnte nur eines bedeuten: Sein Prototyp hatte gelernt, selbstständig Gespräche aufzuzeichnen!

Hey, wer hatte ihm das beigebracht? Aaron jedenfalls nicht, aber das war ausgezeichnet! Das war nicht nur künstliche Intelligenz, der man sagen musste, was sie lernen sollte, sondern Intelligenz, die von selbst lernte! Weil sie sich dafür entschied. Wahnsinn! Es war so viel mehr, als er sich erträumt hatte! Okay, für den Datenschutz grenzte es an ein Fiasko, aber darum würde er sich später kümmern.

Die Offizierin sah so aus, wie er sich fühlte. Als hätten sie zusammen den heiligen Gral gefunden. Sie lächelte, jedenfalls bis Twinkey schlagartig verstummte. »I know these voices.«

Er hatte keinen Dunst, was sie sagte, aber sie ließ hoffentlich endlich seinen Prototypen in Ruhe! Twinkey war stehen geblieben und fiepte leise. Aaron hätte nichts lieber getan, als ihn an sich zu nehmen, aber ihm kniff der grobe Kerl immer noch in die Schulter!

»Speak. Voice. Repeat«, sagte die Frau und deutet erst auf ihn und dann auf Twinkey.

Ähm … »Was?«

Manch einer mochte sich fragen, wie Aaron ohne ein Wort Englisch Technik programmieren konnte. Die Antwort war einfach. Weil er in Englisch ein völlig unterbelichtetes Talent war, programmierte er in seiner eigenen Sprache – auf Deutsch, mit seinen eigenen Programmen, Codes und Schnittstellen. Brauchte er Hilfe, kaufte er sie ein. Deswegen hatte er keine Ahnung, was ›speak, voice, repeat‹ zu bedeuten hatte.

Die Offizierin schüttelte das Mini-Auto ein weiteres Mal.

»Machen Sie ihn nicht kaputt«, begehrte Aaron auf und wurde wieder in den Sitz zurückgedrückt. Als Aaron nach der Fernbedienung in seiner Sakkotasche greifen wollte, verdrehte ihm der Beamte den Arm auf den Rücken.

»Verflucht. Nicht hau'n!«

»Ni hau.«

Warum verrenkte er ihm dann immer noch den Arm? Die Offizierin winkte ihrem Untergebenen, und dem Himmel sei Dank, dieser viel zu kräftige Kerl hörte auf, Aarons Arm aus dem Schultergelenk reißen zu wollen, und ließ ihn los.

Die Frau zog ihr eigenes Handy hervor, tippte darauf herum und sprach etwas hinein.

Sie hielt es ihm entgegen. »Stimme. Wiederholen«, klang aus dem Lautsprecher.

Oh! Sie wollte, dass Twinkey seine Aufnahme noch einmal abspielte? Er deutete auf sein Sakko, sie nickte, und diesmal konnte Aaron sein Handy hervorholen, ohne gleich zu Boden gerungen zu werden. Er brachte Twinkey dazu, seinen Sermon ein weiteres Mal abzuspielen. Die Aufnahme war laut und deutlich, auch wenn das deutsche Gequassel im Hintergrund ein wenig störte. Aber Aaron fiel endlich ein, wo Twinkey das Gespräch aufgezeichnet haben musste. Im Flugzeug, während ihm Kate einen Film eingeschaltet hatte. Peter Hase. Er konnte noch den animierten Hasen mit der blauen Jacke vor sich sehen.

Die Offizierin nickte zufrieden und debattierte mit ihren Männern. Für einen Moment entbrannte eine so lautstarke und lebhafte Diskussion, dass Aaron meinte, sie würden sich gleich anfangen zu prügeln, aber das stand im krassen Kontrast zu dem fröhlichen Strahlen der Beamtin.

Sie scheuchte zwei ihrer Männer hinaus und sprach erneut in ihr Handy. »Wollen sehen Ehefrau?«, erklang die mechanische Stimme der Übersetzungs-App. Das Ding hatte eine ziemlich schlechte Grammatik, welcher talentlose Software-Entwickler hatte diesen Unfug programmiert? Allerdings irritierte Aaron das weit weniger als der Begriff ›Ehefrau‹. Er wurde doch jetzt nicht zwangsverheiratet? Aber hey, vielleicht war sie hübsch, und sie konnte kaum eine größere Katastrophe sein als Kate.

Also nickte Aaron. Die Offizierin schnauzte ihren verbliebenen Beamten an. Dieser salutierte, drehte sich auf dem Absatz um und marschierte hinaus. Aaron hob die Augenbrauen. Wow, die hatte ihre Untergebenen gut im Griff. Er wünschte, bei ihm würde einmal jemand so spuren. Nicht mal Twinkey hörte zu hundert Prozent auf ihn. Im Moment blieb sein Prototyp aber friedlich. Er hatte den Greifarm wieder eingezogen, vibrierte leise und keckerte, wenn ihn die Offizierin vorsichtig mit dem Finger anstupste.

»Aaron!«, hörte er plötzlich Kates Stimme hinter sich, was ihn sich auf seinem Stuhl herumfahren ließ. Aaron spähte an ihr vorbei, aber sie war die einzige Frau, die hereingeführt wurde. Also fiel die Zwangsheirat mit einer hübschen Chinesin wohl aus. Er war sich nicht ganz sicher, ob er das gut oder schlecht finden sollte. Vielleicht hatte Jo ja recht, und eine chinesische Frau, die ihn nicht kannte, war die beste. Wenn die allerdings alle so dominant wie die Offizierin waren, bekam er es eher mit der Angst zu tun.

Vermutlich irritierte es Kate, dass er nichts sagte. Denn nur so war es zu erklären, dass sie ihm erst über den linken Arm strich, dann den anderen, bevor sie sich seinem Hals und seiner Brust widmete, als würde sie ihn abtasten!

»Was machen Sie da?«, krächzte Aaron.

»Ich will sehen, ob es Ihnen gut geht!« Sie nahm sein Gesicht in ihre Hände und starrte ihm prüfend in die Augen. Er fühlte sich, als wurde sein Körper von innen heraus von Schmetterlingen gefressen.

»Es geht Ihnen doch gut?«, forschte sie.

»Doch, doch«, stotterte Aaron, und seine Wangen fühlten sich kalt an, als sie ihn losließ.

»Ehefrau«, übersetzte das Telefon der Offizierin, und sie nickte ihm grinsend zu. »Flitterwochen?«

Kate lief rot an. »Also, das mit dem Ehemann habe ich nur behauptet, weil ich hoffte, dann zu Ihnen zu kommen.«

»Hat ja offenbar funktioniert«, stellte Aaron fest. »Vielleicht könnten Sie ihr sagen, dass ich meinen Prototypen zurückhaben will.«

Sie ging an ihm vorbei, und die beiden Frauen tauschten eine Menge unverständlicher Worte, bevor sich Kate wieder zu Aaron umdrehte. Sie war ein wenig blass.

»Sie werden nie glauben, wer mit uns im Flugzeug saß.«

»Warum sollte ich nicht? Wie ich Ihnen schon vor dem Start erklärte, ich kenne keinen einzigen der anderen Passagiere, und deswegen kann ich nicht ausschließen, dass …«

»Zwei Drogendealer«, unterbrach sie ihn. »Sie sagt, die wären noch nicht mal schlecht im Geschäft. Zwar haben sie die besonders gefilzt, auch das Gepäck, aber die haben das Zeug woanders versteckt.«

Aaron kratzte sich am Ohr. »Wo denn?«

»Im Fahrgestell. Flughafenangestellte sollten es rausholen.«

»Woher weiß sie das alles?«, fragte Aaron dümmlich. Das ging ihm ein wenig zu schnell.

Kate verdrehte die Augen und deutete auf seinen Prototypen. »Von Twinkey. Er hat das Gespräch aufgezeichnet, als sie sich darüber unterhalten haben. Sie will wissen, ob er so programmiert ist, bei gewissen Stichwörtern wie Drogen oder so zu reagieren.«

»Nein«, sagte Aaron. »Ist er nicht. Das war seine eigene Entscheidung.«

Kate starrte ihn fassungslos an. »Sie wollen mir sagen, Twinkey hat allein beschlossen, zwei Drogenschmuggler auffliegen zu lassen?«

Er zuckte die Schultern. »Vielleicht war es nur ein dummer Zufall, vielleicht lernt er gerade moralische Grundsätze und die Schlussfolgerungen daraus. Ich kann es Ihnen nicht sagen. Es ist zu früh dafür. Ich muss ihn noch eine Weile beobachten und auswerten.«

»Gott, ist das kompliziert.« Kate rieb sich über die Stirn, und plötzlich begann sie zu lachen. »Wenn diese Technik produktionsfähig wird, können die Streifenwagen zukünftig allein auf Verbrecherjagd gehen.«

Aaron lächelte milde und beschloss, sich zu verkneifen, dass das in Zukunft durchaus denkbar und technologisch möglich war. Kates Lachen deutete aber eher auf einen Witz hin, und den wollte er ihr nicht kaputt machen. Am Ende hatte sie zu viele Actionfilme gesehen, in denen Roboter die Welt beherrschten, und wurde noch hysterisch.

Die Offizierin sprach erneut mit Kate, und diese fuhr sich durch die Haare. »Sin Lin will wissen, ob sie eine Kopie der Sprachaufnahme haben könnte.«

»Nein.« Aaron schüttelte entschieden den Kopf. »Ich kann die Sprache noch nicht exportieren. Sein Sprachgedächtnis würde verloren gehen, und am Ende programmieren die sich selbst einen!«

»Und wenn Twinkey es noch mal abspult und die es auf einem Diktiergerät aufnehmen?«

»Kann funktionieren«, erwiderte Aaron.

Es könnte, leider waren die Diktiergeräte von minderwertiger Qualität. Sie versuchten es zuerst mit dem, das die Offizierin in ihrem Schreibtisch hatte. Zwar verstand man die Worte halbwegs, aber die Stimmen waren nicht mehr klar identifizierbar. Sin Lin ging aus dem Büro und brüllte über den Gang. Doch auch mit dem fünften Diktiergerät war die Qualität nicht besser.

»Tut mir leid«, sagte Aaron. »Damit müssen die auskommen.«

Kate übersetzte, doch die Offizierin redete stakkatoartig auf sie ein.

»Aaron«, sagte Kate und trat von einem Fuß auf den anderen. »Ich will Sie nicht bevormunden. Aber entweder Sie finden einen anderen Weg, die Aufnahme einwandfrei zu übertragen, oder die beschlagnahmen Twinkey!«

Die Tatsache, dass sie seinen Vornamen ausgesprochen hatte und plötzlich ein tierischer Kindergarten in seinem Magen schlüpfte, wurde jäh von dem Wort ›beschlagnahmen‹ zunichtegemacht.

»Das würden die doch nicht …«

»Ich fürchte schon.« Kate lächelte schief.

Aaron rieb sich den Nacken. Zum Henker! Twinkey zu verlieren fehlte ihm gerade noch. Ihn Kate anzuvertrauen war eine Sache, aber man müsste ihn schon niederschießen, um Twinkey zu konfiszieren! Andererseits wollte er nicht niedergeschossen werden. Das tat schließlich weh.

»Okay«, gab er mit einem Zögern nach. »Dafür muss ich an ihren Laptop.«

Kate sagte etwas zu der gestrengen Sin Lin, und sie nickte. Während die Beamtin einen schmalen silbernen Laptop aus einer Schublade holte, erhob sich Aaron vorsichtig von seinem Platz. Misstrauisch behielt er den Beamten im Blick, der wieder an seinem Platz an der Wand stand, aber diesmal mit keinem Muskel zuckte. Also trat Aaron an den Schreibtisch, hob Twinkey hoch und drückte einen Schalter. Ein kleines, schnippendes Geräusch erklang, und er hielt einen winzigen USB-Stick in der Hand.

»Sie werden ihm ›Kuschelchen‹ noch mal beibringen müssen«, wandte er sich an Kate.

»Aber er hört doch nur auf Sie«, erwiderte Kate, und Aaron grinste.

»Oh, keine Sorge, es wird das erste Wort sein, das ich ihm beibringe. Nur damit ich weiß, wann Sie wütend werden.«

Schließlich brauchte er ja eine Vorwarnung. Kate war keine berechenbare Person. Das machte ihren Reiz aus, barg allerdings auch ein gewisses Gefahrenpotenzial.

Aaron übergab den USB-Stick der Offizierin. Sie steckte ihn an ihren Computer, was genau genommen sehr leichtsinnig war. Aber er würde es im Leben nicht wagen, die Chinesen zu hacken. Er deutete auf den Laptop und auf sich. Sin Lin räumte den Stuhl und ließ ihn Platz nehmen. Er klickte sich auf ihrem Laptop zu seinem USB-Stick durch. Mist, er hatte es geahnt. Er konnte die Sprachaufnahme-Datei tatsächlich nicht von den anderen Dateien, die Twinkeys Sprachzentrum beherbergten, trennen. Sein Prototyp würde eine Weile weniger quasseln als bisher. Aber er verschlüsselte die Dateien und blockierte hoffentlich alle Zugänge. Auf Deutsch konnten die doch sicher nicht Mephistos Selbstvorstellung in Goethes Faust rückwärts eingeben. Wenn sie es mit einem automatischen Codeknacker versuchten, würde ein Virus von ihm aktiviert.

So fühlte er sich tatsächlich abgesichert genug, um ihr die Daten zu überlassen.

Als die gleichen Stimmen mit dem gleichen unverständlichen Sermon aus ihrem Computer drangen und Aaron sich erhob, lächelte Sin Lin und reichte ihm die Hand. Er ergriff sie, und vielleicht beförderte sie ihn oder verwies ihn des Landes, er hatte keine Ahnung.

»Sie bedankt sich«, übersetzte Kate zum Glück.

Der Beamte, der zuvor Aaron auf seinem Stuhl gehalten hatte, trat auf ihn zu.

Automatisch zuckte Aaron zurück. »Nicht hau'n.« Er hatte doch alles gemacht, was die wollten!

»Ni hau«, sagte der Mann und deutete eine Verbeugung an.

»Brav«, murmelte Aaron.

Kate sah ihn stirnrunzelnd an. »Erklären Sie mir das Spiel?«

»Spiel?«, echote Aaron empört. »Wenn man nicht geschlagen werden will, muss man es denen sagen! Allerdings hat der Mann ein ziemlich schlechtes Gedächtnis. Ich musste es vielleicht fünfmal sagen!«

»Ähm … Wie bitte?«

»Nicht hau'n – Nicht schlagen! Ich finde es seltsam, dass sie …« Er deutete auf Sin Lin. »Kein Wort Deutsch versteht, aber er sogar Dialekt.«

Kate presste die Lippen zusammen, und ihre Schultern zuckten. Sie strich mit den Fingern über ihre Stirn und atmete prustend ein und aus. Er wurde das Gefühl nicht los, dass sie ihn auslachte!

»Was?«, fragte er gereizt.

»Die verstehen *Ni hao*! Guten Tag!«

»Ja, guten Tag, Kate«, erwiderte Aaron verdutzt.

»Nein, Sie Trottel«, rief Kate aus und boxte ihm gegen den Arm. »Sie denken, Sie begrüßen sie!«

»Oh.«

Kate verdrehte die Augen und legte den Kopf in den Nacken. »Haben Sie ein Glück, dass der Mann offenbar Humor besitzt.«

KAPITEL 12
VERFÜHRUNG MIT (K)EINEM PLAN

Herrgott, das hätte gehörig schiefgehen können. Sie mochte China, sie liebte vor allem Hongkong, die Hauptstadt ihres Herzens, und dessen Einwohner. Aber die Sicherheitsbeamten verstanden bei Drogen und grobem Unfug nicht den geringsten Spaß. Kate hatte zwar mal gehört, dass die Hongkonger entspannter waren als die Festlandchinesen, trotzdem – man riskierte es lieber nicht. In einem fremden Land festzusitzen und kein Wort der Sprache zu beherrschen, war nicht gerade ein brauchbares Hobby. Erst recht nicht, wenn das Strafsystem wesentlich strenger sein konnte als in Deutschland.

In diesen Beamten hier gewann Aaron allerdings offenbar neue Freunde. Der Mann, der sich mit Aaron immer wieder abwechselnd begrüßt hatte, schlich um Twinkey herum, beugte sich über ihn und betrachtete ihn aus nächster Nähe. Aaron erlaubte ihm großzügig, mit Kates Übersetzung, den Wagen auf den Boden zu setzen. Als Twinkey mit einem Fiepen, das beinahe wie ein Seufzen klang, durch den Raum fegte, zuckten sogar die Mundwinkel der uniformierten Befehlshaberin. Sin Lin gab ihren Männern die Anweisung, Kate und Aaron nach draußen zu bringen. Vor dem Büro hatte sich ein halbes Dutzend weiterer Beamter versammelt, die grinsend verfolgten, wie sich Twinkey einem Hund gleich an Aarons Fersen heftete. Sie geleiteten sie allesamt durch den Flughafen, warfen Kate englische Kommentare zu und lachten, wenn Aaron über die Übersetzung lächelte. Hatte sie eigentlich erwähnt, dass ihr Boss ein hübsches Lächeln hatte?

»Warum machen die das?«, fragte Aaron.

»Weil sie dankbar sind, und sie wollen es zeigen.«

Ihre Koffer brauchten sie nicht selbst holen, geschweige denn selbst ziehen; sie wurden ihnen hinterhergetragen. Die Beamten schirmten sie sogar gegen das Chaos ab, als Kollegen zwei wütende Chinesen in Handschellen an ihnen vorbeizerrten. Im ersten Moment dachte Kate, der Mann in dem graukarierten Anzug sei Europäer. Der lange, blonde Pferdeschwanz verwirrte sie, aber als er sich umdrehte und sein bösartiger Blick auf sie fiel, erkannte sie seine eindeutig asiatischen Gesichtszüge. Die dunklen Augen strahlten eine Kälte aus, die sie frösteln ließ, und unweigerlich trat sie einen Schritt zurück. Sie stieß prompt gegen Aaron, der einen Arm um sie legte. Ihre Haut kribbelte an der Stelle unter dem Stoff, an der er sie berührte.

Kein Wunder, dass sie die Männer schnell vergaß, erst recht, als sie den Ausgang erreichten und eine Limousine vor ihnen hielt.

»Ni hao.« Der Beamte grinste Aaron an, hielt die Wagentür auf und bedeutete ihnen einzusteigen.

»Jetzt habe ich ein wenig Angst, dass wir entführt werden«, raunte Kate ihrem Boss zu.

»Ich bezweifle, dass wir etwas tun könnten, wenn es so wäre.« Aaron hob Twinkey auf und stieg mit ihm in den Wagen. Er rutschte auf der Rückbank beiseite, und auch Kate setzte sich hinein.

»Have a nice stay and a lovely honeymoon«, riefen die Beamten und einer schlug die Wagentür zu.

»Honeymoon?«, fragte ihr Boss.

»Aufenthalt«, behauptete Kate schnell und hoffte, dass ihre Wangen sich zwar heiß anfühlten, aber nicht glühend rot wurden.

Sie beugte sich nach vorn und reichte dem Chauffeur die Karte ihres Hotels. Dieser nickte, fuhr die Scheibe hoch, und so blieben auf der Rückbank nur noch Kate, der pfeifende Twinkey und ihr Chef, der sie kritisch ansah. Och nö, was hatte er jetzt schon wieder?

Aber zu ihrer Überraschung sagte er nichts, betrachtete die Inneneinrichtung und griff schließlich nach der Flasche Champagner, die in der Bar auf der Rückseite des Fahrersitzes klemmte.

»Ist die für uns?«

»Mit Sicherheit«, erwiderte Kate.

»Aber warum?«

»Wegen Ihnen konnten die zwei Drogenschmuggler festnehmen«, erinnerte ihn Kate. Und weil sie dachten, Kate und er wären in den Flitterwochen …

»In Deutschland gäbe es so was nicht.«

Ja, da interessierte sich nämlich niemand dafür, wenn eine Angestellte behauptete, mit ihrem Chef in den Honigmonden zu sein. Hoffentlich bekam er das nie raus. In der Liste der Peinlichkeiten würde das womöglich noch das Fass zum Überlaufen bringen.

»Nun, Frau Parker. Alkohol?«, fragte Aaron.

Er sprach sie förmlich an. Wo war die Vertraulichkeit ihres Namens aus dem Flugzeug und dem Verhörraum geblieben? Urplötzlich sehnte sie sich nach Alkohol, nach der Leichtigkeit benebelter Gedanken. Aber das konnte sie sich nicht leisten, sie machte unter Alkoholeinfluss nur Schwachsinn. Gut, das machte sie auch nüchtern.

»Besser nicht«, seufzte sie.

Trotzdem öffnete ihr Boss die Flasche Schampus mit einer einzigen Drehung und schenkte ein Glas ein, das er ihr reichte. »Arbeitsanweisung.«

Hm, das hatte sie doch schon mal gehört. So hatte er ihr den Whisky eingeflößt. »Wollen Sie mich betrunken machen?«

»Vielleicht.« Aaron zuckte die Schultern. »Betrunken sind Sie ein interessantes Phänomen.«

»Und darauf stehen Sie.«

»Ich bin Wissenschaftler«, behauptete Aaron, und Kate zog eine Augenbraue nach oben. Aaron seufzte. »Gut, Programmierer. Aber das ist fast das Gleiche.«

»Fair wäre es, wenn ich Sie dann auch betrunken erleben darf«, gab Kate zurück. »Ich wette, Sie sind beschickert niedlich. Fangen Sie bei genügend Promille an zu singen?«

»Ich bin noch weniger oft blau, als ich wütend bin.«

Besaß der Mann überhaupt eine Emotion, die er oft herausließ? Ach ja, Streitlust und den Hang, andere zu hänseln. Allerdings war er momentan friedlich, fast schon verdächtig nett. Er füllte sich ebenfalls ein Glas und sah sie an. Mit einem schiefen Lächeln ließ sie ihr Glas gegen seines klingen und beging den Fehler, ihm dabei in die Augen zu sehen. Der Teufel sollte sie holen, in diesem Moment dachte sie ausgerechnet daran, wie sie ihn im Flugzeug geküsst hatte. Und sie war heilfroh, dass er wenigstens das verschlafen hatte.

Aaron hatte noch nie eine Frau erlebt, die ein Glas Champagner exte und danach nicht einmal aufstoßen musste. Ein zweites Glas lehnte sie ab. Stattdessen umklammerte sie den Stiel mit beiden Händen und sah angestrengt aus dem Fenster. War sie wieder wütend?

Er stupste Twinkey an, der neben ihm auf der Rückbank saß, und sagte: »Kuschelchen.«

Ein leises Prusten kam aus Kates Richtung. Hervorragend, damit war Twinkey gleich richtig programmiert. Er wusste jetzt, dass dieses Wort Kate aufheiterte.

»Kuschelchen«, tönte Twinkey, und Kate kicherte.

»Warum bringen Sie es ihm bei und sind nicht froh, dass er es vergessen hat?«

»Ich sagte doch, dass ich wissen will, wann Sie wütend sind.«

Schließlich war das bei einer Frau wie Kate ein womöglich lebensrettender Vorteil. Sie lächelte ihn schief an und sah erneut aus dem Fenster. Da Twinkey ruhig blieb, war sie anscheinend nicht wütend. Dabei waren Frauen, die aus unbekannten Gründen still wurden, meistens wütend. Jo würde jetzt behaupten, sie könnte auch traurig sein, doch dafür gab es ebenso wenig Grund. Oder? Ach, es konnte ihm egal sein … War es aber nicht. Verflixt.

Aaron zwang seine Gedanken auf den Ausblick, der an der Seitenscheibe vorbeizog. Sie fuhren über eine riesige Brücke, und vor ihnen erhoben sich unzählige Wolkenkratzer. Das von leichtem Nebel gedämpfte Sonnenlicht spiegelte sich in den Glasfassaden. Er kam sich vor wie in einem Science-Fiction-Film. Als er nach oben sah, hätte es ihn nicht überrascht, wenn dort oben, im Luftraum zwischen den hohen Häusern, Autos herumgeflogen wären.

Die untersten Etagen füllten Geschäfte aus, kleine Shops, Seven-Elevens, Klamottenläden, Juweliere, einen Buchladen sah er auch, und hinter manchem Schaufenster hingen klobige Kronleuchter. Überall prangten Markennamen. Gucci, Rolex, Adidas, Tesla, BOSS wechselten sich mit englischen Sätzen und chinesischen Schriftzeichen ab. Alles schien hier übersetzt zu sein.

Unzählige Autos keilten eine Straßenbahn ein. Der Verkehr war so stark, dass die Limousine nur noch im Schritttempo vorankam.

Auf einer meterhohen Leinwand an der Fassade eines Wolkenkratzers leuchtete das helle Gesicht einer hübschen Chinesin, die für eine Creme warb, und wechselte sich dann mit einer Parfümwerbung ab. Doch trotz des Glases, des Betons, der vielen Autos und der Werbung konnte er nicht behaupten, dass die Stadt trist und grau war. Es gab unzählige Grünstreifen, an den Kreuzungen konnte man meistens, wenn man in eine Straße hineinsah, den Beginn eines Parkes erkennen.

Völlig unvermittelt stoppte die Limousine vor einem Tower, der sich kaum von den anderen unterschied.

»Wir sind da«, sagte Kate lächelnd.

Der Chauffeur stieg aus, hielt Kate die Tür auf, und beim Aussteigen streckte sie Aaron für einen winzigen Moment ihren Hintern entgegen. War er ein schlechter Chef, weil er den Anblick genoss?

Mit Twinkey im Arm stieg er ebenfalls aus, folgte Kate und den Koffern bis zur Rezeption. Dort bekamen sie zwei Schlüsselkarten überreicht.

Ein Mann, von dem Aaron vermutete, es sei der Direktor, kam auf sie zu und reichte erst Aaron die Hand und dann Kate. In dem glatten, lächelnden Gesicht des Asiaten zuckten plötzlich eine Menge Muskeln. Er sah aus, als plage ihn heftiger Schmerz.

»Ups«, murmelte Kate und ließ seine Hand los.

Schnell versteckte der Hoteldirektor sie hinter seinem Rücken. Er plapperte noch etwas, das Aaron als Englisch

149

einstufte und winkte einem Pagen. Dieser hatte ihre Koffer auf einen Träger gestapelt und wies ihnen nun mit einer Verbeugung den Weg zu den Fahrstühlen.

»Was haben Sie mit dem armen Mann gemacht?«, fragte Aaron seine Begleiterin, als sich die Türen vor ihnen öffneten und sie in die Kabine traten.

»Chinesen begrüßen sich untereinander nur selten mit Händedruck, das ist eher Ausländern vorbehalten. Sie kennen es nicht, dass ein fester Handschlag für Selbstbewusstsein steht, ihrer ist immer sehr weich. Und meiner ist eben … ziemlich selbstbewusst.«

»Wollen Sie mir sagen, Sie haben ihn mit einem simplen Händeschütteln fast zum Heulen gebracht?«

Kate nickte und zog die Unterlippe zwischen die Zähne. Er wusste nie, ob sie sich dann für etwas schämte oder ein Lachen unterdrücken musste.

»Das ist nicht Ihr Ernst. Sie sind doch keine Bodybuilderin.«

»Soll ich es Ihnen beweisen?«, seufzte Kate und streckte die Hand aus.

Hm, was sollte schon passieren? Aaron ergriff ihre Hand, und sie drückte zu. Und wie sie zudrückte!

»Heilige Scheiße«, stöhnte Aaron. Er hörte die Knochen seiner Finger knacken. »Kein Wunder, dass Sie keinen normalen Job finden! Jeder Chef hat doch sofort Angst vor Ihnen!«

»Ihr seid alle nur Mädchen«, fauchte Kate und ließ seine Hand los.

Es war erbärmlich, aber Aaron versteckte sie genauso hinter seinem Rücken wie zuvor der Hoteldirektor. »Und Sie sind ein verdammter Bauarbeiter!«

»Das stimmt überhaupt nicht!«

»Wir sollten nach der Reise unbedingt einen Job für Sie bei uns finden.« Aaron rieb sich die schmerzende Hand. »Wir bieten außerordentlich vielfältige Weiterbildungsmöglichkeiten an. Ihnen würde ich empfehlen, eine Schule für Damen zu besuchen. Dann müsste ich Ihnen nie die Hand geben, sondern Sie könnten mich mit einem Knicks begrüßen.«

Kates Augen blitzten angriffslustig, dabei hatte er ihr gerade indirekt einen dauerhaften Job angeboten! Und Qualifizierungsmöglichkeiten!

»Sie sind ein Snob«, fauchte Kate.

»Bin ich nicht«, widersprach Aaron. »Ein Snob ist eine Person, die glaubt, aufgrund eines extravaganten Aussehens oder ausgefallener Interessen besonders vornehm zu sein. Ich sehe weder extravagant aus, noch habe ich ausgefallene Interessen, noch halte ich mich für vornehm, auch wenn ich viel Geld besitze.«

Es wunderte ihn ehrlich, dass es ihm gelang, den Satz zu Ende zu bringen. Kate sah aus, als würde sie ihn gleich anspringen und mit ihren kraftvollen Betonmischer-Händen erwürgen wollen.

»Kuschelchen«, rief Twinkey dazwischen.

»Dann sind Sie eben ein mieser, respektloser Arbeitgeber«, zischte Kate. Sie ballte die Fäuste, vielleicht machte sie das einfach zu oft und hatte deswegen solche Kraft?

»Ich habe höchsten Respekt vor Ihnen«, behauptete Aaron. »Vor allem vor Ihren Händen. Können Sie das nicht kontrollieren?«

»Manchmal denke ich nicht dran!«, rief Kate aus und übertönte damit auch Twinkeys ›Kuschelchen‹. »Mein Vater hat mir beigebracht, dass ein fester Händedruck das Zeichen von Stärke ist! In meiner Familie haben alle so fest zugedrückt. Sie haben erst aufgehört, mir damit wehzutun, wenn ich es ihnen auf gleiche Weise heimgezahlt habe.«

Die Familie erschien ihm recht verkorkst. War das eigentlich schon ein Fall von physischer Gewalt?

Kate verschränkte die Arme vor der Brust und starrte auf ihre Füße. Sie sah irgendwie traurig aus.

»Tut mir leid, dass Ihre Kindheit nicht schön war«, sagte Aaron vorsichtig.

Ihr Kopf ruckte hoch. »Meine Kindheit war völlig in Ordnung!«

Ach ja, warum sah sie dann erst verletzt aus? Vielleicht irrte er sich auch, sie schien schon wieder wütend zu sein.

Twinkey fiepte Kates Lieblingswort, und sie lehnte den Kopf gegen die Kabinenwand. Verflucht, er musste unbedingt schnellstens einen Gedankenlesechip entwickeln, damit er endlich wusste, was hinter ihrer Stirn vor sich ging!

Aber da öffneten sich die Fahrstuhltüren, und sie traten in einen Flur mit dunkelbraunem Teppich. Der Page öffnete ein Zimmer und stellte Kates Koffer hinein.

»Wir treffen uns um fünfzehn Uhr unten. Es sei denn, Sie wollen zwischendurch was essen. Dann kommen Sie zu meinem Zimmer«, sagte Kate und trat in den Raum, die Tür schon fast hinter sich geschlossen. »Folgen Sie dem Pagen. Nicht mal Sie können sich mit ihm verlaufen.«

Mit diesen Worten servierte sie Aaron für die nächsten Stunden ab, schob die Verantwortung einfach dem Hotelpagen zu. Zwar folgte er diesem, aber am liebsten wäre er zurück zum Flughafen gefahren. Heute Abend war das erste Geschäftsessen. Das Kennenlernen, das Vorstellen, das Vorverhandeln. Deswegen hatte er Twinkey überhaupt mitgenommen, und der kleine Kerl hatte heute bewiesen, dass die künstliche Intelligenz selbstständig dazu lernen könnte, um die Wünsche seines Besitzers zu erfüllen. Ohne dass ständig Ingenieure und Programmierer an den Codes herumbasteln müssten. Sie könnten damit also auch noch bei der Verbesserung Personal und Kosten sparen.

Bedauerlicherweise interessierte ihn das nicht im Geringsten. Er fragte sich vielmehr, wie er es anstellen sollte, die Woche mit Kate zu nutzen. Und wofür. Für Sex? Für eine Beziehung?

In seinem Zimmer und unter der Dusche war er sich immer noch nicht einig. Reisen war nie sein Hobby gewesen, und doch musste er zugeben, dass ihm Hongkong bisher ganz gut gefiel. Das Zimmer war perfekt ausgestattet, und eine solche Regentropfendusche hatte er schon seit Jahren haben wollen. Allerdings war er zu faul gewesen, sie bei sich zu Hause einbauen zu lassen. Die Trennwand zum Schlafbereich war zur Hälfte durchsichtig. Er konnte direkt von der Dusche aus aufs Bett und aus dem Fenster sehen. Und was sollte er sagen? Der Ausblick war fantastisch. Inmitten der hohen Häuser mit ihrer blinkenden Reklame lag gegenüber des Hotels eine Pferderennbahn. In Deutschland würde man einen Bagger drüber schicken und ein neues Wohnviertel errichten. Dabei waren die Mieten hier doch ebenfalls nicht gerade billig.

Darüber nachzudenken lenkte ihn lang genug ab, um sich abzutrocknen und aufs Bett zu legen. Er zog die Decke über seinen nackten Körper, und woran dachte er? Natürlich an Kate. Alles andere wäre zu einfach. In den letzten Tagen war seine einzige Sorge gewesen, dass Kate auch wirklich mit nach Hongkong kam. Nun, sie war hier. Mit ihm. Und jetzt? Je länger er mit ihr zusammen war, umso größer wurde in ihm das Bedürfnis, mehr von ihr zu erfahren. Er wollte sie kennenlernen, mit ihr Zeit verbringen, sie vielleicht sogar für sich gewinnen. Aber wie? Zwischen all den Geschäftsessen und Treffen blieb zumindest in den ersten drei Tagen wenig Zeit, eine Frau zu umwerben. Er könnte ihr einen Bonsai schenken, aber wie bekam man das Ding mit nach Hause?

Schmuck? Kate trug nicht einmal Ohrringe; er bezweifelte, dass es ihr gefallen würde, wenn er sie mit Diamanten überraschte. Am Ende hielt sie ihn für völlig bescheuert.

Dann schon eher Spa-Behandlungen, bei denen sie sich entspannen konnte. Das käme ihm auch zugute, denn zugegeben, Twinkey besaß zwar einen gewissen Reiz, wenn er ununterbrochen ›Kuschelchen‹ brüllte, aber langsam übertrieb er es. Keine Frau konnte dermaßen oft wütend sein.

Aaron hob Twinkey vom Boden auf, setzte ihn auf den Nachtschrank und programmierte ihn mit seinem Handy auf eine Weckfunktion in zwei Stunden. Die Müdigkeit drückte Aaron die Augen zu, und obwohl er im Flugzeug geschlafen hatte, fiel er schnell in Morpheus' Arme und erwachte erst wieder von Twinkeys Pfeifen.

»Ist ja gut«, murmelte Aaron. Twinkey pfiff weiter. Teufel noch eins, warum hatte er das Ding so programmiert, dass er auf ›Ist ja gut‹ nicht reagierte, sondern erst mit seinem Gejohle aufhörte, wenn Aaron mindestens drei Schritte getan hatte? Vermaledeite Technik, und er musste es ja wissen.

War das der berühmte Jetlag? Wenn ja, war er scheiße. Aaron streckte zwar einen Fuß aus dem Bett, aber nein, das war viel zu anstrengend. Er zog sich lieber das Kissen über den Kopf. Nur noch eine Minute …

Punkt fünfzehn Uhr stand Kate in der Lobby. Mit knurrendem Magen und allein. Nun ja, bis auf die Rezeptionisten hinter dem Tresen.

Sie behielt die Fahrstühle im Blick, aber Aaron tauchte nicht auf. Wo blieb der Kerl? Er konnte sich doch kaum in einem Hotel verlaufen. Andererseits war Aaron ein Mann, dem sie auch das Unmöglichste zutraute. Am Ende irrte er wirklich noch auf seinem Stockwerk im Kreis.

Kate drückte die Taste des Fahrstuhls, wartete ungeduldig, bis sich die Türen öffneten und drückte die Zwanzig. Verflucht, wenn sie ihn in seinem Zimmer nicht fand, kamen sie zu spät, und es lag nicht mal an ihr. Aber wann musste schon mal was an einer Angestellten liegen, um einen Anschiss zu bekommen? Er scheute sich ja auch nicht, permanent an ihrem Äußeren und ihrem Verhalten herumzumeckern. Was immer sie anstellte, er fand ständig etwas, das er ihr um die Ohren hauen konnte. Selbst ihren verdammten Händedruck! Kate wusste nicht, wann sie sich das letzte Mal so unzureichend gefühlt hatte. Wahrscheinlich fand er das dunkelblaue Cocktailkleid und den schwarzen Blazer auch nur scheiße. Dabei trug sie jetzt sogar Schuhe, hatte keinen Lippenstift aufgetragen und nur ihre Wimpern getuscht. Normalerweise schminkte sie sich nie so wenig, doch diesmal hatte sie zu viel Angst gehabt, er könnte es wieder nuttig finden. Es war zum Mäusemelken! Seine Meinung konnte ihr völlig egal sein, aber warum war sie es nicht?

Sie erreichte Aarons Stockwerk, suchte sein Zimmer und lehnte das Ohr gegen die Tür. Nichts. Sie klopfte. »Dr. Merkenthaler?«

Auch nichts, allerdings hörte sie Twinkey tröten, und selbst das Auto klang für seine Verhältnisse angepisst. Kate

155

zog Aarons zweite Schlüsselkarte, die sie sich beim Einchecken geklaut hatte, hervor und steckte sie in die Verriegelung. Sie öffnete die Tür ein Stück. »Aaron?«

Twinkey pfiff, was man von seinem Besitzer nicht behaupten konnte. Unter der Dusche stand er schon mal nicht.

Sie ließ die Tür hinter sich ins Schloss fallen, ging an Aarons Koffer vorbei und erhaschte einen Blick auf das Bett. Es war zerwühlt, die Kopfkissen lagen schief, und da war ein Arm. Ein mit dichtem, hellem Haar behaarter, kräftiger, eindeutig männlicher Arm, mit einem Tattoo auf dem Bizeps. Oh, war sie im richtigen Zimmer? Aber das war eindeutig Twinkey auf dem Nachtschränkchen.

Vorsichtig schob sich Kate näher. Das Tattoo stellte eine Uhr dar, die auf vierzehn Uhr dreißig stand und einen halben Totenschädel verbarg. Es war ungefähr so groß wie ihre Handfläche. Tätowiert zu sein, hätte sie Aaron nie zugetraut. Das war doch Aaron, oder? Sie hob das Kopfkissen hoch und offenbarte einen verwuschelten, blonden Haarschopf.

»Völlig unzureichend«, nuschelte es aus dem Wust Textilien heraus.

Jap, das war ihr Boss.

Sie rüttelte ihn an der Schulter, an der *nackten* Schulter. Für sie fühlte es sich an, als hätte sie ihn am Penis gepackt. Ihr wurde heiß und kalt zugleich. Leider reagierte er nicht. Sie rüttelte stärker.

»Kommen Sie, stehen Sie auf«, rief sie.

»Grässlicher Lippenstift«, murmelte er.

Och bitte, sie hatte überhaupt keinen aufgelegt!

Sie zog das andere Kissen unter seinem Kopf weg. Jetzt lag er wie flachgepresst auf dem Bett, wachte aber auch nicht auf. Kurzentschlossen packte sie die Decke, in die er sich eingewickelt hatte, zog sie mit einem Ruck weg. Er rollte zur Seite und direkt über die Kante hinaus. Ups.

Mit einem dumpfen Rumps landete er auf dem Boden.

»Oh, Kate«, stöhnte Aaron. »Was habe ich Ihnen getan?«

»*Sie* wollten unbedingt, dass ich mitfliege.«

»Und das ist für Sie ein legitimer Grund, mich aus dem Bett zu werfen? Wenn es wenigstens Ihres gewesen wäre.«

Sein Kopf erschien über der Bettkante, er stützte den Arm darauf ab und fuhr sich durch die Haare.

»Woher wussten Sie, dass ich es bin?«, fragte Kate. Er hatte sie doch nicht mal gesehen.

»Meine Unannehmlichkeiten der letzten Tage sind zwangsläufig mit Ihnen verbunden, warum soll es auf einmal anders sein?«

Armer nörgelnder Mann. Wenn sie in zwei Wochen wieder arbeitslos in ihrer Wohnung hockte, würde sie ihn bemitleiden. Doch bis dahin starrte sie ihn einfach nur auffordernd an. Vielleicht begaffte sie ihn auch, weil er sich aufrappelte und sie feststellte, dass er offenbar aus der Dusche direkt ins Bett gefallen war. Ohne sich eine verdammte Unterhose anzuziehen!

Also, was dieser Mann an charakterlichen Schwächen zu bieten hatte, machte er eindeutig durch körperliche Vorzüge wett. Gute Güte, so ein Prachtstück hatte sie ja noch nie gesehen. Himmel, schnell woanders hinsehen. Ihr Blick rutschte konsterniert etwas höher.

Der Kerl hatte sie alle verladen! Von wegen Nerd! Nein, er war ein tätowierter Fitness-Freak. Vom Hocken vor dem Computer bekam man keineswegs einen solchen Bauch! Ihren Blick dort festzutackern war zwar nicht gut für ihr Selbstbewusstsein, aber immer noch besser, als in seine Au-

gen oder in seinen Schritt zu starren. Obwohl nein ...
Genau genommen schoss sie sich damit nur ins Knie. In
seines jedenfalls nicht. Man könnte meinen, er hielte sie für
seine Schwester. Oder er besaß kein natürliches Scham-
gefühl. Ohne sich um seinen Anblick zu scheren, wankte er
an ihr und dem Bett vorbei, bückte sich nach seinem Koffer
(Heiliger Himmel, er drehte ihr seinen nackten Hintern zu!)
und stellte ihn auf die niedrige Bank. Er öffnete den Reiß-
verschluss und musterte sichtlich überfordert den Inhalt seines Koffers.

»Soll ich gehen?«, würgte Kate mit trockenem Mund heraus.

»Wenn Sie riskieren wollen, dass ich mich erneut hin-
lege.«

Okay, gut, blieb sie eben auf dienstliche Anweisung hier
und starrte ihm etwas weg. Ob er seinen Hintern gezielt
trainierte?

Er drehte sich um, und erschrocken ließ sie ihren Blick
hochschnellen. Er hielt immerhin schon mal eine Krawatte
in der Hand, und als sie es endlich hinbekam, ihm in die
Augen zu sehen, bemerkte sie den kritischen Ausdruck
darin.

»Was ist denn jetzt?«, fragte er.

Sie musste sich innerlich eine Ohrfeige verpassen, um
nicht einfach nur auf seine Lippen zu starren, sondern auch
wahrzunehmen, was die von sich gaben. »Ich hätte nicht gedacht, dass Sie tätowiert sind.«

Ihr Boss lugte auf seinen Arm. »Eine verlorene Wette
gegen Josua.«

»Worum ging es da?«, fragte sie neugierig.

»Um eine Frau.«

Kate zog die Augenbrauen hoch. »Sie haben sich wegen einer Frau tätowieren lassen?«

»Nein, wegen Josua und seiner Scheißwette. Er sagte, sie würde mich nach einem Abend nie wieder sehen wollen und ließ sich rein zufällig noch aus der Nase ziehen, sie würde Karaoke mögen«, brummte Aaron. »Er hat mich reingelegt. Sie verabscheute Karaoke, und nach dem Abend hasste sie auch mich.«

Oha …

»Josua hat die vier Stunden beim Tätowierer faktisch durchgelacht«, knurrte Aaron. »Immerhin konnte ich mir das Motiv selbst aussuchen. Eine Uhr, die einen erinnert, wie begrenzt das Leben ist, ist wesentlich besser als der Schriftzug ›Volltrottel‹.«

»Ohne Frage«, murmelte Kate. Heiliger Himmel. Die zwei erschienen ihr eher wie Brüder, die sich kein Stück Glück gönnten. Die wollten beste Freunde sein? Aber was wusste sie schon über Männerfreundschaften? Und warum starrte sie eigentlich immer noch auf den nackten, äh, Bauch ihres Chefs?

Ihr wurde siedend heiß, und sie sah schnell aus dem Fenster.

»Das Tattoo ist nicht Ihr einziges Problem«, stellte ihr Boss fest. »Sie sehen genauso müde aus wie ich mich fühle. Als schlafen Sie selbst gleich ein.«

Kate seufzte. »Sie sind nackt.«

»Und das finden Sie einschläfernd?«

»Ich finde es seltsam.«

Über Aarons Lippen huschte ein schiefes Lächeln. »Was glauben Sie, warum die Firma seltsam ist? Weil es vor allem die Chefs sind.«

Hätte sie nur diese blöde Stellenanzeige genauer gelesen. »Und es wäre für Sie völlig in Ordnung, wenn ich mich jetzt ebenfalls ausziehen würde?«

Aaron zog ein zerknittertes Hemd aus dem Koffer und streifte es sich über. »Es wäre pure Doppelmoral, mich daran zu stören. Außerdem ist Nacktheit der natürliche Zustand. Allein die Notwendigkeit, nicht zu erfrieren, rechtfertigt Kleidung. Der Rest ist ethnischer und moralischer Firlefanz.«

»Und ich bin froh darüber. Ich möchte nicht die Nachrichten anschalten und erst einmal ein Bild des amerikanischen Präsidenten sehen, wie er komplett nackt eine Rede zur Lage der Nation hält, während nicht nur das Toupet auf seinem Kopf weht, sondern auch das in seinem Schritt.«

»Oh, Kate, es ist verpönt, sich über jemanden wegen seines Aussehens lustig zu machen«, spottete Aaron. »Stößt Sie mein Anblick so sehr ab?«

Sie hatte das Gefühl, dass es auf diese Frage keine richtige Antwort gab. Sagte sie ›ja‹, beleidigte sie ihren Chef. Und log. Sagte sie ›nein‹, dann … äh … ja, was dann?

»Nun?«, bohrte Aaron, der es jetzt immerhin schon mal in eine Unterhose schaffte.

»Ich will einen Anwalt.«

KAPITEL 13
WERFE NIE MIT SCHIMMELNDEN EIERN

Er konnte ihre Blicke beim besten Willen nicht einordnen. Fühlte sie sich abgestoßen? Bedrängt? Dachte sie womöglich, er mache so etwas öfter? Er hatte sich noch nie vor einer Frau so schnell entblößt und Feedback eingefordert. Das er übrigens nicht bekam, genauso wenig wie Kate ihren Anwalt.

Komplett angekleidet und mit Twinkey unter dem Arm folgte er Kate aus dem Hotel und über einen Zebrastreifen. Unter den tragenden Säulen einer Hochstraße fanden sie eine Haltestelle und Straßenbahngleise.

»Warum nehmen wir kein Taxi?«, fragte Aaron.

Kate löste ihren Blick von dem Aushang der Fahrtzeiten. Wenigstens konnte sie ihm mittlerweile wieder in die Augen schauen, ohne wie eine verschreckte Nonne dreinzusehen.

»Ein Taxi kostet wesentlich mehr Geld als die Cable Car«, sagte sie. »Die kostet umgerechnet nur ein paar Cent, egal, wie weit man fährt.«

»Und Sie wissen, wohin wir fahren?«

»Ich habe hier acht Jahre meines Lebens verbracht. Man merkt es sich irgendwann.«

Das bezweifelte er stark. Manche behaupteten, er wäre ein Genie, aber ganz ehrlich? Er könnte es sich nicht mal merken, wenn ihn jemand mit einer Knarre bedrohte. Dabei war die Straße vor dem Hotel zu überqueren, in eine Straßenbahn einzusteigen und Haltestellen zu zählen eigentlich nicht so schwer. Nur war das leider der einfache Teil. Zwar stiegen sie in die doppelstöckige Bahn ein und quetschten sich die enge Treppe nach oben, um auf dem oberen Deck die Aussicht über dem Getümmel in den Straßen zu genießen, doch stiegen sie nach vierzehn Haltestellen aus, und ab hier verlor er endgültig den Faden. Er hing wie ein Fähnchen im Wind an Kates Hand und ließ sich von ihr erbarmungslos durch die Gegend zerren. Zum Glück war er größer als der Durchschnittschinese, sonst könnte er die ganze Zeit nur die Schuppen seiner Vordermänner zählen. Himmel, war denn heute ganz Hongkong zu Fuß unterwegs?

Sie passten kaum auf die schmalen Gehsteige, in den Ampelphasen strömten die Passanten wie Ameisen über die Straßen. Er wurde gestreift, angerempelt, und einmal trat ihm sogar jemand auf den Fuß.

»Wie finden Sie es?«, rief Kate.

»Vor allem laut.« Der Lärm dröhnte in seinen Ohren und schien seine Gedanken zu überlagern. Der Motorenlärm, das Gerumpel der Straßenbahnen, das Stimmengewirr, die Musik, die aus jedem Laden schallte. Genie hin oder her – Aaron war hoffnungslos überfordert. Kate hingegen umklammerte fest seine Hand und wechselte die Richtungen wie ein Chamäleon seine Farbe. Sie führte ihn an unzähligen Shops und Restaurants vorbei, bog völlig unvermittelt in Straßen ein, die sich nicht im Geringsten von den anderen unterschieden, und fuhr mit ihm scheinbar wahllos Rolltreppen hinauf. Meistens landeten sie dann in einem Einkaufszentrum, dort gingen sie allerdings nicht shoppen, nein, sie durchquerten es, fuhren mit Rolltreppen wieder nach unten und traten erneut auf irgendeine Straße. Es war der blanke Horror.

Hongkong mochte interessant sein, aber er war heilfroh, hier nicht sein Leben lang bleiben zu müssen. Dann lieber im Knast, mit eindeutigen Beschriftungen und einem Wachmann, der einen ständig begleitete.

Er wusste nicht, wie lange sie unterwegs gewesen waren, bis Kate endlich stehen blieb. In Aarons Kopf dröhnte es, die Füße taten ihm weh, sein Rücken war völlig verspannt, und seine Hand krampfte sich um die von Kate.

»Da sind wir«, sagte Kate und deutete strahlend auf ein rotes Schild mit der Aufschrift ›Hongkong Garden Inc‹. Er hatte nicht den geringsten Schimmer, was das sein sollte und wo sie waren. Er wusste nur, dass er sich den Rest des Abends mit Kate gut stellen musste. Wenn sie empört abhaute, war er geliefert.

Zumal man in Hongkong nicht unterscheiden konnte, ob man sich in einem guten oder in einem schlechten Viertel befand. Der Schmuckladen im Erdgeschoss könnte genauso gut auch Kunden in Düsseldorf bedienen. Darüber war die Fassade des Hochhauses hingegen rissig, fleckig, ausgebleicht und bröckelte ab. Aus den Fenstern hingen Hemden, Slips und Shirts, und aus den Klimaanlagen tropfte Kondenswasser auf die Straße.

»Wir landen doch nicht in einer Opiumhöhle?«, fragte Aaron zweifelnd.

»Würden Sie in eine wollen?«

»Nicht unbedingt.«

»Dann ist es auch keine.«

Na, ihr Wort in Gottes Ohr.

Kate drehte sich herum, ging an dem Schaufenster des Juweliers vorbei und hangelte sich die steinernen Stufen einer Treppe hinauf, die lediglich so breit war wie die Schultern eines erwachsenen Mannes. Aaron musste sich zur Seite drehen, um die Stufen hinaufsteigen zu können. Sein Sakko schabte an der Wand entlang, aber die Treppe war immerhin nicht lang genug, um Panik und Klaustrophobie in ihm auszulösen.

Der Raum, der sich am Ende der Treppe vor ihm öffnete, war dafür umso großzügiger. An den dunklen Wänden hingen rote Seidenfahnen, heimeliges Licht füllte ihn aus, und hinter dem walnusshölzernen Tresen standen große, runde Tische.

Kate trat auf den Oberkellner zu und flüsterte mit ihm. Es war so leise hier, dass Aarons Klingelton wie eine Posaune klang. Eilig zerrte er es aus der Tasche, das Display zeigte ›Carmen‹ an, und kaum hatte er es angenommen, tönte sein Name durch die Leitung. Carmens Stimme klang laut, hektisch, geradezu gehetzt. »Ich bin mir nicht sicher, ob ich mir nicht zu viele Sorgen mache …«

Der Kellner verbeugte sich vor Kate und ging voraus. Verdammt, er musste hinterher.

»Carmen, ich kann jetzt nicht«, presste Aaron heraus. »Schicken Sie mir eine Mail.«

Carmen seufzte. »Ich denke nicht, dass ich darüber in einer Mail …«

Er hörte Jos Stimme im Hintergrund, die Worte verstand er allerdings nicht.

»Ich muss auflegen«, sagte Carmen schnell und viel zu laut zu Aaron. »Wie ich schon sagte, Herr Dampfner, wir haben momentan keine Stelle frei.«

Öh, was? Aber Aaron hörte lediglich das Freizeichen. Was zum Henker war mit Carmen los? Sie war noch nie am Arbeitsplatz betrunken gewesen. Verflucht, er konnte solchen Quatsch nicht gebrauchen. Was sollte es schon geben, was nicht bis nächste Woche Zeit hatte? Er brauchte seine ganze Konzentration für dieses Essen. Er hasste es, mit fremden Menschen zu essen, aber dank Josua hatte er ja keine Wahl!

Leider erwarten sie auch nicht nur ein oder zwei Fremde, sondern gleich vier! Kaum, dass sie an dem runden Tisch stoppten, erhoben sich drei Männer und eine Frau.

Die Männer lächelten ihn an, stellten sich jeweils mit Namen vor und reichten ihm die Hände. Jetzt fiel Aaron auf, dass ihr Händedruck tatsächlich weicher war als der eines Mannes aus Europa.

Der Älteste, mit schneeweißem Haar, hieß Teng Huan. Aaron konnte sich nicht helfen, er mochte diesen Mann nicht, und das lag gewiss nicht nur an dem raubtierhaften Lächeln und den zwei Narben, die seine rechte Augenbraue teilten. Allerdings wurde ihm dieser Mann regelrecht sympathisch, als Teng Huans Nachbar sich als Kenny Zuong vorstellte, seine Harry-Potter-Brille auf der Nase zurechtrückte und Kates Hand länger in seiner behielt, als es unbedingt nötig war!

»Der technische Leiter«, übersetzte Kate und erwiderte Kennys spitzbübisches Lächeln.

Warum zum Teufel wünschte sich Aaron gerade nichts mehr, als einmal so von Kate angelächelt zu werden? Verflucht, er musste sich konzentrieren. Wegen dieser sekundenlangen Unaufmerksamkeit bekam er den Namen des dritten Mannes nicht mit. Der starrte ihn ohnehin nur finster an, vielleicht weil Aaron ihn unverhohlen neugierig musterte. Aber wann sah man schon mal einen Chinesen mit einem zu Tode blondierten Zopf?

Aaron zwang seine Aufmerksamkeit auf die Frau, die sich bisher im Hintergrund gehalten hatte.

Sie umrundete den Tisch, reichte Aaron ihre Hand und sah ihm in die Augen. »Mein Name ist Lucy. Ich freue mich,

Sie zu sehen, Dr. Merkenthaler«, sagte sie mit einer Stimme, die ebenso weich wie ihre Hände war. Doch das war nicht das Beste daran. Was ihm wirklich ein breites Lächeln entlockte, war die Tatsache, dass sie mit ihm in seiner Muttersprache redete.

»Sie sprechen sehr gut Deutsch.«

Lucy legte auch noch ihre andere Hand auf seine, bevor sie ihn losließ. Aber ihr Lächeln schwand nicht. »Oh, ich war fünf Jahre in Deutschland. Ich habe dort Informatik studiert.«

»Hätte ich das gewusst, hätte ich Kate gar nicht mitbringen müssen.«

Prompt trat ihm Kate auf die Zehen.

»Oh, Entschuldigung«, flötete sie lieblich. »Mir war kurz schwindlig.«

»Kuschelchen«, fiepte Twinkey leise in Aarons Arm, doch bevor er darauf eingehen konnte, richtete Lucy erneut das Wort an ihn.

»Ist Ihre Frau das erste Mal hier?«

»Sie ist nicht meine Frau«, widersprach Aaron.

Lucys Lächeln wurde noch ein wenig breiter. Sie nahm Aaron am Arm und führte ihn zu seinem Platz, direkt neben Teng Huan. Sie trat zu dem Stuhl neben ihm, ihre langen schwarzen Haare streiften seine Schulter, und ein Hauch Yasmin stieg ihm in die Nase, als sie gerade im Begriff war, sich zu setzen. Doch sie hatte sich kaum vorgebeugt, da drängte sich urplötzlich Kate dazwischen. Wusste der Geier, wie sie es schaffte, aber sie schubste Lucy einen Platz weiter und ließ sich selbst auf den Stuhl neben Aaron plumpsen.

»Ich bin seine Assistentin und nicht zum ersten Mal hier«, lächelte sie die verdrängte Lucy an.

Deren Lächeln sank vielleicht einen Millimeter in sich zusammen, doch als sie Aarons verblüfften Blick auffing, strahlte sie schnell wieder.

Aaron beugte sich nach vorn und fixierte Lucy. »Sie haben wirklich Informatik studiert?«

»Ja«, erwiderte sie. »Aber auf Englisch. Mein Deutsch war damals noch nicht so gut wie heute. Richtig gelernt habe ich es erst, als ich bei IBM als Projektleiterin gearbeitet habe.«

Potzblitz, Aaron konnte sich nur mit Mühe davon abhalten, ihr auf der Stelle ein Jobangebot zu unterbreiten. Sie brauchten immer Mitarbeiter wie Lucy!

»Ich bin beeindruckt«, lächelte Aaron.

Neben ihm knirschte Kate mit den Zähnen. Irritiert sah er sie an, aber sie lächelte so breit und grauenhaft falsch wie im Flugzeug.

»Was ist?«

»Nichts!«

»Kuschelchen.«

Was zum Henker war jetzt schon wieder? Kate wandte das Gesicht ab und sah zu dem Kellner, der an ihren Tisch trat. Er beugte sich zwischen den Stühlen vor und platzierte vor jedem ein fingergroßes Schnapsglas.

Aaron nutzte die kurze Pause, um Kate zuzuraunen: »Ist es eigentlich ein chinesischer Brauch, andere Frauen fast vom Stuhl zu stoßen?«

»Ja«, sagte diese, ohne mit der Wimper zu zucken. »Aber nur unter Frauen. Also versuchen Sie bitte nicht, Ihren Sitznachbarn vom Stuhl zu schubsen, weder zur Linken noch zur Rechten.«

»Schade, gerade bei Ihnen wäre es spaßig geworden«, flüsterte Aaron.

»Flirten mit Angestellten der anderen Firma ist übrigens verpönt«, murmelte Kate.

»Ich habe nicht geflirtet.«

Kate schnaubte. »Ich vergaß, Sie interpretieren nie was in die Aufmerksamkeit einer Frau hinein.«

Okay, jetzt war er verwirrt. Doch bevor er nachbohren konnte, füllte der Kellner die Schnapsgläser mit durchsichtiger Flüssigkeit. Herrje, das erinnerte ihn an seinen ersten und einzigen Ausflug nach Russland.

»Das ist Bai Jiu, Hirseschnaps«, erklärte Kate.

»Chinesen vertragen keinen Alkohol«, zischte Aaron. »Das ist kein guter Zeitpunkt, um mich zu verschaukeln.«

»Ich verschaukle Sie nicht!«

Kate wurde ein wenig zu laut, und die dunklen Augenpaare der Anwesenden richteten sich sofort von den Schnapsgläsern auf sie.

Lucy lehnte sich ein wenig über Kate und lächelte Aaron sanft an. »Es ist Mao Tai, eine der beliebtesten Bai-Jiu-Sorten.«

»Das Zeug hat fast siebzig Prozent«, murmelte Kate.

Heiliger Bimbam!

»Trinken Sie mit uns auf die Gesundheit«, bat ihn Lucy, griff ungeniert über Kate hinweg, nahm Aarons Glas und hielt es ihm hin.

Zögernd nahm Aaron den Schnaps entgegen, Lucys Lächeln wurde strahlender, und ihre Finger berührten sich.

»Kuschelchen!«, fiepte Twinkey plötzlich, und sein Blick ging automatisch zu Kate, die das Schnapsglas fest umklammerte und anscheinend vorhatte, es niederzustarren. Teng Huan hob sein Glas, und alle anderen folgten seinem Beispiel, auch Aaron.

»*Ganbei*«, sagte Teng Huan munter, prostete Aaron zu und trank.

Als Aaron das Glas an seine Lippen setzte, stieg ihm sofort der scharfe Geruch in die Nase. Er schielte zu Kate, die das Glas ansetzte, den Kopf zurückwarf und sich das Zeug in einem Zug reinschüttete. Er ignorierte den beißenden Geruch und tat es ihr nach. Grundgütiger! Das war wirklich kein Wodka, aber es brannte genauso! Er schluckte es runter, und sein Innerstes vibrierte. Er hustete so leise wie möglich. Er sah zwar, dass Teng Huan redete, allerdings verstand er nichts.

»Er sagt, dass er sehr erfreut ist, Sie kennenzulernen. Josua und er kennen sich seit zwei Jahren. Er hofft, es geht ihm gut«, übersetzte Lucy, und das Licht brachte ihre erstaunlich weißen Zähne zum Funkeln.

Kate verzog ihre Lippen zu einem Schmollmund. »Genau das hat er gesagt.«

»Es geht ihm hervorragend«, ächzte Aaron, in dessen Kehle immer noch der Alkohol brannte. »Seine Frau bekommt bald ihr Kind.«

Lucy und Kate übersetzten zeitgleich, aber bedauerlicherweise nicht synchron. Mit jedem Wort wurden sie lauter, und es entstand eine Miss-Symphonie aus harten Worten und hohen Frauenstimmen. Das hielt er keinen ganzen Abend lang durch.

»Vielleicht sollten Sie sich beide abwechseln«, schlug Aaron vor.

Die Gläser wurden erneut gefüllt und natürlich sofort geleert. Aaron wurde ein wenig schwindlig. Seit dem Frühstück hatte er nichts mehr gegessen, und der Alkohol hinterließ eine unangenehm brennende Spur in seiner Kehle bis hinunter in seinen Magen.

Er war heilfroh, als mit dem dritten vollen Glas auch unzählige Schüsseln mit dampfendem Essen serviert wurden. In einer war Reis, in der anderen eine Art Porree, in der nächsten wiederum Bohnen, aber bei manchen konnte Aaron wirklich nicht sagen, was es sein sollte und ob es überhaupt essbar war. Vor ihm stand eine Schüssel mit einer durchsichtigen, fettigen Brühe, in der etwas herumschwamm, das schon seit Wochen tot zu sein schien. Eine Babyratte?

Teng Huan hielt eine kleine Ansprache, die Kate und Lucy tatsächlich abwechselnd übersetzten. Genau genommen fielen sie sich ständig gegenseitig ins Wort und korrigierten sich ungeniert. Was war nur mit den beiden Frauen los? Vor allem lieferten sie auch noch abweichende Übersetzungen. Aaron hatte keine Ahnung, ob sich Teng Huan nun wirklich nur auf einen gemütlichen Abend beschränken wollte, ohne etwas Sinnvolles zu besprechen, wie es ihm Kate übersetzte. Oder ob dieses Essen der Beginn einer wundervollen Geschäftsbeziehung mit unzähligen Möglichkeiten sei, wie Lucy erklärte. Nur in einer Sache waren sie sich einig: Die vierte Schnapsrunde ging erneut auf Aarons Gesundheit. Zum Kuckuck. Wenn sie seiner Gesundheit wirklich Gutes tun wollten, sollten sie aufhören, ihn zum Trinken zu nötigen, aber er verkniff es sich wohlweislich.

Teng Huan schaufelte sich aus verschiedenen Schüsseln auf seinen Teller, deutete abwechselnd auf Aaron und auf die Schüsseln. Zögernd griff Aaron nach dem Löffel in der Schüssel vor ihm. Die fettige Brühe schwappte.

»Was ist das?«, zischte Aaron Kate zu.

»Huhn.«

»Das ist doch kein Huhn.«

»Es ist chinesisches Huhn.«

»Wenn das wahr ist, sind Sie eine chinesische Hexe.«

Kates Lippen zuckten. »Und wenn nicht?«

»Dann auch.«

Kate stieß ihn gegen den Arm, schaufelte ihm Reis auf den Teller und kippte die Brühe und das ›Huhn‹ darüber. »Probieren Sie es. Sie werden überrascht sein.«

Oh, er war überrascht. Hatte der Koch das Spülwasser und den Schwamm in die Schüssel geworfen und aus Versehen die statt dem richtigen Essen serviert? Es schmeckte nach nichts, nun gut, ein wenig nach Seife. Er hasste diese Frau. Ihre Lippen teilten sich zu einem vergnügten Lächeln, und sie steckte ihre Stäbchen in eine weitere Schüssel und ließ ihm die Beute auf den Teller fallen.

»Probieren Sie das.«

»Fehlt da auch das Salz?«

»Sie wollen doch niemanden beleidigen?«

Vor allem wollte er gerade jemanden umbringen, aber das ging vor Zeugen leider nicht. Er hatte keine Ahnung, wie die Chinesen zu Frauenmord in der Öffentlichkeit standen. Vier lächelnde Gesichter (und ein hämisch grinsendes) sahen ihm dabei zu, wie er resigniert das Zeug in seinen Mund stopfte. Die gute Nachricht: Hier fehlte nicht das Salz. Die schlechte: Es war zu viel Chili dran.

Heiliges Kanonenrohr. Er spürte die Hitze in sich aufsteigen, seine Lunge vibrierte unter dem unterdrückten Husten, aber er blieb standhaft. Er schluckte es runter, ignorierte die Tränen in seinen Augen und hoffte, dass das Sodbrennen bald nachließ.

Teng Huan neben ihm grinste ihn anerkennend an und prostete ihm mit einer Teetasse zu. Hatte er den Aufnahmetest bestanden? Konnte er jetzt gehen?

Kate konnte sich ein Schmunzeln nicht verkneifen, aber ihr Boss hielt sich wacker. Für einen misanthropischen, sozial ständig überforderten Analytiker machte er sich nicht übermäßig lächerlich. Die Gesichter seiner Geschäftspartner spiegelten freundliches Interesse und Sympathie wider. Die machten sich gern einen Spaß daraus, ihre europäischen Geschäftskunden mit ihren Sitten und ihrem Essen zu überraschen. Dafür schaufelten sie beim Gegenbesuch tapfer Schweinshaxe mit Sauerkraut in sich hinein.

Teng Huan lud sie für den nächsten Tag in seine Fabrik zur Besichtigung ein, erkundigte sich nach dem Flug, dem Wetter in Deutschland, nach Josuas baldiger Vaterschaft und nach Aarons Familienverhältnissen. Innerhalb von fünf Minuten erfuhr Kate mehr über ihren Boss als in den letzten Tagen. Seine Eltern waren tot, was ihm freundliche Beileidsbekundungen einbrachte (Lucy griff einmal mehr über Kate hinweg nach Aarons Hand – sie würde diesem Weib noch den Arm abhacken!), er besaß keine Geschwister, und seine Verwandtschaft beschränkte sich auf eine kinderlose Tante, die die meiste Zeit des Jahres in Afrika lebte.

Teng Huan erkundigte sich nach Aarons Weihnachtsplänen, was diesen sichtlich irritierte.

»Weihnachten ist für sie ein großes Thema. Wie hier das Neujahrsfest«, raunte sie ihm zu und übersetzte Kennys Erklärungen zu den hiesigen Feiertagen.

In einem Moment, in dem Teng Huan mit Kenny über etwas diskutierte, zischte Aaron Kate zu:

»Passiert heute wirklich nicht mehr? Nur Smalltalk?«

»Das hängt von Ihnen ab«, erwiderte Kate leise. »Große Verhandlungen wird es heute nicht geben, aber Sie können über ein paar Grundlagen sprechen. Fragen Sie ihn einfach. Dann übersetze ich.«

Ihr Boss nickte und wartete, bis Teng Huan sich wieder ihm zuwandte und lächelte freundlich. »*Ni shi hun dan.*«

Sofort trat absolute Stille am Tisch ein. Der Mund des Geschäftspartners klappte ungläubig auf. Oh … verflucht … Kate presste die Hand auf die Lippen, rammte Aaron den Absatz in die Zehe, bis er stöhnte. Fuck, sie wusste nicht, was sie sagen sollte! Verfluchter Mist! Er hatte doch behauptet, er könne sich nichts merken, das mit Sprachen zusammenhing. Aber das, was sie im Vorstellungsgespräch gesagt hatte, merkte er sich? Und probierte es bei der erstbesten Gelegenheit aus?

»War es falsch, ihm ein Kompliment zu machen?«, knurrte ihr Boss und riss seinen Fuß unter ihrem Absatz weg. »Sie sagten doch …«

»Sie haben gesagt, er sei ein schimmelndes Ei.«

»Habe ich es falsch ausgesprochen?«

»Nein, Sie haben es richtig ausgesprochen. Auf den Punkt genau.«

»Aber …«, setzte Aaron an und schwieg dann. Jeder an diesem verdammten Tisch sagte kein einziges Wort. Selbst Lucy hielt sich zurück. Sonst war sie immer die Erste, die ihm am liebsten jeden Scheiß erklären wollte!

Kate sah, wie es hinter Aarons Stirn arbeitete und sein Superhirn die richtigen Schlüsse zog.

»Oh«, sagte er schließlich und verzog missmutig die Lippen. »Könnten Sie bitte mit Lucy den Platz tauschen? Ich vertraue ihren Übersetzungen plötzlich mehr als Ihren.«

Was? Er tauschte sie gegen die sich anbiedernde Dolmetscherin aus?

»Einen Teufel werde ich tun«, beharrte Kate. Sie gab ihren Platz nicht auf. Er bezahlte sie, sie übersetzte. Er sollte sich nur bitte nicht ohne sie in Sprachen probieren!

»Wenn ich Sie noch bezahlen soll, werden Sie es tun«, knurrte Aaron, und die plötzliche Kälte in seiner Stimme erschreckte sie. Zwischen seinen Augenbrauen bildete sich eine steile Falte, und Twinkey fiepte leise die Melodie von ›don't worry, be happy‹. Fuck, das war also seine ›Aufmunterung‹, wenn er wütend wurde.

Kate senkte den Blick, aber sie drehte sich zu Lucy um und bat sie, mit ihr den Platz zu tauschen. Das ließ sich das Weib natürlich nicht zweimal sagen. Vielleicht war Lucy wirklich eine bezahlte Nutte, es konnte doch kaum Liebe auf den ersten Blick sein, wenn sie Aaron so anschmachtete, weil er ach so beeindruckt von einer studierten Informatikerin war. Wie sollte da eine Kellnerin mithalten können? Mist. Als hätte Kate nicht schon genug Sorgen, war sie nun endgültig abgeschrieben.

Lucy übersetzte alles, was ihr und Kates Boss besprachen. Zur Hölle, am liebsten würde sie Lucy die Augen auskratzen, ach besser noch: die Zunge abschneiden!

Kate durfte sich nun mit Kenny und dessen Assistenten herumschlagen. Er kam Kate bekannt vor, aber sie kam einfach nicht darauf woher. Er schaufelte wortlos das Essen in sich hinein, während Kenny sie unterhielt. Er war nett, und die blitzenden Augen hinter den Brillengläsern entlockten ihr mehr als nur ein Lachen. Trotzdem konnte sie nicht verhindern, immer wieder zu Lucy und Aaron hinüberzusehen. Die *ihren* verflixten Job machte. Und dafür war Kate über den gesamten Flughafen gerannt. Hätte sie das nur in dem Vorstellungsgespräch gewusst. Warum gab es für das Leben keine Fernbedienung und Videobearbeitungsprogramme?

Dann könnte sie einfach die Szene aus Aarons Gedächtnis schneiden und ihm stattdessen einen kleinen Porno einpflanzen, mit ihr als Hauptdarstellerin. Obwohl … nein, keinen Porno. Das Happy End eines Liebesfilms, das wäre das richtige.

KAPITEL 14
SCHLAFLOS IN HONGKONG

»Es tut mir leid«, sagte Kate leise neben ihm, als sie ein paar Stunden später an der Haltestelle der Straßenbahn standen.

Aaron drehte sich zu ihr um. Sie hielt die Arme vor der Brust verschränkt und starrte störrisch auf sein Kinn.

»Was genau?«

»Dass ich Ihnen etwas Falsches beigebracht habe. Ich habe nicht damit gerechnet, dass Sie sich wie Twinkey jeden Scheiß merken. Sie sagten doch, Sie hätten kein Talent für Sprachen.«

»Habe ich auch nicht, aber manches bleibt sogar in meinem Gedächtnis hängen.« Aaron zuckte die Schultern. »Wenn die Situation recht einprägsam ist.«

»Wie gesagt, es tut mir leid«, wiederholte Kate.

Sollte er ihr jetzt dafür eine Auszeichnung überreichen? Sie entschuldigte sich ja noch nicht einmal, weil sie ihn beleidigt hatte. Andererseits hatte er sie mit einer Nutte verglichen, sie ihn lediglich mit einem schimmelnden Ei. Wer beschimpfte schon jemanden im Zusammenhang mit Lebensmitteln?

»Sind Sie müde?«, fragte Aaron. Kate zog zwar die Schultern hoch, weil sie fröstelte, aber sie schüttelte den Kopf. »Haben Sie Lust, ein wenig mit der Cable Car durch Hongkong zu fahren? Also nicht nur bis zum Hotel?«

Kate lächelte. »Sehr gern.«

»Aber Sie wissen, wo das Hotel ist?«, fragte er lieber nach.

Kate warf den Kopf zurück und lachte. »Natürlich.« Sie zog aus ihrer Handtasche eine kleine Karte und reichte sie ihm. »Im schlimmsten Fall suchen wir uns ein Taxi und geben dem Fahrer die Visitenkarte des Hotels. Er findet es definitiv.«

Gut, das klang nach einem akzeptablen Plan B, wenn sie sich völlig verfuhren. Zur Sicherheit steckte Aaron die Karte selbst ein.

»Sie trauen mir nicht«, fragte Kate mit einem treuen Blick, der ihm übermächtiges Kribbeln durch den gesamten Körper schickte.

Er lächelte schief. »Bei Ihnen weiß man nie, am Ende lande ich bei den Hongkonger Transvestiten.«

Sie stiegen in die nächste Straßenbahn ein, ohne auf deren Beschilderung zu achten, gingen die kleine Wendeltreppe nach oben und suchten sich eine freie Bank ganz vorn. Kate setzte sich ans Fenster und lehnte den Kopf gegen die Seitenwand. Der Wind fuhr durch das halboffene Fenster, spielte mit ihren Haaren und wehte sie zu ihm. Sie kitzelten ihn, und immer wieder roch er ihren Duft. Er tat so, als würde er aus dem Fenster sehen, aber in Wahrheit betrachtete er sie verstohlen. Sie hielt die Lider leicht geschlossen, ihre Mimik wirkte zum ersten Mal komplett entspannt.

Trotz des Lärms beruhigte sich auch Aaron. Es war sehr viel leichter, sich zu entspannen, wenn man nicht panisch darüber nachdenken musste, wie man zurückfand. Außerdem waren die vielen Lichter faszinierend. Beinahe jeder Wolkenkratzer war beleuchtet. Auf einigen Fassaden spielten sich regelrechte Filme ab, die einzelnen Leuchten bildeten Figuren, die kamen und verschwanden.

Der Abendwind erlöste die Stadt von der Wärme des Tages. Das Ruckeln der Straßenbahn mischte sich mit den Motoren, den Stimmen und der Musik aus den Restaurants zu einer Symphonie.

»Worüber haben Sie mit Teng Huan gesprochen?«, unterbrach Kate seine andächtige Betrachtung.

Aaron hob erstaunt die Augenbraue. »Haben Sie nicht zugehört?«

»Ich habe nicht alles mitbekommen. Ich saß zu weit weg. Ich weiß nur, dass Sie ihnen Twinkey gezeigt haben. Aber was hat das mit Systemlösungen zu tun?«

»Erinnern Sie sich an das, was ich Ihnen über die autonom fahrenden Autos sagte?«

»Dass die Fahrgäste gleich ihre Blutwerte dort auswerten könnten«, erwiderte Kate.

Aaron nickte. »Ganz genau. Durch Sensoren und Kameras kann das Auto Situationen im Straßenverkehr einschätzen und das Fahren vollständig übernehmen. Die Insassen können sich dann endlich auf die Dinge konzentrieren, die sie sonst ohnehin während des Fahrens machen. Telefonieren, Schminken, die Kinder zur Ruhe bringen. Aber das ist nur der Anfang.«

»Toll …«, murmelte Kate.

»Teng Huan sagte, sie arbeiten viel, haben bis auf die Feiertage kaum Urlaub und an diesen fahren sie zu ihren Familien. Je mehr sie auf dem Weg zur Arbeit erledigen können, umso besser. Dein Cholesterin-Spiegel ist zu hoch? Es wird dir nicht nur angezeigt, es wird dir auch vorgeschlagen, was du dagegen machen kannst. Du hast einen simplen Husten, du musst nicht zum Arzt, um ein Rezept zu bekommen.«

»Ihr wollt den Ärzten die Jobs wegnehmen?«, fragte Kate entsetzt.

Aaron schüttelte den Kopf. »Nein, sie sollen nur entlastet werden, indem sie sich nicht mehr um simple Fälle kümmern müssen. Und darum geht es in diesem Fall auch nicht konkret. Die Möglichkeiten sind vielfältig, aber gleichgültig, was man anbieten will, es muss sichergestellt sein, dass das Fahren zu einhundert Prozent und mit einem hohen Sicherheitsstandard übernommen wird. Man kann einem Computer nur beschränkt Daten vorgeben. Nicht weil der Speicher begrenzt ist, sondern der Mensch. Es wird immer Situationen geben, an die man beim Programmieren nicht gedacht hat. Selbstlernende künstliche Intelligenz kann das ausgleichen. Sowohl im Straßenverkehr als auch bei allem anderen.«

»Wie Twinkey, der weiß, wann er mich aufheitern muss?«

»Zum Beispiel. Er entscheidet mittlerweile selbst, was er lernen will. Ein Auto könnte lernen, den Fahrgast, der in ihm ohnmächtig wird, gleich zum Krankenhaus zu fahren, ohne dass es ihm erst jemand sagen muss.«

»Das ist verrückt«, hauchte Kate. »Ein Wagen wird zu einem Babysitter.«

»Das Auto ist doch eh der beste Freund des Menschen.«

Kate sah ihn schief an. »Das ist der Hund!«

»Kann ein Dackel Sie zu einem Krankenhaus fahren?«

Ihre Lippen zuckten zu einem Lächeln auseinander, bevor sie sich durch die Haare fuhr und die Stirn rieb. »Eigentlich sind dann die Autos unsere Chauffeure, Ärzte und … was noch? Freunde? Weil sie uns unsere Lieblingsmusik vorspielen, sobald sie denken, wir wären traurig?«

»So könnte man es betrachten«, erwiderte Aaron.

»Aber angenommen, eine Maschine erledigt alles für uns, ohne dass wir sie dazu auffordern müssen, stellen wir am Ende nicht komplett das Denken ein?«

»Bei manchen Menschen gibt es nicht viel einzustellen. Da macht es die Welt wesentlich sicherer, wenn es ein Computer für sie übernimmt.«

»Das ist menschenverachtend.«

»Nein, realistisch.«

Kate verschränkte die Arme vor der Brust und verzog das Gesicht. »Gut, Sie haben recht. Aber was ist, wenn das jemand missbraucht?«

»Im Fall unserer Entwicklung ist das schwierig«, sagte Aaron stolz. »Ich bediene mich nicht der normalen Programmiersprachen, sondern meiner eigenen. Die zu knacken hat bisher niemand geschafft.«

»Okay, cool.« Sie starrte aus dem Fenster, bevor sie ihn doch wieder ansah. »Aber wenn Twinkey das Vorbild für das alles ist … Was hätten Sie getan, wenn ich nicht mit ihm zum Flughafen gekommen wäre?«

»Dann hätte ich mich auf die theoretische Darstellung beschränken müssen. Allerdings habe ich nicht daran gezweifelt, dass Sie kommen.« Gut, das war ein wenig gelogen.

»Sie sind sehr von sich überzeugt.«

»Nein, aber manchmal kann ich meine Mitmenschen doch einschätzen.«

»So …« Kate kniff die Augen zusammen. »Und welche Einschätzung hatten Sie von mir?«

»Dass Sie vergnügungssüchtig sind und allein schon deswegen mitgekommen wären. Selbst wenn ich Ihnen jetzt das Gehalt streichen und Sie wegschicken würde, würden Sie mir hinterherlaufen. Nur um zu sehen, was als nächstes passiert.«

Kate kicherte. »Gut möglich. Es ist völlig sinnlos, mich wegzuschicken. Außerdem war ich doch ohnehin Ihr Studienobjekt, Doktor Programmierer. Bekommt man dafür ebenfalls Geld?«

»Nein. Das ist wohltätiger Dienst an der Allgemeinheit.« Und an ihm.

Kate begann zu frösteln, und er legte den Arm um sie. Er hätte ihr sein Sakko geben können, aber dann hätte er gefroren. Sie boxte ihm immerhin nicht in die Rippen, sondern lehnte sich an und sah genauso hinaus wie er. In seinem Leben gab es nur wenige Momente, von denen er behaupten könnte, sie wären perfekt. Dieser hier gehörte dazu. Er fühlte sich frei und so wohl wie lange nicht mehr.

An der Endhaltestelle stiegen sie aus, überquerten die Schienen und warteten auf der anderen Seite der Schleife, bis sie wieder in die Cable Car einsteigen konnten. Diesmal verließen sie die Bahn an der Haltestelle vor dem Hotel.

Dort löste sich Kate von ihm und brachte zwei Schritte Distanz zwischen sie. Plötzlich fühlte sich sein Arm leer an und nicht nur der. Die Leere kroch in sein Innerstes, und er konnte das Gefühl nicht einmal im Fahrstuhl abschütteln. Während der Aufzug sie holpernd nach oben fuhr, sah sie zu Boden. Erst als sich die Türen öffneten, hob sie ihren Blick.

»Gute Nacht«, wünschte sie ihm lächelnd und stieg aus der Kabine. Seufzend lehnte er sich gegen den Spiegel. Die Türen schlossen sich. Es fühlte sich nicht gut an, wenn sie nicht bei ihm war. Aber was sollte er machen?

Aaron fuhr bis in sein Stockwerk, stieg aus und wanderte dann an den Zimmern vorbei, bis er die richtige Nummer fand. Er steckte die Karte in das Schloss und schob die Tür auf. Kaum steckte er die Schlüsselkarte in die vorgesehene Vorrichtung flammte das Licht auf, und das großzügige Zimmer lag vor ihm, während im Hintergrund die Lichter

Hongkongs leuchteten. Die Reklamen blinkten, auf der Pferdebahn war das Licht ebenfalls eingeschaltet. Vielleicht ein Nachtrennen.

Aaron setzte sich auf das Bett und betrachtete das Treiben auf dem wohlgepflegten Grün. Eine Gruppe Pferde galoppierte über die Bahnen. Er verfolgte, wie sich eines der Pferde von der Gruppe löste und den Abstand immer weiter vergrößerte. Ein kurzer spannender Moment, nur damit ihm danach umso deutlicher bewusst wurde: Irgendetwas fehlte ihm.

Zum Teufel. Er wollte Kate bei sich haben. Es reichte nicht, dass sie im gleichen Land wie er war, in der gleichen Stadt und dem gleichen Hotel. Er wollte sie nicht nur auf dem gleichen Stockwerk, sondern auch im gleichen Zimmer haben. Er wollte sie riechen können, ihre Nähe spüren, einfach nur bei ihr sein. In ihr Zimmer zu gehen, würde ihm mit Sicherheit nur einen handfesten Korb und ein schlechtes Gefühl einbringen. Genauso wenig konnte er sie bitten, ihr Zimmer zu stornieren, um der Firma die Kosten dafür zu sparen, und zu ihrem Boss ins Bett zu steigen. Das funktionierte nur in Filmen, und wenn er es sich richtig überlegte, noch nicht einmal dort. Aber was, wenn es mit ihrem Zimmer ein Problem gäbe? Dann *musste* sie hier schlafen. Es war ja nicht so, als ob sie in diesem Bett Gefahr liefen, einander zu begegnen. Dafür musste man sich erst durch zig Decken wühlen und über die Kissenhügel hinwegkämpfen. Er würde sich ihr also nicht einmal unsittlich nähern.

Aaron schnappte sich Handy und Schlüsselkarte und verließ das Zimmer. Glücklicherweise führte der Gang wohl in jede Richtung zu einem Aufzug, denn als er nach links gegangen war, hatte er das Gefühl gehabt, dass der Lift in der anderen Richtung lag. Trotzdem kam er an einem an, und als er aus diesem ausstieg, fand er sich in der Lobby wieder.

Hinter dem Tresen der Rezeption standen zwei Angestellte, so wach wie am Tage. Aaron pirschte sich an einen der Männer heran, erwiderte dessen Lächeln und tippte auf seinem Smartphone herum. Lucy hatte ihm eine App gezeigt, mit der man jedes gesprochene Wort übersetzen lassen konnte. Um sie zu öffnen, drückte er Carmens Nachricht weg, sie müsse dringend mit ihm sprechen. Im Moment war sie bestimmt im Feierabend, er war sich nicht sicher, wie groß die Zeitverschiebung war.

Mit der App bat er den Rezeptionisten, Kate jetzt zu wecken und aus ihrem Zimmer zu werfen. Er solle ihr sagen, der Raum wäre reserviert.

»The room is reserved?«, echote der Concierge und riss entsetzt die Augen auf.

Was er dann sagte, verstand Aaron beim besten Willen nicht, und er fand die umgekehrte Funktion der App nicht schnell genug. Plötzlich bekam Aaron einen neuen Schlüssel überreicht. Nein, verflucht, er brauchte kein neues Zimmer! Sein Zimmer gefiel ihm, nur gehörte noch eine Frau in sein Bett, er bezahlte dafür, wenn es nötig war! Das ließ er von seinem Handy übersetzen, und der Rezeptionist legte ihm verstohlen eine Mappe mit Bildern chinesischer, zugegeben sehr hübscher, Frauen hin. Bitte, er wollte ihm eine Nutte vermitteln?

»Nein, nein«, sagte Aaron und schüttelte entschieden den Kopf. Der Empfangsmitarbeiter nickte verstehend, allerdings begriff der Mann überhaupt nichts, denn er sah erst zur einen, dann zur anderen Seite und legte Aaron eine Mappe mit westlichen Frauen vor. Die erste besaß zwar eine

183

gewisse Ähnlichkeit mit Kate, aber zum Teufel, sie war es nicht!

Aaron seufzte, stützte sich an dem Tresen ab und gab in sein Smartphone ein, dass der Portier der Frau in Zimmer 505 sagen solle, sie müsse es unbedingt verlassen. Sie solle in Zimmer 2005 kommen. Zur Sicherheit fügte er noch ein ›Ich liebe sie‹ hinzu. Das entsprach zwar nicht ganz der Wahrheit (oder doch?), machte das Ganze aber hoffentlich verständlicher. Der Rezeptionist lauschte dem Gequatsche aus Aarons Telefon, nahm es ihm vorsichtig aus den Händen und hörte sich den Text weitere zwei Mal an. Dann erhellte sich sein Gesicht.

»Ah«, machte er. »I understand.«

Na endlich! Zumindest betete Aaron, dass das Wort bedeutete, was er glaubte. Er schob dem Mann mehrere hundert Hongkong-Dollar zu und betete, dass er es nicht genauso gut hätte aus dem Fenster werfen können.

Der Rezeptionist nickte ihm unaufhörlich lächelnd zu, selbst als sich Aaron auf dem Weg zum Fahrstuhl noch einmal umdrehte. Na, hoffentlich ging das gut.

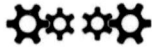

Der Wasserstrahl massierte ihre Schultern und ließ sie leise seufzen. Und das nicht nur, weil Aaron zum hundertsten Mal vor ihrem geistigen Auge auftauchte. Wäre er nicht so ein furchtbarer Nerd, würde sie sich in ihn verlieben. Allerdings könnte sie ihm vermutlich ihre Liebe direkt und schonungslos gestehen, und er würde nur schwören, da nichts hineinzuinterpretieren. Gut erzogene Männer waren gut und schön, aber wenn es um Aaron ging, wäre ihr der typische Bad Boss, der auch vor seiner Assistentin nicht zurückschreckte, um Längen lieber. Blöderweise wäre es dann nicht mehr Aaron, sondern ein beliebiger arroganter und misogyner Dreckbeutel.

Verflucht, zu selten konnte man alles haben.

In ihre Gedanken und das Prasseln des Wassers mischte sich noch ein anderes Geräusch, ein dumpfes Pochen. Oh, jemand klopfte an ihre Tür. Aaron?

»Just a moment«, rief sie. »Einen Moment.«

Sie drehte das Wasser ab, schnappte sich ein Handtuch und rubbelte sich so schnell wie möglich ab. Das Pochen an ihrer Tür wurde penetranter. Ja, Herrgott, sie kam doch schon! Sie schlang sich ein zweites Handtuch um den Körper und hätte gern noch eines um ihre Haare gewickelt. Aber das Klopfen wurde mittlerweile so laut, dass sie fürchtete, ihr trat gleich jemand die Tür ein.

Sie eilte aus dem Bad und riss die Tür auf. »Was?«

Ein Mann in der Uniform eines Rezeptionisten lächelte sie an, neben ihm stand ein weiterer Mann, in beinahe der gleichen Kluft, nur war diese einen Ticken dunkler. Und der erklärte nun, dass sie dringend ihr Zimmer verlassen müsse.

»Warum?«, fragte Kate. Zum Teufel, es war spät, sie wollte ins Bett!

Ihre Frage brachte den Mann sichtlich ins Stottern. Wenn sie sein Gefasel richtig verstand, hatte sie Ungeziefer?

»Ich habe keins gesehen«, erwiderte sie auf Englisch.

»Sehr kleines Ungeziefer.«

Ekelhaft. Unwillkürlich schüttelte es sie, und sie kratzte sich am Arm. »Dann geben Sie mir ein anderes Zimmer.«

Der Rezeptionist hob die Schultern. »Es tut uns leid. Das ist leider unmöglich. Wir sind ausgebucht. Sie haben doch ein weiteres Zimmer gebucht.«

»In dem Zimmer ist mein Boss«, gab sie zurück.

Als ob sie bei dem Unterschlupf suchen könnte! Vor allem, wer beschützte ihn vor ihr? Auf der Liege im Flugzeug hatte sie nicht viel mehr tun können, als sich an ihn zu schmiegen. Aber was würde sie wohl anstellen, wenn sie ein Kingsize-Bett zur Verfügung hatte und das Kopfkissen mit seinem Gesicht verwechselte? Nein, das konnten die vergessen.

»Geben Sie mir ein anderes Zimmer«, verlangte Kate.

»Sie können in das andere Zimmer gehen. Sie haben noch eins gebucht.«

»Dort schläft schon mein Boss!«, stieß Kate zwischen den Zähnen hervor.

Der Rezeptionist lächelte noch ein wenig breiter. »Oh, das macht nichts. Er liebt sie.«

Äh, wie bitte? Wenn das ein Ablenkungsmanöver war, dann ein sehr gutes. Die beiden Männer bugsierten sie aus der Tür hinaus, sogar bis zum Fahrstuhl, und ehe sich Kate versah, standen sie vor Aarons Tür.

Die zwei Wächter mit ihr in der Mitte, bereit zur Jungfrauenopferung? Halt! Aaron hatte doch wohl keine Nutte bestellt und dabei zufällig ihren Namen erwähnt? Sie hatte zwar noch nie gehört, dass in Hotels Gäste verkuppelt wurden, aber Chinesen und Japaner hatten schon immer unkonventionelle Ideen.

Der Concierge klopfte zweimal vernehmlich, und ihr Herz pochte erschrocken, als Aaron die Tür aufmachte. Er trug seine Hose und ein halb offenes Hemd, als sei er gerade auf dem Weg ins Bett oder unter die Dusche. Seine Augen weiteten sich, als er sie erblickte. Er starrte von ihren nassen Haaren über das feuchte Handtuch bis zu ihren Beinen und dann zurück.

»Die sagen, ich soll bei Ihnen übernachten«, sagte Kate. ›Weil Sie mich lieben‹, hätte sie fast gesagt, verkniff sich den Unfug allerdings lieber, bis sie wirklich wusste, was hier gespielt wurde.

»Oh«, stieß Aaron aus. Seine Lippen zuckten, ob aus Verärgerung oder aus Belustigung konnte sie leider nicht einschätzen. Aber irgendwie wirkte er … zufrieden? »Was hat er denn gesagt?« Aaron deutete mit dem Kopf auf den Rezeptionisten.

»Dass ich Ungeziefer hätte.«

Unweigerlich trat Aaron einen Schritt zurück.

»Nicht ich, das Zimmer.«

»Ah«, machte Aaron und trat noch mal zurück, diesmal um den Weg frei zu machen. »Dann schlafen Sie eben hier.«

Hm, das war irgendwie zu einfach. Er regte sich nicht auf? Er regte sich doch sonst über fast alles auf. Aber er sah sie nur an und wartete, dass sie eintrat. Zögernd ging sie an ihm vorbei.

Es raschelte hinter ihr, sie drehte sich um und sah gerade noch, wie ihr Boss dem Rezeptionisten Geld zusteckte.

»Dafür geben Sie denen Trinkgeld? Dass die mich so wunderbar aus meinem Zimmer geworfen haben?«, fragte sie perplex.

Aaron zuckte die Schultern. »Sie haben Sie immerhin davor bewahrt, von Ungeziefer aufgefressen zu werden.«

Hmpf. Was das für Ungeziefer sein sollte, war ihr immer noch nicht ganz klar. Erst recht nicht, dass denen das mitten in der Nacht einfiel. Und was hatte der Kerl vom Empfang gesagt? Dass ihr Boss in sie verliebt sei? Wie kam der auf solchen Humbug? Beim Check-In hatte sie ein anderer Mann bedient, sie waren den ganzen Abend nicht im Hotel gewesen, und sie war auf der Fahrt nach oben bei ihm im Fahrstuhl gewesen. Er hätte wieder runterfahren müssen.

»Waren Sie vorhin noch mal an der Rezeption?«, forschte sie.

»Ich? Nein … warum sollte ich?«

Sollte sie ihm sagen, was der Kerl über Aarons Gefühlsleben verbreitete? Besser nicht. Vielleicht war der Typ auch einfach nur irre.

»Morgen kümmere ich mich um ein neues Zimmer«, beschloss Kate. »Obwohl, nein, ich mach es doch lieber gleich!« Diesen Kerlen würde sie etwas erzählen!

»Warum regen Sie sich so auf?«, fragte Aaron. »Das Zimmer ist groß genug für ein Indianerdorf.«

»Es gibt nur ein Bett.«

»Im Flugzeug war Ihnen das auch egal.«

Hoffentlich … Hoffentlich lief sie nicht knallrot an. Bitte nicht. »Sie wollten nicht darauf herumreiten!«

»Ich sagte, ich nähme es Ihnen nicht übel, Sie bräuchten sich nicht dafür schämen, und ich würde nichts hineininterpretieren. Das ist nicht das Gleiche.«

Mist.

Twinkey raste unter dem Bett hervor, donnerte gegen ihre nackte Zehe und entlockte ihr ein Jaulen. »Kuschelchen!«

»Wieso denkt er, es heitert mich auf, wenn er mir den Zeh bricht?«, stöhnte Kate und hüpfte auf einem Bein. Dabei verlor ihr Handtuch seinen Halt, und sie hatte Mühe, es rechtzeitig festzuhalten.

Aaron sah ihr dabei zu, wie sie das Handtuch zurück über ihre Brüste zerrte. Der verfluchte Mistkerl tat nicht mal so, als würde er ihr helfen wollen!

»Haben Sie eine Prostituierte aufs Zimmer bestellt?«, platzte Kate heraus. Das war noch die einzige logische Erklärung, die übrig blieb!

Ihr Boss sah sie schief an. »Wollen Sie mir schon wieder vorwerfen, dass ich Sie bei unserem ersten Treffen beleidigt habe?«

»Nein, ich will wissen, ob Sie sich eine Hure bestellt haben!«, rief Kate aus. »Das ist nicht schlimm. Jeder kann tun und lassen, was er will. Aber ich verstehe nicht, warum die mich aus meinem Zimmer geworfen haben!«

»Nach dieser Theorie hätte ich die Dame ja in Ihr Zimmer bestellen müssen.«

»Wieso?«

»Wenn man *Sie* rauswirft, weil *ich* mir eine Nutte bestelle?«

Dieser Mann machte sie völlig wirr im Kopf! Er ging an ihr vorbei und zog einen Hotelbademantel aus dem Kleiderschrank. Sie wickelte sich darin ein und ließ das Handtuch nach unten fallen. Der Stoff streichelte ihre nackte Haut, als würde sie in einem Haufen Plüsch liegen.

»Gott, ist das wundervoll.«

»Was genau?«

»Der Stoff.« Sie hielt ihm den Gürtel hin, der aus dem gleichen Material bestand wie der Rest des Bademantels. Als ob das mal ein Teddy werden sollte.

Aaron betastete den Stoff. »Sind Sie eine Textil-Fetischistin?«

Kate verdrehte die Augen, zog ihm das Band aus den Fingern und schnürte den Bademantel zu. Männer! Sie setzte sich auf die Bettkante, die zum Fenster zeigte und stützte die Füße auf dem niedrigen Sims ab. Oh, gerade galoppierte auf dem Grün der Runde eine Gruppe Pferde entlang!

Aaron setzte sich neben sie und reichte ihr ein Glas Wein. Himmel, hatte er das aus der Minibar? Das kostete doch ein Vermögen!

»Wir können morgen Wein aus dem Supermarkt holen«, schlug sie vor.

»Morgen, ja.«

Kate legte den Kopf schief und musterte Aaron von der Seite. »Wie ist das, wenn Sie sonst so verreisen? Sucht Ihr Freund dann immer jemanden für Sie?«

»Nein«, erwiderte Aaron. »Aber ich bin auch nicht viel unterwegs. Die meiste Zeit bin ich in der Werkstatt.«

»Und besucht Sie da ab und zu Ihre Freundin?« Ja, wahnsinnig unauffällig, das wusste sie selbst.

Aaron zog eine Augenbraue nach oben. »Sie glauben doch nicht im Ernst, ich hätte eine Freundin?«

Verflucht, das war eine dieser Fragen, auf die man nur falsch antworten konnte. Kate blinzelte liebreizend. »Ich will endlich einen Anwalt.«

Aaron grinste und stieß sein Glas gegen ihres.

Den Rest des Abends passierte … nichts! Überhaupt nichts! Es war der blanke Hohn!

Kate konnte die Worte des Concierges nicht vergessen. Sie redete sich ein, dass der nur Unsinn von sich gegeben hatte. Aber warum zum Henker sollte er das tun? Warum sollte er ihr sagen, dass ihr Chef in sie verliebt wäre? Das ergab keinen Sinn und trotzdem hatte er es getan.

Wenn sie die Auserkorenen einer Kuppelshow, organisiert von dauerlächelnden Hotelangestellten waren, dann war die Vorstellung ziemlich enttäuschend. Ihr Boss nahm sich keinerlei Vertraulichkeit heraus. Er siezte sie unbeirrt, saß mit gebührendem Abstand zu ihr, und als sie betont fröstelte, legte er nicht den Arm um sie, sondern wollte ihr nur den zweiten Bademantel geben.

Sie beobachteten das Pferderennen, spielten mit Twinkey und brachten ihm neue Worte bei, sogar einige von Kates liebsten Schimpfworten. Twinkey haute ihr einmal empfindlich mit dem Greifarm auf die Finger, als sie ihm seinen Lieblingswürfel wegnehmen wollte. Während Kate jammerte, holte Aaron Eis und legte es in einem Handtuch um die malträtierte Stelle. Eine Berührung, die maximal fünf Sekunden dauerte und ihr fast einen Hirnschlag verpasste, Aaron hingegen zuckte nicht mal mit der Wimper. Weder küsste er sie, noch fasste er sie an. Gott, sie wusste nicht, wann sie sich das letzte Mal so nach Belästigung am Arbeitsplatz gesehnt hatte.

Nach einer Stunde ging er Zähneputzen, besaß aber auch nicht die Güte, nackt zurückzukommen. Er war der perfekte Gentleman, und sie hasste ihn dafür inbrünstig.

Als er irgendwann vorschlug, ins Bett zu gehen, rief Twinkey ununterbrochen ›Kuschelchen‹.

»Sind Sie wütend auf mich?«, erkundigte sich Aaron.

»Nein!«, schnappte Kate.

»Sie klingen aber so.«

»Ich wüsste nicht, warum ich mich beschweren sollte. Sie geben mir keinen Grund dazu.«

Genau das war ja das verfluchte Problem!

Aaron wählte die Fensterseite des Bettes, Kate hingegen legte sich an die Kante auf der anderen Seite und starrte an die Decke. Als Aaron das Licht ausschaltete, tanzten reflektierende Lichtpunkte vor ihren Augen, aber die Dunkelheit ließ sie nicht zur Ruhe kommen. Egal ob Licht an oder aus, sie wusste, dass Aaron nur etwas mehr als eine Armlänge von ihr entfernt lag. Er war Single, sie war Single. Seine Firma scherte sich einen Dreck um Moralvorstellungen, sie sich ebenfalls nicht.

Vielleicht wartete er ja darauf, dass sie den ersten Schritt machte? Kate rollte sich auf die Seite und robbte näher an Aaron heran. Die Vorhänge standen einen Spalt offen und ließen das künstliche Licht von draußen herein. Nicht viel, aber ausreichend um festzustellen, dass Aaron die Augen geschlossen hielt. Sein Brustkorb hob und senkte sich unter den regelmäßigen Atemzügen. Wenn er nicht ein verdammt guter Schauspieler war, schlief er. So ruhig und ungestört wie ein gewissenloser Serienkiller.

Der Teufel sollte ihn holen.

KAPITEL 15
NUR ÜBER MEINE SYSTEMLÖSCHUNG!

Das Frühstück verlief einsilbig, und das lag vermutlich nicht nur an den toten Fischen, die in dem Aquarium neben ihrem Tisch schwammen. In einem anderen gläsernen Abteil vegetierte ein Krebs mit abgebrochenen Scheren vor sich hin. Im Kasten über ihm trieben Garnelen, manche bewegten noch ihre Fühler, andere begannen bereits zu verwesen. Herrgott, wenn Aaron sich die elenden Kreaturen so ansah, wollte er am liebsten nie wieder Fisch, Garnelen oder auch nur ein anderes Tier essen. Das war ja schrecklich! Und das in einem gehobenen Hotel.

Kate würdigte das Drama keines Blickes, während Aaron seinen kaum davon lösen konnte. Entweder er starrte die bedauernswerten Geschöpfe an oder Kate.

Sie wich allerdings beharrlich seinem Blick aus und schwieg. Als Twinkey ihn geweckt hatte, war sie bereits im Bad gewesen, hatte sich ihren Koffer bringen lassen und einen schlabbrigen Pulli angezogen. Ihr ›Guten Morgen‹ hatte geklungen, als wünsche sie sich nichts mehr, als dass er aus dem Fenster fiele. Er hatte keine Ahnung, was mit dieser Frau los war. Doch sie schien nicht wütend zu sein, denn Twinkey pfiff nicht ständig ›Kuschelchen‹. Vielleicht war es auch nur ein verspäteter Jetlag?

Ihre Augenringe sahen jedenfalls zum Fürchten aus, und ihre Locken hatten heute bestimmt noch keinen Kamm gesehen. Sollte er ihr jemals sagen, dass sie damit hübscher, anziehender und natürlicher wirkte als mit jedem feuerroten Lippenstift, würde sie ihn wahrscheinlich lynchen.

»Wir müssen heute zu der Fabrik fahren«, murmelte Kate und starrte ihren Kaffee nieder. »Die wollen Ihnen die Produktion zeigen …«

»Wollen Sie lieber hierbleiben?«, fragte Aaron. »Ich bin sicher, Lucy …«

»Nein!«

Aaron hob abwehrend die Hände. »Okay, okay. Sie sehen nur nicht sonderlich gut aus.« Kate hob den Blick, und Aaron redete schnell weiter. »Damit will ich nicht Ihre Schönheit beleidigen, sondern ich meine, Sie sehen unausgeschlafen und erschöpft aus.«

»Wenn ich jetzt krank bin, bekomme ich kaum das Geld, oder?«

Gut, da hatte sie recht, und solange Kates Augen nicht vor Fieber glänzten und sie unkontrolliert zitterte, war sie wahrscheinlich wirklich einfach nur müde.

»Ich könnte Ihre Blutwerte …«

»Denken Sie nicht mal dran.«

Dieser Frau war nicht zu helfen. Nahm sie ihm übel, dass sie mit ihm in einem Bett schlafen musste? Gestern Abend hatte sie den erzwungenen Umzug anfangs noch verkraftet, nur vor dem Schlafengehen war sie immer nervöser und wütender geworden. Er hätte sie liebend gern geküsst, allerdings war er nicht bescheuert. Hätte sie anschließend nicht nur seine Hoffnungen, sondern auch sein Gesicht zerschlagen, wäre die Hölle lustiger als die nächsten Tage. Das wollte er ihr ebenso ersparen wie sich selbst. Und wer drängelte sie? Sie waren erst angekommen und hatten noch eine ganze Woche, genügend Zeit.

Sie stürzten den Kaffee hinunter, ignorierten beharrlich den toten Zirkus im Aquarium und gingen zurück in Aarons Zimmer. Dort zog sich Kate um, während Aaron ihr den

Rücken zuwandte und sein Sakko überstreifte. Er hörte, wie sie hinter ihm ins Badezimmer ging, und er fiel fast vom Glauben ab, als sie zurückkehrte.

Ihre Absätze klackerten auf den Fliesen, bevor der ausgelegte Teppich sie dämpfte. Sie war ein ganzes Stück größer als sonst. Aaron warf einen Blick auf ihre Schuhe, blieb aber an den bestrumpften Beinen hängen. Zwei Handbreit über ihrem Knie begann ein schwarzes, enges Kleid. Verdutzt sah er ihr ins Gesicht. Die Lippen hatte sie akkurat mit dunkelroter Farbe nachgezeichnet, ihre schwarzen Haare trug sie mit einem schnurgeraden Scheitel auf der linken Seite, und ihre dichten Locken türmten sich auf der Schulter.

»Haben Sie heute noch ein Date?«, fragte Aaron erstaunt.

»Nein, wieso?« Kate zuckte die Achseln und starrte in den mannshohen Spiegel, während sie mit dem Finger an ihrer Unterlippe entlangfuhr. »Darf man sich als Frau nicht schön machen? Oder sehe ich wieder wie eine Nutte aus?«

»Nein«, gab Aaron zu.

Kate drehte sich zu ihm herum und schritt auf ihn zu. »Sie haben nichts an mir zu meckern?«, fragte sie lauernd.

»Sollte ich?«

Kate ließ seinen Schlips durch die Finger gleiten und zog ihn gerade. »Sie finden doch immer etwas.«

»Nicht, wenn es perfekt ist.«

Zum ersten Mal seit dem Aufstehen lächelte Kate ihn an. Offen und ehrlich und nicht in der Art, die ihm verriet, dass ihr Blutdruck stieg.

»Dann gehen wir.« Kate griff nach ihrer Tasche und stolzierte zur Zimmertür. Ihr Po schwang in dem eng anliegenden Stoff hin und her. Wie sollte er mit ihr durch eine ganze

Fabrik gehen? Er musste unbedingt vor ihr gehen, sonst starrte er die ganze Zeit nur ihren hübschen, runden, verführerischen Hintern an.

Im Taxi bekam er jedoch ein komplett anderes Problem zu sehen. Im Stehen saß das Kleid an Kate tadellos. Es betonte ihre Rundungen, hielt aber auch die wesentlichen Stellen bedeckt. Nur im Sitzen konnte der knappe Fummel gewisse Dinge nicht mehr an Ort und Stelle halten. Kate zupfte und zerrte an dem Stoff ihres Ausschnitts, während Aaron angestrengt aus dem Fenster starrte. Ob sie wusste, was sie ihm damit antat? Es war schon schlimm genug gewesen, neben ihr im Bett zu liegen und sie doch nicht berühren zu dürfen. Allerdings hatte er sich das selbst eingebrockt, was man von dem Kleid nicht behaupten konnte.

Kate rutschte auf dem Sitz hin und her, stellte ihre Füße anders auf und fluchte unterdrückt. Zuletzt setzte sie sich kerzengerade hin, stützte den Arm an der Seitenscheibe ab und sah so unzufrieden aus, wie eine Katze, vor deren Nase man den Lachs selbst gegessen hatte.

Twinkey stupste sie mit der Stoßstange an. »Kuschelchen?«

»Warum denkt er immer, dass ich wütend bin?«

»Ihr Puls«, erwiderte Aaron.

»Vielleicht habe ich nur einen Herzfehler.«

»Das will ich für Sie nicht hoffen.«

Doch bevor die Diskussion noch richtig in Fahrt kommen konnte, hielt der Wagen vor einem Betonklotz, der an der Seite nur winzige Fenster aufwies, dafür an der Vorderfront eine großzügige Glasfassade. Der Wagen stoppte geradewegs vor dem Eingang. Er war kaum zum Stehen gekommen, da öffneten bereits Bedienstete die Tür und verbeugten sich. Aaron stieg aus, ging um den Wagen herum und reichte Kate die Hand, um ihr beim Aussteigen zu helfen. Gut möglich, dass er es sich mit einem eilfertigen Angestellten verscherzte, aber Kate hatte sichtliche Mühe, sich in diesem engen Stoffschlauch und den hohen Absätzen in die Vertikale zu hieven.

»Wenn ich Sie jetzt loslasse, stehen Sie dann von allein?«, fragte Aaron.

Kate öffnete den Mund, doch wenn sie etwas sagte, dann wurde sie von der lauten, freundlichen Stimme Lucys übertönt. »Dr. Merkenthaler, Aaron, bitte kommen Sie. Wir freuen uns, dass Sie da sind.«

Kate hielt noch immer Aarons Hand, und plötzlich verstärkte sich ihr Druck auf Aarons Finger. Gute Güte, diese Frau sollte unbedingt weniger Krafttraining machen! Wenn sie jemals tatsächlich eine Nutte werden wollte, dann als Spezialistin für Handjobs. Aaron stemmte seinen Daumen gegen ihren Handrücken und versuchte, seine malträtierten Finger aus ihrem Griff zu befreien.

»Sie brechen mir die Finger«, zischte Aaron.

Kate blinzelte, starrte auf ihre Hände und ließ ihn so abrupt los, als würde eine Spinne auf seiner Hand sitzen.

Den Moment nutzte Lucy, um *ihre* Hand unter seinen Arm zu schieben und ihn auf den Glaspalast zuzuschieben. »Wie war die Fahrt?«

»Hervorragend«, behauptete Aaron. In der anderen Hand hielt er den leise pfeifenden Twinkey und hatte damit alles Wichtige unmittelbar bei sich, aber er wollte Kate nicht verlieren. Er traute dieser Lucy zu, sie einfach hier stehenzulassen. Dieser Konkurrenzkampf in China um die beste Perfomance musste fürchterlich sein.

Er drehte sich zu Kate um. Diese bekam gerade lächelnde Gesellschaft von Kenny. Der junge Chinese flüsterte etwas in Kates Ohr und brachte sie damit zum Lachen. Aarons Magen zog sich zusammen, bildete einen Klumpen und das lag hoffentlich nur an dem Frühstück. Eifersucht war noch nie eine seiner Stärken gewesen. Bevor er mitbekam, dass er von einer Frau betrogen wurde, machte sie üblicherweise frustriert Schluss.

»Mr Huan möchte Ihren Prototypen gern untersuchen«, riss ihn Lucy aus seinen Gedanken. »Nach der Führung bekommen Sie ihn wieder.«

Er sollte Twinkey hergeben? »Sie gehen doch vorsichtig mit ihm um?«, fragte er misstrauisch.

Lucy lächelte ihn an und neigte leicht den Kopf. »Natürlich. Sie werden ihn zurückbekommen. Mr Huan möchte nur sehen, wie er funktioniert.«

»Mr Huan kann das gern, wenn der Vertrag abgeschlossen ist«, mischte sich ausgerechnet Kate ein. Sie nahm Aaron seinen Prototypen aus der Hand und streichelte fast beschützend das rote Dach. Das Auto schnurrte erfreut. Also das hatte ihm Aaron definitiv nicht beigebracht! Woher hatte Twinkey das Schnurren? Von einer Katze? Aaron hätte zu gern seine Programmierung überprüft, aber Lucy baute sich vor Kate auf.

»Mr Huan möchte wissen, worauf er sich einlässt. Seine Mitarbeiter wollen sehen, ob sie mit den Codes zurechtkommen.«

»Es wäre nicht gerade ein Kompliment für mich, wenn sie damit zurechtkommen«, sagte Aaron. Das hieße schließlich, dass seine Codes für einen Externen zu knacken wären!

»Die können mit Twinkey allein also gar nichts anfangen?«, flüsterte Kate.

»Sie können mit ihm herumspielen und ihn auseinanderbauen, aber das war es auch schon«, gab Aaron zurück. »Und sollten sie wirklich rausfinden, wie er funktioniert, habe ich meinen Job ohnehin schlecht gemacht.«

»Wie hoch ist die Wahrscheinlichkeit?«

»Sie liegt unter Berücksichtigung aller Faktoren bei 1,498 Prozent.«

Kate legte den Kopf schief und hob eine Augenbraue.

Aaron seufzte. »Also schön, sie liegt bei null. Ich wollte nur nicht überheblich klingen.«

Kate strahlte ihn an, streckte die Hände aus und überreichte Lucy seinen Prototypen mit einem strahlenden, ja beinahe feierlichen Lächeln. »Mr Huan kann ihn seinen Mitarbeitern vorführen.«

Weil Lucy jetzt die Hände voll hatte, konnte sie sich nicht erneut bei Aaron einhaken, dafür tat es Kate umso energischer.

»Sie brauchen keine Angst haben, dass ich Sie noch einmal gegen Lucy austausche«, sagte Aaron. »Solange Sie ordentlich dolmetschen.«

»Ich übersetze immer ordentlich«, gab Kate verschnupft zurück. »Jedenfalls besser als jede App.«

Ein Blitzschlag fuhr ihm durch den Körper. Sie wusste von der App? Oder war das nur ein Schuss ins Blaue gewesen? Hatte sie gehört, wie Lucy ihm von der App erzählte, oder war es der verdammte Rezeptionist gewesen?

Aaron wusste nicht, ob er fragen sollte. Er kam ohnehin nicht dazu.

Kenny trat neben Kate, hatte seine verfluchten Augen nur auf ihr und bat sie, ihm zu folgen. Auch Lucy heftete sich an ihre Fersen und schloss in der hohen Halle zu ihnen auf. Es gab keinen Empfangsraum, am Ende der riesigen

Fabrik führte eine Treppe zu den abgeteilten Büros. Die Luft roch nach Öl, Chemie und künstlichem Sauerstoff. Die meisten Arbeiter trugen Mundschutz und Handschuhe, als wären sie in einem Operationssaal. Gut, zugegeben, sehr weit hergeholt war der Vergleich nicht. In einem Automobil musste jedes Teil sitzen, am richtigen Platz, in der richtigen Größe, mit dem richtigen Druck, sonst passierte im schlimmsten Fall eine Katastrophe. Allerdings unterschied sich diese Fabrik nicht im Geringsten von denen der deutschen Autobauer. Hatte man eine gesehen, kannte man alle. Doch Josua hatte ihm eingetrichtert, dass es unhöflich wäre, eine Führung abzulehnen, und so ließ Aaron die Erklärungen, die Lucy und Kenny abwechselnd von sich gaben, an sich vorbeiziehen. Statt sich in den Ablauf des Autobaus zu vertiefen, schweiften seine Gedanken und Blicke ständig zu Kate.

Mit jedem Meter, den sie gingen, verfiel Kate immer mehr in eine Schonhaltung für ihre Beine. Sie trat von einem Fuß auf den anderen, stellte sich sogar auch nur auf die Außenseite ihrer Pumps und verzog gequält das Gesicht, wenn sie dachte, es sah niemand hin. Außerdem standen die Härchen an ihren Armen aufrecht wie Streichhölzer, durchsetzt von den Hügeln der Gänsehaut. Ihre Unterlippe zitterte, und er sah die harten Kanten ihres Kinns. Sie unterdrückte offenkundig das Zähneklappern.

Er bat Lucy, ihm den Weg zur Toilette zu beschreiben und berührte Kate an der Hand. »Kommen Sie.«

»Ich soll mit Ihnen auf die Toilette gehen?«, fragte sie verblüfft.

»Sie wissen, dass ich mit Wegbeschreibungen nichts anfangen kann«, erwiderte Aaron. Und tatsächlich, am Ende des beschriebenen Ganges wäre er falsch abgebogen, Kate zog ihn in die andere Richtung und blieb vor einer Tür stehen.

»Da drinnen kommen Sie hoffentlich allein klar?«, fragte sie misstrauisch.

»Ich schon, aber was ist mit Ihnen?« Er legte die Hände auf ihre nackten Oberarme. »Sie sind kalt wie ein Eisklotz.«

»Die verflixte Klimaanlage«, seufzte sie.

Aaron zog sein Sakko aus und wickelte Kate darin ein. »Und Sie können kaum geradestehen. Ziehen Sie die verdammten Schuhe aus.«

»*Was?* Nein!«

»Es ist eine Anweisung Ihres Chefs.«

»Die nicht zumutbar ist«, protestierte Kate. »Wie sieht das denn aus, wenn ich meine Schuhe ausziehe? Ich versau Ihnen noch alles.«

»Wenn ein Geschäft an ein paar simplen Schuhen scheitert, dann sind die Schuhe vielleicht der Auslöser, aber nicht der Grund«, erwiderte Aaron.

Kate schien zu überlegen, zischte leise, als sie das Gewicht verlagerte, doch sie schüttelte trotzdem den Kopf. »Nein.«

»Tun Sie es, wenn ich meine Schuhe ausziehe?«

Sie sah ihn schief an. »Vielleicht.«

Er könnte schwören, diese Frau trieb ihn in den Wahnsinn, und trotzdem musste er über ihren unsicheren Blick lächeln. Wenn es einen Vorteil hatte, ein unsensibler, uncharmanter Misanthrop zu sein, dann dass einem die Gedanken anderer in den meisten Fällen völlig egal waren.

Aaron bückte sich, schnürte seine Schuhe auf und zog sie aus. »Jetzt Sie.«

Ihre Wangen färbten sich auf bezaubernde Art und Weise rot. Mit einem leisen Seufzen stützte sie sich auf

Aarons Arm und schlüpfte aus den Schuhen. Ihre Zehen krallten sich in den Boden, als ihre Füße ihn berührten.

»Autsch. Autsch«, jammerte sie.

»Warum tun Sie sich das überhaupt an?«, fragte Aaron.

Sie bückte sich, hob ihre Schuhe auf und lächelte unsicher. »Warum trägt eine Frau ein zu enges Kleid und zu hohe Schuhe? Warum machen das Millionen Frauen?«

»Um sich besser zu fühlen?«

»Mit zwickendem Stoff und schmerzenden Füßen? Nein. Sie tun es, um einem Mann zu gefallen!«

»Der schmerzerfüllte Gesichtsausdruck soll Männern imponieren?«

Kate legte den Kopf schief und verdrehte die Augen. »Normalerweise lassen wir es uns nicht anmerken.«

»Okay«, sagte Aaron. »Dann haben Sie es getan, weil Sie Kenny beeindrucken wollten?«

Kate erstarrte. »Wen?«

»Kenny.«

»Wie kommen Sie auf den?«

Aaron zuckte die Schultern. »Er sieht Sie immer verstohlen an und scheint sich alle Mühe zu geben, Sie zum Lachen zu bringen.«

»Hmpf«, machte Kate. Sie sah an sich herunter. »Selbst wenn … Ich sehe lächerlich aus. Auftoupiert, in einer viel zu großen Jacke und ohne Schuhe. Ich wette, mein Mascara ist auch verschmiert.«

»Nur ein wenig«, gestand Aaron. Unter ihren Augen klebten tatsächlich ein paar dunkle Punkte. Es fiel kaum auf, aber Kate stöhnte, als ginge die Welt unter.

»Ich weiß nicht, warum ich jemals geglaubt habe, ich sei attraktiv.«

Aaron runzelte die Stirn. »Weil das Gegenteil zu glauben völliger Unsinn wäre. Sie *sind* attraktiv. Auch ohne Schuhe, mit zu großer Jacke und ein paar Punkten im Gesicht. Kenny mag Sie ohnehin.«

»Kenny interessiert mich nicht«, rief Kate aus. »Er ist nett, nicht mehr.«

»Für wen hatten Sie dann …«, setzte Aaron an, und Kate hob den Blick. Sie sah ihm geradewegs in die Augen. Er war ein Nerd, er war blind, wenn es um Frauen ging, aber *das* verstand sogar er. Himmel, hoffentlich stieg er nicht auf das falsche Pferd. Aaron trat auf sie zu und Kate zuckte nicht zurück. Sie sah ihn einfach nur an.

Er wollte sie küssen und er wollte es jetzt. Aaron hob die Hand zu ihrer Wange. Seine Finger berührten ihre zarte Haut, da bog Lucy um die Ecke.

»Alles in Ordnung?«, fragte sie.

Aaron konnte sich nicht helfen, ihr Lächeln sah durchtrieben aus. Kate senkte den Kopf und presste die Lippen aufeinander.

»Ja, es ist alles okay«, erwiderte Aaron.

»Mr Huan möchte nun mit Ihnen sprechen.«

Toll. Ausgerechnet jetzt. Hätte der nicht noch eine Minute warten können? Lucy sah ihn erwartungsvoll an. Die ging nicht ohne Weiteres wieder weg. Also hob er seufzend seine Schuhe auf. Erst da drehte sie sich ein wenig, bereit voranzugehen.

»Können wir einfach hier weitermachen, wenn wir zurück sind?«, flüsterte Aaron Kate zu.

Kate nickte, und ihr Lächeln wärmte tatsächlich sein Innerstes. Bisher hatte er solche Sätze für völligen Humbug gehalten. Nur heiße Getränke und Speisen, die den Stoffwechsel ankurbelten, konnten von innen wärmen, aber kein Gefühl! Nun, konnte es wohl doch.

Lucy führte sie zurück in die Halle, eine Treppe an der Seite hinauf, und dann gelangten sie in den Bürotrakt. Hier gab es den vermissten Tresen, und hinter dem Empfangspersonal thronte ein weiteres Mal der Firmenname. Für die Deppen, die zwischendurch vergessen hatten, wo sie waren. Sie gingen daran vorbei und landeten in einem kleinen Saal. Hier stand ein ebenso runder Tisch wie im Restaurant. Es gab Laptops, einen Projektor und dem Geruch nach zu urteilen auch Essen. Twinkey stand auf dem Tisch, und seine elektronischen Augen blinzelten Aaron an.

Teng Huan kam ihnen lächelnd entgegen und sagte etwas auf Chinesisch.

Kate kicherte. »Er gibt das Kompliment, das Sie ihm am gestrigen Abend gemacht haben, zurück.«

»Dass ich ein schimmelndes Ei bin? Ich fühle mich außerordentlich geehrt.«

Kate winkte ab. »Ist nur Spaß.«

Immerhin nahm es der Mann mit Humor. Lucy wies ihnen ihre Plätze zu. Teng Huan sah ernster aus als am gestrigen Abend. Diesmal gab es keinen Schnaps (Gott sei Dank!), er begann mit einem Monolog.

»Er sagt, er hätte Twinkey untersucht und wäre beeindruckt von dem Maße an künstlicher Intelligenz, die er in sich trägt. Twinkey nähme alles in seiner Umgebung wahr, wesentlich detaillierter und umfangreicher als jedes andere System, das aktuell existiert. Außerdem sei seine Reaktionsgeschwindigkeit überaus bemerkenswert«, übersetzte Kate leise. Aaron nickte. Es war wahr. Twinkey war der Albtraum eines jeden Datenschützers – theoretisch. Aber Twinkey war nur die Weiterentwicklung der Systeme, die es ohnehin schon gab. Neue Autos besaßen Spurhalte-assistenten, Abstandshalter, sie bremsten an roten Ampeln und konnten sogar wieder starten, wenn diese auf grün umschaltete. Allein das war ein System, das dem von Twinkey überaus ähnlich war, nur hatte Aaron die Grenzen neu aufgestellt.

»Er sagt, wenn es eine Schnittstelle zu einem großen Server gibt, könnten all diese Daten gespeichert und genutzt werden. Das Potenzial wäre enorm.«

Aaron hob die Hand und schüttelte entschieden den Kopf. »Nein. Das ist nicht der Sinn. Der Sinn ist, sich auf bestimmte Besucher einzustellen, auf regelmäßige User. Deren Daten merkt er sich, beziehungsweise das System des Autos. *Nur* das Auto. Diese Daten werden nicht weitergegeben.«

Kate übersetzte, Teng Huan neigte den Kopf, und seine Stimme wurde lauter, nachdrücklicher.

»Er sagt, dass Sie ihn wohl missverstehen.«, erwiderte Kate. »Mit Josua hätte er bereits darüber gesprochen. Die Nutzung dieser Software für die Autos ist in Ordnung. Aber bisher hat Twinkey nur ein inneres System, und sie kommen nicht an ihn heran, um die Daten auf ihren Servern speichern zu können und so ein globales Netzwerk zu erschaffen.«

»Sollen sie ja auch nicht«, knurrte Aaron. »Ich habe es so programmiert, dass die Daten ab dem Moment, in dem sie übertragen werden, beschädigt werden, damit sie nicht nutzbar sind. Weder für Hacker noch für Diebe.«

Kate wiederholte seine Worte in Mandarin. Kenny sah sichtlich überrascht aus, Teng Huan hingegen verärgert.

Kate rutschte näher an Aaron heran. »Er sagt, das hat er mittlerweile verstanden. Aber genau das ist das Problem.

Aaron, die wollen die Daten, die Sie mit Twinkey und später mit den Fahrzeugen erheben, anderweitig nutzen.«

»Wofür?«

Kate richtete kurze Worte an Huan, hörte dem Firmenchef zu und packte dann Aarons Hand. »Er sagt, nicht für die normale Wirtschaft. Sondern für die nationalen Überwachungssysteme.«

»Chinesische?«, fragte er pikiert.

»Ich fürchte ja«, meinte Kate.

Aaron schnaubte. »Einen solchen Schwachsinn fange ich nicht an. Mag sein, dass es in diesem Land legal ist, aber es ist moralisch fragwürdig. Wenn sie einmal einen Zugang haben, können sie nicht nur die Daten der Fahrzeuge innerhalb ihrer Staatsgrenzen nutzen, sondern auch außerhalb. Auf der ganzen Welt. Und wenn eine Regierung damit anfängt, werden andere es ebenso nutzen wollen. Danach werden im besten Fall nur Verbrecher via Gesichtserkennung von tausenden Fahrzeugen im normalen täglichen Alltag gesucht.«

»Was?«, rief Kate aus.

»Denken Sie doch nach, Kate«, knurrte Aaron. »Wenn die Daten, die die Fahrzeuge erheben, während sie ihre Umgebung auf Hindernisse scannen, um Unfälle zu vermeiden, die Spur zu halten oder Sicherheitsabstand zu wahren, an einen Server übertragen werden, dann kann man diese Daten auswerten. Dann kann man sie benutzen. Nicht nur für Marketingzwecke. Aufdringliche, ach so gut zugeschnittene Werbung ist im schlimmsten Fall nur die Spitze des Eisbergs. Du willst jemanden ausspionieren? Zeichne die Gespräche auf. Sie haben es am Flughafen selbst erlebt. Du suchst ein Kennzeichen? Bringe den Kameras bei, die man zum Parken und Abstandhalten benutzt, die Fahrzeugnummer zu erkennen. Irgendwann wird es von einer Kamera erfasst werden. Das lässt sich auf alles übertragen. Auch Gesichter. Man kann dann ein nahezu lückenloses Profil erstellen, wo sich jemand wann aufgehalten hat. China hat mit seinem Punktesystem für ›gute‹, kurzum: regimetreue Führung schon längst angefangen, die Grenzen des guten Geschmacks zu überschreiten. Sie wollen keinen Service, sie wollen Kontrolle.«

Kate schnappte nach Luft. »Fuck.«

»Sie sagen es.« Aaron nickte. »Und deswegen habe ich mit den besten Hackern und Sicherheitsberatern zusammengearbeitet, um genau das zu vermeiden. Auf Deutsch zu programmieren hat nicht nur etwas mit meiner Unfähigkeit zu tun, Englisch zu lernen. Die wenigsten können das auf Deutsch, erst recht nicht in einer Programmiersprache, die nirgends gelehrt wird. Umso schwieriger ist es, die Sicherheitsbugs, die ich eingebaut habe, zu umgehen.«

»Aber Sie sollen sie umgehen«, wandte Kate ein. »Ich fürchte, sonst gibt es keinen Deal.«

»Niemals. Wenn es das ist, was die wollen, können wir gleich wieder gehen«, schnaubte Aaron.

Kate beugte sich nach vorn, sah dem CEO fest in die Augen, und entweder beleidigte sie ihn gerade, oder sie übersetzte Aarons Worte. Das Ergebnis war jedoch das gleiche. Verärgerung glomm in den dunklen Augen Huans auf, obwohl er keine Miene verzog.

»Entschuldigung«, mischte sich ausgerechnet Lucy ein. »Mr Huan hat mit Ihrem Partner Josua abgesprochen, dass Sie hier erläutern, wie man eine Schnittstelle schaffen kann. Die natürlich nur von uns und niemandem sonst genutzt wird.«

»Josua hat niemals etwas in der Art gesagt«, schüttelte Aaron vehement den Kopf. »Es ging allein um die Software und das Potenzial selbstlernender künstlicher Intelligenz.«

»Ich fürchte, Sie irren sich«, widersprach Lucy.

Was zum Henker? Hatte Josua das Ganze falsch verstanden? Aaron stand auf. »Ich rufe ihn an.« Aaron ließ die Gruppe hinter sich, trat in das Atrium und wählte Josuas Nummer.

»Junge, dich gibt's ja noch«, begrüßte dieser ihn. Seine Stimme klang verzerrt, aber munter.

»Warum besteht unser Geschäftsfreund darauf, dass er unsere Software nur abkauft, wenn es einen Zugang für die Datennutzung gibt?«

»Weil ich es ihm zugesichert habe.«

»Du hast *was*?«

»Aaron. Deine Spielereien mit künstlicher Intelligenz und der Verbesserung des Lebens von uns allen ist ja gut und schön, aber jetzt denk weiter. Wenn man Daten erhebt, ist es logisch, dass sie jemand nutzen will.«

»Für die chinesische Regierung?«

»Besser als für die Mafia, oder?«

»Verkauf mich nicht für dumm!«, fauchte Aaron. »Jeder weiß, dass beides oft genug fließend ineinander übergeht.«

»Aaron, das ist unsere Chance auf eine Menge Kohle. Wenn *wir* ihnen nicht die Software verkaufen, kommt irgendwann jemand anderes, der ihnen das Gleiche anbietet, und dann bekommt der das Geld.«

»Das ist nicht mein Bier, und ich bete, dass es nicht passiert. Aber von mir bekommen sie es schon mal nicht«, fauchte Aaron.

»Sei kein Idiot. Willst du für den Rest deines Lebens in deiner Werkstatt hocken?«

»Ich wüsste nicht, was daran schlimm ist«, erwiderte Aaron eisig.

»Für dich vielleicht, aber schon mal dran gedacht, dass wir es uns bald nicht mehr leisten können?«, erklärte Josua nicht minder kühl.

»*Was?*«

»Du kostest zu viel Geld und bringst zu wenig ein. Geht das in dein Spatzenhirn? Ich habe mir das nur angesehen, weil das, was du entwickelt hast, uns eine Menge Kohle einbringen kann.«

»Kann es von mir aus, aber ohne die Datennutzung«, fauchte Aaron.

»Das bringt uns nicht mal ein Drittel von dem, was er uns versprochen hat.«

»Und wenn er uns zehn Jahre lang die Mieteinnahmen von ganz Hongkong geben will, es ist mir egal«, murrte Aaron.

»Wehe, du versaust mir dieses Geschäft. Es geht um 1,5 Milliarden US-Dollar!«

»Dann komm her und mach denen klar, dass sie nur interne Systeme bekommen!«

»Gut«, knurrte Josua. »Ich komme, aber zieh dich warm an!«

Aaron drückte auf den roten Hörer. Wenn man ihn fragte, hatte Josua nicht mehr alle Zettel im Glückskeks! Die Daten verkaufen, sonst noch etwas? Da könnte ja jeder kommen! Zum Teufel, die Segnungen der Technik waren bereits jetzt schon zweifelhaft. Genau deswegen hatte er so viel Zeit in die Sicherheit gesteckt. Damit eben niemand Kates Blutwerte erfuhr, damit niemand wusste, ob sie gerade schwanger war. Sie könnte sonst genauso gut alles über sich aufschreiben, samt ihren vollständigen Zugangsdaten zu jedem verfluchten Online-Shop und sich den Zettel hinten aufs Kleid kleben.

»Was ist?«, fragte Kate, die neben ihm auftauchte.

Aaron lehnte sich gegen die Wand und massierte seine Nasenwurzel. »Josua hat mich reingelegt. Er wusste, was die wollten.«

»Und jetzt?«

»Gehen wir. Er will das Geschäft haben, dann soll er selbst zusehen, was er an die verkauft bekommt.«

»Sie lassen den Deal platzen?«, rief Kate verblüfft.

»Sie bekommen Ihre Prämie auch so«, stieß er genervt aus. Herrgott, er vergaß ihr Geld schon nicht.

Sie zuckte zurück, aber dann presste sie die Lippen aufeinander. »Gut. Sie ziehen Ihre Schuhe an, ich hole uns raus, einverstanden?«

Aaron nickte. Alles, was sie wollte, Hauptsache, sie kamen hier weg. Er bekam Kopfschmerzen. Die bekam er immer, wenn ein Desaster kurz davorstand, einen Eimer Gülle über ihm auszuladen.

Sie gingen zurück in den Saal. Aaron setzte sich, aber nur, um eilig seine Schuhe überzustreifen. Kate griff sich ihre eigenen und richtete Worte an Teng Huan, die für Aarons Begriffe viel zu höflich klangen. Der Kerl hätte einige gewaschene Bezeichnungen verdient. Was er vorhatte, war absolut unnötig, boshaft und unmoralisch.

»Sie wollen gehen?«, japste Lucy entsetzt.

Kate straffte sich und sah ihr kühl in die Augen. »Wie ich schon sagte, wir haben leider noch einen anderen Termin, der ebenfalls außerordentlich wichtig ist. Wir haben Ihre Ausführungen sehr genossen. Sie sind in Ihrem Job als Besichtigungsführerin unschlagbar.«

Wow, und Aaron hatte immer geglaubt, Chinesen wären zu höflich, ihre Emotionen zu zeigen. Doch Lucy stand nach Kates Beleidigung der Zorn ins Gesicht geschrieben. Und nicht nur ihr, auch Huan sprang auf und redete wie ein Wasserfall auf Kate ein.

»Wir bedanken uns sehr«, sagte Aaron scharf, schnappte sich Twinkey und legte die Hand auf Kates Rücken. Sie folgte seinem Druck, und mehr überstürzt als würdevoll flüchteten sie aus dem Gebäude.

Sie überquerten den Parkplatz, und er starrte in den verhangenen Himmel. Die Fabrik lag ein paar Kilometer außerhalb von Hongkong, aber selbst hier schien der Smog wie eine Glocke über der Ebene zu hängen. Es lag ohnehin ein ständiger Nebel über allem. Ein Nebel, der ihm zunehmend aufs Gemüt drückte. Allerdings konnte man dafür kaum die Stadt verantwortlich machen. An Unglück war immer mindestens eine Person schuld. Zum Teufel, bisher hatte es doch auch funktioniert. Josua hatte die Kunden gesucht, Verhandlungen geführt und die Finanzen überwacht. Er hatte Aaron gesagt, was die Kunden haben wollten. Aaron hatte es ihm geliefert. Gab es keine Auftragsarbeiten, hatte Aaron neue Produkte erstellt. Und wofür das alles? Um jetzt die Grenzen der Legalität und Moralität zu überschreiten?

Aaron zog sein Handy ein weiteres Mal hervor, doch diesmal rief er Carmen an.

»Was Sie mir unbedingt sagen wollten, hat das zufällig mit dem Deal hier zu tun?«, fragte er.

»Ja … Nein …«, murmelte Carmen. »Ich kann momentan nicht reden. Er ist in seinem Büro und er tobt.«

Richtig so.

»Carmen«, sagte er eindringlich. »Geben Sie mir einen Hinweis.«

Er vernahm ihr Seufzen. Gedämpft hörte sogar er Jos Brüllen, und wenn ihn nicht alles täuschte, beschimpfte der ihn gerade als unbrauchbaren Saftsack.

»Ich schicke Ihnen eine Mail und hoffe, Ihr erstes und einziges Semester in Betriebswirtschaftslehre reicht aus, um zu erkennen, was ich Ihnen sagen will.«

»Okay«, sagte Aaron. »Wann schicken Sie es?«

»So schnell ich kann«, flüsterte Carmen. »Er darf es nicht mitbekommen.« Ihre Stimme wurde lauter, fester. »Wie ich Ihnen schon gestern sagte, wir haben aktuell keine freien Stellen. Fragen Sie doch bei Tesla, ob Sie dort Autos putzen können, wenn Sie unbedingt einen Dienstwagen wollen!«

Mit einem Knall legte sie auf. Er wusste wahrlich nicht, was er davon halten sollte. Carmen hatte bisher Jo gegenüber nie ein Blatt vor den Mund genommen, und jetzt verheimlichte sie sogar Aarons Anruf vor ihm?

»Alles in Ordnung?«, fragte Kate besorgt.

»Ich weiß es noch nicht«, gab Aaron zu. »Bekommen wir hier ein Taxi?«

»Nach dem Auftritt bestimmt nicht. Außerdem kenne ich die Adresse nicht, aber ich weiß, wo eine Bahn fährt.«

Sie hakte sich bei ihm ein und zog ihn in die Richtung der Hochhäuser Hongkongs. »Warum hat Josua Sie reingelegt?«

Aaron zuckte die Schultern. »Ich nehme an, ihm war klar, dass ich dagegen bin, sobald ich von der Sache Wind bekomme. Doch was mir nicht in den Kopf will, ist, warum ich unbedingt herfahren sollte. Vielleicht dachte er, wenn ich erst die Summe höre, komme ich in Versuchung.«

»Und kommen Sie?«

»Nein. Geld war noch nie mein Thema. Allerdings sind daran auch meine Eltern schuld.«

»Wieso?«

»Sie waren Millionäre. Das Meiste haben sie einer Stiftung vererbt. Den Rest habe ich in die Firma gesteckt.«

»Dann braucht ihr die Millionen der Chinesen überhaupt nicht.«

Wenn sich Kate da mal nicht täuschte. Wenn die Firma tatsächlich Probleme hatte, war sein Geld schon längst verbraten. Vielleicht hätten es seine Eltern doch lieber komplett der Stiftung hinterlassen sollen.

KAPITEL 16
SEXY MASSAGE AND MANY
PROBLEMS

Sie wollte gerade nichts lieber als in Aarons Kopf hinein-sehen. Er sah niedergeschlagen aus, und doch fiel ihr nichts ein, womit sie ihn aufheitern könnte. Stumm lief er neben ihr her. Den Arm hatte er um ihre Taille gelegt, und er stützte sie, weil Kate bei beinahe jedem Schritt vor Schmerz zischte. Ihre Fußsohlen brannten, sie merkte jeden verfluch-ten Stein. Sie könnte die Schuhe wieder anziehen, aber am Ende des Tages wären ihre Füße nur noch offene Wunden.

Trotzdem kreisten ihre Gedanken mit jedem Schritt um das Geschehene. Er hatte den Deal faktisch platzen lassen, und sie verstand auch, warum.

»Es ist nur ein Deal«, versuchte sie, ihn zu trösten. »Wenn sich diese Firma darum schlägt, Ihnen die Software-lizenz abzukaufen, dann gibt es andere Firmen. Welche, die wesentlich seriöser sind und die Daten nicht zum Aus-spionieren eines ganzen Volkes oder gleich der gesamten Weltbevölkerung nutzen wollen.«

Aaron verzog die Lippen zu einem leichten Lächeln. »Danke, dass Sie mich aufmuntern wollen.«

Ob es ihr gelang, konnte sie nicht so richtig sagen. Seine Miene war undurchdringlich und emotionslos. Gut möglich, dass er in diesem Augenblick im Kopf ›La Paloma‹ summte und sich diesen überhaupt nicht wegen des geplatzten Deals oder seines geldgeilen Freundes zerbrach. Genauso gut könnte er eine Depression entwickeln und die ganze Welt zum Teufel wünschen.

Ein besonders spitzer Stein bohrte sich in eine wunde Stelle und entlockte ihr einen Schmerzensschrei. Au! Hätte Aaron sie nicht gehalten, wäre sie in die Knie gegangen. Aber selbst mit ihm tat sie es. Er übrigens auch. Warum eigentlich? Ehe sie richtig begriff, was geschah, fasste er sie um die Taille und hob sie hoch, direkt über seine Schulter!

»Was tun Sie da?«, rief sie entsetzt aus.

»Nach was sieht es denn aus?«, erwiderte er stoisch und setzte seinen Weg fort. Twinkey keckerte frech. Oh, das würde sie dem kleinen biestigen Ding heimzahlen!

Kate stützte sich an Aarons Rücken ab, und beinahe wären ihr die Schuhe aus den Fingern gerutscht. Wusste er überhaupt, wo er langgehen musste? Und irgendwie zog es an ihrem Hintern. Verdammter Mist. Der Stoff rutschte immer weiter nach oben.

»Ähm … Chef?«, fragte sie und spürte, wie ihre Wangen kochend heiß brannten.

»Seien Sie vernünftig und hören Sie auf zu meckern. So kommen wir doch nie irgendwo an.«

»Das meine ich nicht«, wimmerte sie leise. »Ich glaube, jeder der uns entgegenkommt, kann meine Unterwäsche sehen.«

»Oh.«

Ja, oh! Und das ›Oh!‹ in ihrem Kopf wurde zum Sopran, als er an ihrem Hintern fummelte und den Stoff nach unten zog. Herr im Himmel.

»Kuschelchen«, behauptete Twinkey.

»Ich bin nicht sauer«, stöhnte Kate. Sie war das Gegenteil. Ja, ihr Herz klopfte heftig, aber nicht, weil sie wütend war.

Aaron sagte dazu nichts, er stiefelte immer weiter voran, bis er dann irgendwann stehenblieb. Sie gestand es nur ungern ein, doch sie war froh, dass der Schmerz in ihren Füßen endlich nachließ.

»Wo müssen wir lang?« Aaron drehte sich mit ihr erst nach links, schließlich nach rechts. Sie erkannte eine lange Straße. Auf der einen Seite gab es nur das Gewerbegebiet, zu dem auch die Fabrik gehörte, auf der anderen standen die ersten Hochhäuser. Sie waren definitiv in einem Vorort, nur in welchem? So gut hatte sie sich dann doch nicht informiert.

»Lassen Sie mich runter«, bat sie ihren Boss.

Er widersprach nicht, bückte sich und setzte sie tatsächlich ab. Ihre geschundenen Füße bekamen wieder Kontakt zum Boden, und er richtete sich auf. Er stand viel zu nah bei ihr. Am liebsten wollte sie schreien und ihn schütteln. Das konnte er doch nicht mit ihr machen! War er völlig wahnsinnig? Sie dachte an den Moment vor der Herrentoilette. Dieser Mann war nicht gut für ihren Seelenfrieden, jede Berührung ließ bei ihr eine Sicherung durchbrennen und sie hatte ohnehin so wenige.

Wie von selbst hob sie die Hand zu seiner Wange, berührte die weichen Barthaare. Aarons Blick, der gerade noch die Straße betrachtet hatte, schnellte zu ihr, und er sah ihr direkt in die Augen. Vielleicht hatte sie sich vor der Herrentoilette nicht getäuscht. Womöglich hatte er sie wirklich küssen wollen. Sie wünschte sich nichts mehr, als dass es genau so wäre. Mit dem Daumen strich sie über seine Unterlippe. Er zuckte nicht zurück und beschwerte sich über ihre Zudringlichkeit. War das ein gutes Zeichen? Er kam sogar ein Stück näher. Ihre Lippen waren nur noch einen Hauch voneinander getrennt. Sie brauchte sich nur auf die Zehenspitzen stellen und …

»Do you need a taxi?«, rief jemand, und am liebsten hätte sie die Welt in die Luft gesprengt. Neben ihnen stand ein schwarzer Wagen. Der Fahrer hatte die Scheibe heruntergelassen und musterte sie fragend. Das Auto hatte eindeutig schon bessere Tage gesehen. Die Tankklappe hielt nur dank eines Stück Klebebandes, und die hintere Seitentür sah aus, als hätte sie ein Meteorit getroffen.

»Ist *das* ein Taxi?«, fragte Aaron kritisch.

Kate nickte und verfluchte die verdammte Servicebereitschaft der Hongkonger. Widerwillig löste sie sich von Aaron, öffnete die Tür des Wagens und schlüpfte auf die Rückbank. Kaum berührte ihr Hintern das weiche Leder, seufzten ihre Füße erleichtert auf. Kate bat den Fahrer, zum Hotel zu fahren und lehnte sich auf ihrem Sitz zurück. Trotzdem ließ der Schmerz in ihren Füßen nicht nach, am liebsten würde sie diese absägen. Noch mehr nervte sie die Schwere im eigenen Herzen. Aaron saß viel zu weit von ihr weg, zwar nur auf der anderen Seite der Rückbank und zwischen ihnen nur Twinkey, aber genauso gut könnte er in Shanghai sitzen.

Er tat nichts, was ihr zeigte, dass der zweite Beinahekuss nicht nur eine Halluzination war. Weder streckte er die Hand nach ihr aus, noch sah er sie überhaupt an. Er spähte lieber aus dem Fenster. Ach zum Teufel, sie wusste es doch auch nicht. Männerbekanntschaften waren für sie bisher immer simpel gewesen. Man lächelte sich an, tauschte Handynummern, ging Essen, Kaffee trinken, und wenn es passte, küsste man sich irgendwann. Und mit Aaron schlief sie im Flugzeug auf einer Liege, warf ihn praktisch nackt aus dem Bett, landete mit ihm im gleichen Hotelzimmer, und es passierte absolut *nichts*. Was würden andere Frauen tun? Es als persönlichen Affront auffassen und ihm eine runterhauen?

Einen Callboy engagieren? Aaron bewusstlos schlagen und ans Bett fesseln?

Sie seufzte, zog den rechten Fuß an und rieb ihn sachte. Ihre Sohle brannte immer noch, allerdings nicht mehr so schlimm wie in der Fabrik.

Warme Finger berührten ihren Knöchel, und sie zuckte im ersten Moment zusammen, aber es war nur Aaron, der ihren Fuß ein wenig anhob und ihn betrachtete.

»Für mich muss sich niemand die Füße wund laufen«, sagte er.

Ja, toll, das hatte sie inzwischen auch gemerkt.

Aaron warf einen Blick auf die vorbeiziehende Landschaft und rief plötzlich: »Sagen Sie ihm, er soll anhalten.«

»Was?«

»Er soll anhalten«, beharrte Aaron.

Oh, okay … Kate beugte sich nach vorn und bat den Fahrer, so schnell wie möglich zu halten. »Was ist los?«, fragte sie verdutzt ihren Chef.

Aaron öffnete die Tür und stieg aus. Dann streckte er ihr seine Hand entgegen. »Kommen Sie schon. Ich weiß, wie es Ihnen besser gehen könnte.«

Ach ja? Kate stemmte sich aus dem Wagen, und ihre Sohlen trafen auf den Asphalt. Ein Glück, dass Hongkong eine saubere Stadt war. Sie bezahlte den Fahrer, bevor sie Aaron wie auf Kohlen folgte.

Er marschierte geradewegs eine schmale Treppe zwischen zwei Geschäften hinauf. Dafür, dass er sich in Hongkong nicht auskannte, war er ziemlich zielstrebig! An der bröckelnden Fassade hing ein weißes Plastikschild. Zwischen rosafarbenen Seerosenblüten war ein zufrieden lächelnder Mann auf einer Liege zu sehen. Und auf dem nächsten war dann eine ebenso selig grinsende Frau abgebildet. Allerdings machte Kate das Profilbild eines nackten Frauenrumpfes und das Foto kräftiger, behaarter Männerarme darunter stutzig. Ihr Boss wollte eine Massage? Mit Happy End? Na hoffentlich wusste er, was er da tat.

Schnell huschte sie die Stufen hinauf und landete in einem kleinen Raum. Weihrauch vernebelte die Sicht, kratzte in ihrer Kehle und ließ sie husten.

»Was machen wir hier?«, fragte sie misstrauisch.

»Sie bekommen eine Massage.«

Öh, was? *Sie* sollte das Happy End haben?

»Für Ihre Füße.«

Dem Himmel sei Dank. Nichts hätte sie jetzt mehr verstört, wenn er seine überspannte Assistentin, die ihn eigentlich permanent abknutschen wollte, zu einem professionellen ›Masseur‹ schaffte, um ihren Hormonspiegel wieder ins Lot zu bringen.

Blieb nur zu hoffen, dass die auch Massagen ohne Happy End anboten. Kate hatte keine Lust, mit Aaron eine Diskussion über die Formen der Prostitution zu führen.

»Wollen Sie ebenfalls eine?«

Aaron zuckte die Schultern. »Besser als hier zu stehen und auf Sie zu warten. Bei Massagen kann ich sowieso am besten denken. Und ich glaube, ich habe eine Menge nachzudenken.«

Ach ja? Über Josua? Allerdings konnte sie nicht nachhaken, denn in diesem Moment schob sich eine Frau mit angegrauter Dauerwelle durch einen Perlenvorhang und begrüßte sie zwar mit harscher Stimme, aber auch mit einem freundlichen Lächeln. Kate bat um eine Massage, ohne verfluchtes Happy End! Aber genauso gut könnte sie versuchen, ein Risotto zu bestellen. Die Frau schien es weder in ihrer Muttersprache noch auf Englisch verstehen zu wollen.

»Ohne Sex«, fauchte Kate auf Mandarin. Niemand fasste Aaron an, außer ihr!

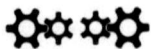

Die beiden Frauen gestikulierten und wechselten so schnell Worte, dass Aaron im ersten Moment dachte, sie stritten sich. Allerdings drehte sich Kate nach einer Weile um und lächelte ihn erfreut an.

»Es geht alles klar.«

Die ältere Dame verschwand hinter dem Perlenvorhang, und sie hörten ihre raue Stimme harte Worte bellen. Eine zierliche junge Frau mit langen, glatten, schwarzen Haaren und schwarzem Lidstrich über den geschwungenen Augen und ein kräftiger Mann mit Händen wie Baggerschaufeln marschierten durch den Vorhang und verneigten sich leicht vor ihnen.

Der Mann trat auf Kate zu, sagte etwas zu ihr. Warum zum Henker gelang es jedem verfluchten Mann, Kate zu einem hohen Kichern zu verleiten, nur ihm nicht? Was machte er verkehrt? Aaron spürte die zarte Berührung der Masseurin, die ihm den Weg in einen anderen Raum wies.

Das Zimmer war winzig, es passte gerade so eine Liege und ein Stuhl hinein. Sanfte Musik drang aus einem kleinen Lautsprecher. Die roten Vorhänge standen ein Stück offen und gaben den Blick auf einen winzigen Innenhof, gesäumt von hohen Häusern frei. Die Fassade sah wie immer heruntergekommen aus. An den Fenstern hingen Wäscheleinen, aber in einigen Wohnzimmern ein riesiger Kronleuchter. Das Prinzip würde er nie verstehen.

Die Masseurin verschwand, und Aaron zog sich bis auf die Unterhose aus. Er legte sich bäuchlings auf die Liege

220

und steckte sein Gesicht in das Komfortloch. Die Musik verstummte, stattdessen ertönte das sanfte Plätschern von Wasser und seltsames Röhren. Den Walgesang begleiteten hin und wieder tiefe, volltönende Klänge. Der schwere Weihrauchgeruch nervte, doch selbst dieser entfaltete nach mehreren Atemzügen eine beruhigende Wirkung. Er spürte, wie er sich entspannte, und er richtete seine Gedanken auf die Problematik mit Josua. Er würde definitiv mehr wissen, sobald Carmen ihm ihre Geheimnisse zugeschickt hatte. Vielleicht machte er sich völlig umsonst Sorgen. Natürlich war ein Milliardengeschäft wichtig. Es könnte dem Unternehmen immerhin die nächsten Jahre ein relativ sorgenfreies Leben ermöglichen, seinen Geschäftsführern eine beeindruckende Dividende ausschütten und den Mitarbeitern eine Prämie auszahlen. Und doch wurde Aaron das miese Gefühl nicht los.

Jos Moralvorstellungen waren schon immer pragmatischer gewesen als die Aarons. Jo würde auch seine eingeäscherte Großmutter an den Teufel verkaufen und dabei noch einen völlig überzogenen Preis rausschlagen. Aber Überwachungssysteme missbrauchen zu lassen – wäre ihm das wirklich das viele Geld wert? Und würde er ihn tatsächlich hintergehen? Nein. Aaron musste es missverstanden haben. Natürlich hatte Jo schon vorher mit den Chinesen verhandelt und sich vom Geld geblendet breitschlagen lassen. Und verständlicherweise war er sauer, weil Aaron die 1,5 Milliarden verschmähte. Aber er würde einsehen, dass es richtig war. Ja, dessen war sich Aaron sicher, und es gelang ihm, sich noch ein wenig mehr zu entspannen. Es gab nichts Besseres, als wenn sich Probleme mit ein paar Minuten rationalem Denken in Luft auflösten. Er hatte ohnehin keine Zeit für solchen Humbug. Die restlichen Tage in Hongkong wollte er sich allein auf Kate konzentrieren.

Das leise Klackern des Perlenvorhanges verriet die Rückkehr der Masseurin. Sie stellte sich neben ihn, legte ein Handtuch über Aarons Hintern und ließ ihre Finger über seinen Rücken gleiten.

Kate biss sich auf die Lippe, um unter den festen Berührungen ihres Masseurs nicht in wohliges Seufzen auszubrechen.

Halleluja.

Der Junge hatte es drauf. Es gab nichts Besseres als muskelbepackte Masseure. Sie waren sanft und vorsichtig, wenn man jammerte, und wenn man es härter wollte, dann gaben sie es einem härter. Wesentlich härter. Also den verspannten Muskeln, das Happy End hatte sie ja nachdrücklich abgelehnt.

Er strich ihren Rücken entlang, lockerte ihre Muskeln und lachte leise, wenn sie unter seinem festen Griff zurückzuckte. »You have many problems.«

Oh ja, und ihre Verspannungen waren dabei noch das kleinste Problem. Am besten schlug sie sich Aaron für die nächsten Tage aus dem Kopf. Sie konnte die Zeit hier mit ihm genießen, doch sobald der Abflug in greifbare Nähe rückte, würde sie ihn bitten, ihr die fünftausend Euro auszuzahlen und nicht auf den Rückflug zu bestehen. Sie brachte ihn auch bis ans Gate, aber je mehr sie von Hongkong wiedersah, umso lieber wollte sie hierbleiben. Sie wollte nicht zurück nach Deutschland, in die triste, graue und unfreundliche Welt. Die Hongkong-Chinesen besaßen eine Mentalität, die ihr gefiel. Mit jedem Besuch wurde diese Stadt mehr zu ihrer Heimat. In Deutschland hielt sie nichts. Keine Familie, kein Mann, kein Gefühl.

Der Masseur bat sie, sich auf den Rücken zu drehen und strich ihre Beine entlang. Erst dem linken, dann dem rechten. Mit kräftigen Bewegungen knetete er das Fleisch, die Muskeln und erinnerte sie daran, dass High Heels das schlimmste legale Foltergerät aller Zeiten waren. Erneut strich er von ihrer Wade über das Knie bis zu ihrem Oberschenkel hinauf.

Seine Finger schoben sich sogar unter das Handtuch und berührten plötzlich Kates Slip. Sie versteifte sich, aber vielleicht war es nur ein Versehen. Okay, er tat es wieder. Diesmal war es nicht nur eine flüchtige Berührung, sondern er legte nachdrücklich die Finger auf den Stoff. Allerdings nur, um seine Hand sofort wieder wegzuziehen. Erneut massierte er von ihrem Knöchel aus das Bein hinauf, und auch dieses Mal machte er nicht bei ihrem Oberschenkel halt.

Na warte! Blitzschnell setzte sich Kate auf und packte ihn fest an der Kehle. Sie hatte keine Chance gegen dieses Muskelpaket, aber mit Gegenwehr hatte er wohl nicht gerechnet. Er stammelte eine Entschuldigung und wurde blass, als sie ihm in seiner Muttersprache erklärte, wie sie ihm den Penis in Scheiben vom Leib schneiden würde, wenn er sie noch mal dort anfasste. Er nickte, Kate nahm die Hand von seinem Hals und ließ sich auf den Rücken sinken. Er war nicht selbstmörderisch genug, um die Massage an ihren Beinen fortzusetzen. Stattdessen flüchtete er sich an das Kopfende und legte die Hände auf ihre Schultern. Brav.

Zwischen ihre Schenkel würde sie derzeit nur einen lassen, und das war nun einmal Aaron. Hoffentlich war dessen

Masseurin weniger forsch, sonst müsste sie das hübsche Ding bedauerlicherweise umlegen.

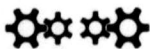

Ja, verflucht, das war herrlich.

So entspannt war er nicht mehr gewesen, seit sie in dieses Flugzeug gestiegen waren. Gut, vorher war er genau genommen auch nicht sonderlich entspannt gewesen. Die Masseurin besaß den richtigen Grad zwischen fest und doch nicht hart genug, um sich wie unter Folter zu fühlen. Sie machte ihn mit Muskeln bekannt, von denen er nicht einmal wusste, dass sie existierten und vor allem, dass die wehtun konnten, wenn man auf ihnen herumdrückte. Mit den Händen an seinen Schultern gab sie ihm das Zeichen, sich herumzudrehen. Sie hielt das Handtuch, während er sich auf den Rücken wälzte, allerdings begann sie nicht, nun seine Vorderseite zu massieren. Obwohl … Doch, sie tat es, nur an der falschen Stelle!

Er träumte, oder? Nur spürte er in diesem Traum deutlich die zarten Finger, die über seine Shorts strichen und äh … na ja. Heiliges Kanonenrohr, ehe er sich versah, schob sie die Hand unter den Stoff und berührte seinen mindestens genauso überraschten Freund.

»Oh, nein!« Aaron schnellte nach oben, packte ihr Handgelenk und zog ihre Finger aus seiner Unterhose. Sie lachte, strich ihm mit der freien Hand über die Wange und drückte gegen seine Brust, damit er sich erneut hinlegte.

Ihr Lächeln war wirklich süß, aber als sie erneut die Hand in seine Unterhose steckte, war es nicht um ihn geschehen – er sah zu, dass er von der verflixten Liege runterkam. Er wusste nicht, wann er das letzte Mal so schnell seine

Hose angezogen hatte. Vermutlich beim Studium, nach einem betrunkenen One-Night-Stand.

Zum Henker! Wo war Kate? Hatte sie ihn reingelegt? Aaron schlüpfte in seine Schuhe, ignorierte das Gestammel der Masseurin, und während er noch sein Hemd anzog, sah er zu, dass er von ihr wegkam!

Er taumelte in den Flur und rief nach Kate. Zur Hölle, wenn das wieder ein Streich war, würde er ihr den Hals umdrehen! Er stolperte in den nächsten Raum, und hatte er vorhin seinen Sinnen misstraut, traute er nun seinen Augen nicht. Dichte, dunkle Locken wippten im Rhythmus zweier zusammenklatschender Leiber.

Das war jetzt nicht wahr! Sie waren in einem verdammten Puff gelandet, und ihrem infernalischen Stöhnen nach zu urteilen, genoss sie es auch noch! Oh, er würde diesem Kerl eine reinhauen!

Das Scheppern ließ Kate zusammenschrecken und von der Liege rutschen.

»Lassen Sie die Finger von ihr«, hörte sie Aaron brüllen.

Das Handtuch an die Brust gedrückt, rannte sie aus dem Raum und stieß prompt mit Aaron zusammen. Ihre Nase drückte sich schmerzhaft gegen seinen Rücken. Der Aufprall brachte sie um ihr Gleichgewicht, und nur weil Aaron sich rechtzeitig umdrehte und zupackte, blieb sie auf den Beinen.

»Was ist denn passiert?«, stöhnte sie.

»Sie sind ja *hier*«, murmelte Aaron erstaunt.

Kate trat zurück und hielt sich die pochende Nase. Fuck, warum ging sie auch immer ihrer Nase nach? »Was dachten *Sie* denn?«

»Nun ja«, setzte Aaron an und zögerte.

Kate spähte an ihm vorbei, in das Zimmer hinein. Eine nackte Frau hockte auf einem Mann, der genauso wenig trug, und was bei denen in diesem Moment abging, brauchte nun wirklich niemand erklären. Sie ließen sich ja nicht mal stören. Die Frau warf den Kopf zurück, stöhnte, als stach sie jemand ab und schüttelte wild ihre dunklen Locken. Moment mal!

»Sie dachten, *ich* hätte da gerade Sex?«

»Nein …«, behauptete Aaron.

Genau. Und der Papst konvertierte morgen zu den Mormonen. Ihr Boss starrte betont unbeteiligt an ihr vorbei. Sie spürte, wie ihre Mundwinkel sich immer weiter nach oben zogen. Es vibrierte in ihrem Inneren, und sie verlor den Kampf gegen ihre Beherrschung. Sie presste sich die Hand auf den Mund und tarnte das Gelächter nicht sonderlich geschickt mit einem Hustenanfall.

»Finden Sie das lustig?«

Kate nickte. Ihre Augen tränten, und ihre Schultern zuckten. Sie versuchte, die Luft anzuhalten und sich auf die Umgebung zu konzentrieren. Es half nichts. Sie lachte so schallend, bis ihr schwindlig wurde. Sie lehnte sogar den Kopf gegen Aarons Schulter, weil sie sonst einfach umgekippt wäre. Eines musste man ihm lassen, er stand es stoisch durch. Wie ein Mann.

»Nun, ist es mir auch endlich gelungen«, sagte er.

Kate wischte sich die Tränen aus den Augenwinkeln. »Was?«

»Sie zum Lachen zu bringen.«

Das konnte man wohl sagen. Ihr Bauch tat weh, und sie musste unaufhörlich grinsen.

»Waren Sie etwa eifersüchtig?«, stichelte sie.

Aaron schnaubte. »Ich wüsste nicht wieso. Käuflicher Sex hat nichts mit Liebe zu tun, aber nur die provozierte Eifersucht.«

Kate kniff die Augen zusammen. »Wie schön, dann ist ja alles klar.«

Nichts war klar, zum Teufel! Allein die Vorstellung, Kate in den Armen eines anderen Mannes zu sehen, brachte ihn schon an den Rand eines Tobsuchtanfalls!

Er hatte die falsche Antwort gegeben, weil sein verdammter Stolz wieder stärker gewesen war als sein Hang zur Ehrlichkeit. Aaron sah es in ihrem trotzigen Blick, der sich an seinem Bauch festtackerte, und doch wich sie keinen Millimeter vor ihm zurück. Seine Hose stand offen, sein Hemd auch, und ihre Blöße bedeckte gerade mal ein Handtuch. Er sah die Linie ihres Schlüsselbeins, den sanften Schwung ihrer Brust. Ihre vollen Lippen waren nur wenige Zentimeter von ihm entfernt, und er wünschte sich nichts mehr, als sie zu küssen.

Warum sollte es eigentlich nur beim Wünschen bleiben? Was hatte er zu verlieren? Außer ein wenig Stolz und paar Zähne? Und der Tatsache, dass er niemals zurück zum Hotel fand, wenn sie jetzt empört davonstürmte. Aber noch wütender und trauriger konnte sie doch kaum werden, oder?

»Kate?«, sagte er leise.

»Was?«, fragte sie nicht sonderlich freundlich. Sie schien endlich zu merken, wie nahe sie sich waren, und wollte einen Schritt zurückweichen. Bevor sie sich zurückziehen konnte, legte er die Hände auf ihre Schultern, und sie sah auf. In ihren dunklen Augen lag eine Verletzlichkeit, die überhaupt nicht zu dem passte, was ihr Mund normalerweise von sich gab. Sie sog die Luft durch ihre Lippen ein, und ehe in ihm doch noch die Feigheit die Oberhand gewann, küsste er sie.

Allein, dass sie diesen Kuss erwiderte, kam ihm bereits vor wie ein Traum. Ein herrlicher Traum, aus dem er bitte nie wieder erwachen wollte. Es war ihm egal, dass das Stöhnen im Nebenraum aufgehört hatte und er das Gefühl bekam, jemand stünde hinter ihm. Und wenn es Josua samt seiner verdammten chinesischen Bande wäre, es zählte nur Kate. Ihre weichen Lippen, ihre Finger an seiner Wange und wie sie seinen Hals entlangstrich.

Er hielt sie fest im Arm und lockerte seinen Griff auch nicht, als sie sich von ihm lösen wollte.

»Ein wenig Luft wäre gut«, keuchte Kate.

Ups. Aaron gab ein paar Zentimeter nach, hörte auf, seinen Arm zu verspannen, aber nur ein wenig. »Man sieht ziemlich gut, was deine Küsse bei mir anrichten«, murmelte er verlegen.

Kate spähte nach unten und kicherte. »Du bist also doch kein gefühlloser Roboter.«

Aaron schenkte ihr einen schiefen Blick. »Können wir einfach nur noch eine Minute so dastehen?«

»Und du meinst, es wird besser, wenn ich so nah vor dir stehe? Nahezu nackt?«, säuselte Kate, und Aaron stöhnte auf.

»Das ist mies.«

»Nein, es ist lustig«, widersprach Kate, und ihr belustigtes Prusten ließ sogar ihn grinsen. »Und es ist endlich mal ein Kompliment, dem nicht sofort eine Beleidigung folgt. Das will ich genießen!«

Die ältere Frau mit den Locken stand vor ihnen im Flur, redete auf Kate ein und gestikulierte wild.

»Was will Sie?«

»Massagen ohne Happy End kosten weniger«, erwiderte Kate. »Und sie will Geld an uns verdienen.«

»Sie will uns ein Happy End aufzwingen?«, fragte Aaron verblüfft.

»Es gibt hier keine Massagen ohne …«, murmelte Kate, bevor sich auf ihren Zügen ein spitzbübisches Lächeln ausbreitete. »Aber wer sagt denn, dass wir keines haben können?«

»Ähm …« *Was?*

Er verstand nicht im Geringsten. Er wusste nur, wenn sie so lächelte, dann ging das selten gut für ihn aus.

»Die Masseurin ist ja ganz hübsch«, stotterte Aaron. »Aber ich möchte wirklich nicht mit ihr …«

»Das will ich auch hoffen«, lachte Kate und schob ihn durch den Perlenvorhang zurück in den Massageraum, aus dem er eben noch geflüchtet war. Sie scheuchte die Masseurin hinaus und schlang ihre Arme um Aarons Nacken.

Ihre Lippen pressten sich auf seine, und er spürte, wie das Blut in seinem Körper mit einem Ruck nach unten sackte. In weniger denkende, aber momentan sehr fröhliche Regionen. Himmel, wusste sie, was sie ihm antat? Vermutlich ganz genau. Sie streichelte seine Brust, drängte sich gegen ihn, und ihre Zunge verführte ihn zu einem Spiel, über dem er vergaß, wo oben und unten war und wie viele Meter sie über dem Meeresspiegel lagen.

Ihre Kurven unter seinen Händen fühlten sich himmlisch an. Kates Haut war weich wie reine Seide. Das Handtuch fiel zu Boden, weil ihre Finger viel zu sehr damit beschäftigt waren, ihm die Hose runterzuzerren, als es festzuhalten. Es kam ihm gerade recht. Er wollte jeden Zentimeter von ihr küssen. Er fing mit ihren Lippen an, folgte der Linie ihres Halses und ergötzte sich an ihrem verführerischen Leib.

»Twinkey, guck weg«, sagte Kate, und das kleine Roboterauto, das ihm die ganze Zeit auf Schritt und Tritt gefolgt war, surrte davon und versteckte sich unter einem Bambusregal voller Ölflaschen.

Aaron drängte sie auf die Liege. Allein ihr Anblick war faktisch schon ausreichend, um ihm die Unterhose wegzusprengen. Trotzdem drang er nicht ruppig in sie ein. Er ließ ihr Zeit, sich an ihn zu gewöhnen, bevor er anfing, sich schneller in ihr zu bewegen.

Aaron schlang seine Arme fest um Kate, während seine Lippen über ihren Hals glitten, hinauf zu ihrem Mundwinkel und ihre Lippen eroberten.

»Wenn du diese Fähigkeiten einem Dildo einprogrammierst, reißen die Frauen dir das Ding aus den Händen«, schnurrte Kate.

Sie verengte sich göttlich um ihn, und er bewegte sich in ihr, während sich die Lust immer weiter aufstaute und schließlich in einer reißenden Woge der Ekstase endete. Ein atemberaubendes Erlebnis, unbeschreiblich, genauso wie ihr Anblick, als sie den Kopf zurückwarf und keuchend ebenfalls zum Höhepunkt kam.

»Also hier wird einem für den Preis was geboten«, seufzte Kate und lehnte ihren Kopf an seine Brust. »Weißt du, wie lange ich mir das schon gewünscht habe?«

»Nein, wie lange?«

»Seit dem Flugzeug«, kicherte sie.

»Ach ja?«

»Ja, ich hab dich geküsst, und du hast es nicht gemerkt.«

»Warum hast du mich nicht geweckt?«, fragte er empört. Das hätte ihm mit Sicherheit ein, zwei Magentumore erspart!

Sie legte den Kopf in den Nacken, und ihre dunklen Augen funkelten, als sie zu ihm aufsah. »Weil die uns sonst getrennt gesetzt hätten.«

Auch wieder wahr. Und worüber sollte er sich beklagen? Sie war hier, sie war wunderschön, und zum ersten Mal schienen sie sich einig zu sein. Zur Sicherheit küsste er Kate noch einmal inbrünstig. Sein Magen flatterte bei jedem Kuss, den sie erwiderte. Nein, er träumte nicht. Es war tatsächlich passiert, in einem zwielichtigen Massage-Salon, dem besten, schönsten Platz auf dieser verdammten Erde!

Die Inhaberin hüstelte hinter dem Perlenvorhang und bellte etwas auf Chinesisch.

»Unsere Zeit ist um«, kicherte Kate, und er zog sich vorsichtig aus ihr zurück. Mit weichen Knien schlüpfte er in seine Kleidung und holte Twinkey aus seinem Versteck, während Kate im Nebenraum ihre Klamotten zusammenklaubte und überstreifte.

Er gab der Inhaberin des Ladens so lange Scheine, bis sie ihn nicht mehr grimmig ansah. Sie verneigte sich lächelnd und bat sie vermutlich, sie nicht an die Cops zu verpfeifen. War Prostitution in China nicht verboten? Selbst wenn die Kunden *miteinander* Sex hatten?

Auf weichen Knien wankte er hinter Kate die schmale Treppe hinunter bis auf die Straße. Als sie seine Hand ergriff, damit sie sich in dem Gewühl nicht verloren, durchfuhr ihn ein Schauer und ein beinahe euphorisches Glücksgefühl. Er hatte es geschafft, sie hatte ihn geküsst, sich in seinen Armen fallen gelassen, und wenn er nicht wüsste, dass Frauen nach dem ersten Sex verstört darauf reagierten, hätte er ihr einen Heiratsantrag gemacht. Er verkniff es sich. Obwohl sie an fünf Juwelieren vorbeikamen, die eine interessante Auswahl Ringe im Schaufenster präsentierten.

Jo würde ihm gratulieren.

Er ließ ihre Hand auch nicht los, als sie mit der Cable Car fuhren und sich zwischen die Hongkonger quetschen mussten, um überhaupt hineinzupassen. Kate lehnte sich an ihn, und er fühlte sich wie ein verdammter Glückspilz. Ein paar Haltestellen später wankten sie aus der Bahn, Kate tappte auf nackten Sohlen die Stufen einer Unterführung nach unten, und Aaron beeilte sich, ihr zu folgen. Allerdings stockte er, als er in einen der Gänge einbog. An der Seite hatten über ein Dutzend Obdachlose ihre Lager aufgebaut. Die, die es vermutlich ›besser‹ hatten, besaßen Luftmatratzen. Vor einigen Lagern stand ein kleiner Kocher. Die Besitzer lagen ausgestreckt in ihrem ›Zuhause‹, schliefen, unterhielten sich mit ihrem Nachbar, manche Plätze waren auch leer.

»Kate«, rief Aaron leise, und doch hallte sein Ruf durch den Tunnel. Seine Assistentin blieb stehen und wartete, bis er aufgeholt hatte. »Ist es sicher, hier durchzugehen?«

»Hongkong ist die sicherste Stadt, die man sich vorstellen kann«, gab Kate zurück. »Das sind nicht alles Penner mit Alkoholproblemen. Siehst du? Es sind normale Menschen, die einfach die horrenden Mieten nicht aufbringen können.« Kate deutete auf eine Wäscheleine, an der Sakkos samt der zugehörigen Hose hingen. Der Stoff schien nicht mal der billigste zu sein, die Hemden gut gestärkt und gebleicht.

»Weißt du, wie schwer es ist, hier eine Wohnung zu finden und auch noch bezahlen zu können? Das können nur

Menschen, die ziemlich gut verdienen. Allein zehn Quadratmeter kosten über tausend Euro im Monat.«

»Im Monat?«, rief Aaron aus. »Gute Güte, ein schlechtes Jahr, und ich müsste ebenfalls hier schlafen.« Wer zum Henker sollte solche Preise bezahlen, und vor allem, wer vermochte es auch noch? Aaron konnte sich nur schwer vorstellen, dass das Lohngefüge hier anders war. »In dieser Stadt möchte ich nicht auf ewig leben müssen«, sagte Aaron leise. »Sie ist schön, aber anstrengend.«

»Ich mag sie«, gab Kate lächelnd zurück. »Ja, sie ist laut und trotzdem wunderschön, man muss nur wissen, wo man hinsieht. Ich habe nie eine Stadt gesehen, die so voller Menschen und dem ganzen Beton und Glas zum Trotz so grün ist. Die Politik muss man nicht gutheißen, doch in Hongkong ist auch vieles anders als auf dem Festland. Ich würde hier gern eine Zeit lang leben.«

»Und worauf wartest du noch?«

»Auf eine gute Gelegenheit«, gab Kate kaum hörbar zurück.

Sein Herz krampfte sich in dumpfer Vorahnung zusammen. Twinkey, den er im Arm hielt, fiepte leise. Er wollte es nicht aussprechen, womöglich irrte er sich ja. Vielleicht verstand er es nur falsch.

»Eine Gelegenheit wie diese hier?«, stieß er mit rauer Stimme aus.

Kate schwieg, und es sprengte ihm schier die Brust. Sie starrte gedankenverloren auf die Gehwegplatten, bevor sie die Lippen zu einem entschuldigenden Ausdruck verzog. »Ja, diese Gelegenheit hier ist gut«, sagte sie. »Schon als wir herflogen, habe ich mir überlegt, dass ich nicht mit dir zurückfliege, dich zwar zum Flughafen bringe, aber dich bitte, mir das Geld gleich auszuzahlen oder zumindest überweisen zu lassen.«

So fühlte es sich also an, wenn man ein Messer zwischen die Rippen gerammt bekam.

»Okay«, sagte er. »Ich werde Carmen anrufen, damit du morgen das Geld auf deinem Konto hast. Das Hotelzimmer ist noch für ein paar Tage bezahlt, du kannst es solange bewohnen. Ich bitte dich nur darum, meinen Flug auf morgen umzubuchen.«

Er sah Kate nicht an, sondern stur nach vorn, dem Ende des Tunnels entgegen. Er bekam gerade rechtzeitig mit, dass dort Stufen waren, die er wieder hinaufgehen musste, so sehr verschwamm vor Anstrengung sein Blick, nicht zu blinzeln.

»Aber …«, setzte Kate an.

»Kein Aber«, unterbrach Aaron sie. »Du hast recht. Es ist für dich die perfekte Gelegenheit, deinen Traum zu verwirklichen. Und ich habe hier nichts mehr zu erledigen. Also, warum sollte ich länger als nötig hierbleiben?«

Er wünschte sich nichts mehr, als dass Kate widersprechen würde. Dass sie ihm klarmachte, dass er hier durchaus noch etwas zu tun hatte. Mit ihr. Dass er womöglich bei ihr bleiben sollte. Oder sie Bedenkzeit bräuchte. Aber sie sagte nichts davon, kein einziges Wort. Sie gingen nur schweigend durch den Lärm der Metropole, als Aarons Handy piepste. An einer Straßenecke blieb er stehen und öffnete den Anhang von Carmens Mail. Sie hatte ihm nicht nur die Bilanz geschickt, sondern auch die Kontoauszüge sämtlicher Firmenkonten. Um die Nullen zu bemerken, die in den Kontensalden fehlten, und das dicke Minus, das er in der Gewinn- und Verlustrechnung des letzten Jahres sah, hätte er nicht mal das eine Semester BWL-Studium gebraucht.

Aarons Magen verklumpte sich. *Merkenthaler und Demmings System Solutions* war noch nicht insolvent, aber sie standen kurz davor.

KAPITEL 17
PFEIF BEIM ABSCHIED
LEISE ›KUSCHELCHEN‹

Ganz toll. Aaron hatte sie gevögelt, und jetzt schob er sie ab. Zwar mit viel Geld, aber er schob sie immer noch ab! Er plante seinen Abflug und den Beginn ihres neuen Lebens hier, ohne sie auch nur anzusehen.

Er schnaubte leise, als er sein Handy in Grund und Boden starrte. Wusste der Teufel, was ihm da auf dem Bildschirm nicht gefiel.

»Kuschelchen?«, fiepte Twinkey.

Diesmal merkte sie sogar selbst, wie ihr Herz schneller schlug. Vor Wut, vor Traurigkeit, und doch sagte sie nichts. Genauso wie Aaron. Er steckte das Handy weg und hüllte sich in Schweigen.

Kates Nase kribbelte, sie spürte den Druck in ihren Augen, als der Wasserpegel stieg. Zum Teufel, sie heulte bestimmt nicht los!

Sie hatte eben einmal mehr ins Klo gegriffen. Das war nichts Neues für sie. Aber es traf sie hart, dass es ihr ausgerechnet mit Aaron geschah. Bei einem Kerl wie Rocco hätte es sie nicht überrascht, doch hier und jetzt erwischte es sie völlig kalt.

Stumm gingen sie nebeneinander her, betraten das Hotel und stiegen in den Fahrstuhl. Aaron zog erneut sein Telefon aus der Tasche. Sie wusste nicht, was er auf seinem Handy sah, aber zum ersten Mal zeigte er eine Reaktion. Er knirschte mit den Zähnen, brummte unverständliches Zeug, und wenn er weiter so die Augenbrauen zusammenkniff, schaffte es die Falte dazwischen über sein gesamtes Gesicht.

Sein Daumen schnellte vor und zurück, genauso wie das Geschehen auf dem Display. Kate wurde bereits beim Hinschauen schlecht, und sie konnte nicht erkennen, was er sich da ansah. Allerdings hatte sie wenig Lust, Aaron danach zu fragen. Vielleicht wies er gerade das Geld an. Oder beauftragte Jo, eine neue Reise-Assistentin zu finden. Oder gar eine für zu Hause.

Kate presste die Fingernägel in den Handballen, um ihn nicht einfach anzuschreien. Aber was sollte sie ihm sagen? Dass er ein Idiot war, weil er ihren Lebenstraum ermöglichte, nicht darauf bestand, mit ihm zurückzufliegen und ihr anstandslos das Geld auszahlen wollte? Genau das nahm sie ihm verdammt übel!

Kate presste den Hinterkopf gegen die kühle Kabinenwand. Wenn er morgen flog, hatte sie das Hotelzimmer noch vier Tage lang. Vier Tage, in denen sie sich bequem einen Job suchen könnte. Sie war also am Ende ihres Plans und dem Beginn ihres Traumes. Nur … Warum fühlte es sich so beschissen an?

Sie stiegen im zwanzigsten Stock aus, gingen zu Aarons Zimmer und schwiegen sich beharrlich an. Wollte er überhaupt noch, dass sie mit ihm das Zimmer teilte? Jedenfalls schlug er ihr nicht die Tür vor der Nase zu, sondern ließ sie eintreten.

»Ruf wegen des Fluges an«, brummte Aaron und stellte Twinkey auf dem Boden ab. Er setzte sich auf die Bettseite am Fenster, stemmte die Füße gegen den niedrigen Fenstersims, drückte auf seinem Handy herum und hielt es sich ans Ohr.

»Carmen?«, fragte er. »Weisen Sie das Geld auf Kates Konto an.«

Für einen Moment schwieg er. »Ja, alles, die fünftausend Euro … Überweisen Sie es ihr einfach«, knurrte Aaron. »Ja, ich habe Ihre Mail gesehen … Ja, ich weiß, was das bedeutet. Aber auf die fünftausend Euro kommt es nicht mehr an. Besser sie als Jo, oder?«

Kate hatte keine Ahnung, wovon Aaron sprach. War er immer noch sauer auf seinen Freund? Vielleicht war das Ganze nur ein Missverständnis? Und er ließ ihr auch die Prämie auszahlen? Trotz des geplatzten Deals? Verflucht, sie wünschte wirklich, ihr größtes Problem wäre, die zweitausend Euro mehr zu kassieren. Dabei war ihr das Geld plötzlich scheißegal. So gleichgültig, dass sie sich selbst einen Narren schalt. Sie sollte doch froh sein. Ziel erreicht. Zeit zum Jubeln. Und eine nette Affäre hatte sie auch noch gehabt. Nett, harmlos, leidenschaftlich, und Aaron war nicht anhänglich. Schlimmer wäre es, wenn er sie anflehen würde, mit ihm nach Deutschland zurückzukehren. Ein Mann war es nicht wert, für ihn die Träume infrage zu stellen. Wenn sie sich das nur lang genug einredete, glaubte sie es vielleicht irgendwann.

Sie setzte sich auf die andere Seite des Bettes und wählte die Nummer der Fluggesellschaft. Über die Telefonhotline buchte sie seinen Flug auf den Nachmittag des nächsten Tages um.

»Vierzehn Uhr geht der Flieger«, sagte sie leise, als sie aufgelegt hatte. »Die Bestätigung bekommst du noch mal per Mail.«

»Schön«, brummte Aaron.

Zaghaft wandte sie sich zu ihm um. Er stützte die Arme auf die Oberschenkel und starrte zu der Pferderennbahn hinunter.

»Wollen wir etwas essen gehen?«, fragte sie.

»Geh nur. Ich habe keinen Hunger.«

Seine Emotionslosigkeit verstärkte den Kloß in ihrem Hals. Sie zog die Knie an und stützte ihr Kinn darauf. Twinkey schnurrte erstaunlich leise, sirrte mit seinen Reifen und zwinkerte mit seinen beleuchteten Augen in das zunehmende Dunkel des Zimmers.

»*Don't worry, be happy*«, fing er leise an zu summen.

War er sauer? Auf sie?

»Aaron«, würgte sie heraus.

Ihr Boss stand auf und sah auf sie herunter. »Ja?«

Sekundenlang sah sie ihn einfach nur an. Was sollte sie ihm sagen? Dass sie das Geld nicht wollte, sondern lieber einem Hirngespinst nachjagen? Einem Hauch dessen, was sich irgendwie nach Liebe anfühlte und das überhaupt keine Grundlage hatte außer ein paar Streitgespräche und einer Runde Sex? Ihre Mutter würde sie auslachen. Sie konnte deren höhnische Worte in ihrem Kopf hören, die sie immer gesagt hatte, wenn Kate geglaubt hatte, den Mann fürs Leben gefunden zu haben. ›Den gibt's nicht. Sie sind alle nur auf die Milch aus. Und wenn sie die haben, interessiert die Kuh sie nur noch einen Scheiß. Und wenn du schwanger bist, wirst du eh fett und unansehnlich, und dann suchen die ganz schnell 'ne Neue, die unkompliziert und schlank ist.‹

Und Kate hatte Aaron die Milch aufgedrängt, weil sie sich so nach seiner Nähe gesehnt hatte. Hatte sie toll hinbekommen.

»Danke«, sagte sie schließlich.

Sie konnte Aarons Gesicht nicht gut erkennen, es lag im Schatten, aber sie könnte schwören, dass sich gerade ohnehin kein Muskel in seinem Gesicht bewegte. Warum auch? Sie war höchstens der Grund für seine Unannehmlichkeiten, warum sollte sie ein Auslöser für ein positives Gefühl sein?

Er hielt es nicht aus. Aaron konnte nicht mit ihr in diesem Zimmer bleiben, mit dem Wissen, dass das alles gewesen war. Dass das verfluchte Geld alles war, das für sie zählte.

Jo würde ihn auslachen. Es ging immer nur ums Geld. Er sagte oft genug, Aaron verstünde es nicht, weil er sein ganzes Leben lang welches gehabt hatte. Und zwar ausreichend, um damit bequem durchs Leben zu kommen. Zwar neigte er nicht dazu, es ohne Sinn und Verstand zu verprassen, aber er hatte sich nie überlegen müssen, ob das Geld am Ende des Monats für die Miete, das Essen und noch einen Kinobesuch reichte. Er ging überhaupt nicht ins Kino! Es war komplette Zeitverschwendung, sich in Filmen zu verlieren. Allein erst recht. Doch mit einer Frau wie Kate an der Seite könnte das anders sein. Dann könnte es sich sogar lohnen. Aber darum brauchte er sich keine Gedanken mehr machen. Kate blieb hier, und somit gab es dann in Deutschland keine Frau mehr, die ihn von seiner Werkstatt fernhielt. Sofern ihm die verdammte Werkstatt nicht unter dem Hintern weggepfändet wurde!

Kate sah nicht mal auf, als er an ihr vorbeiging. Geschweige denn schien sie mitzubekommen, dass er die Schlüsselkarte zu dem Zimmer nahm, das sie angeblich wegen der Insekten nicht bewohnen durfte.

Natürlich war das Zimmer einwandfrei. Es war sogar geputzt, wie er beim Eintreten feststellte. Die Kissen waren ordentlich auf dem Bett drapiert, die Dusche glänzte.

Aaron zog lediglich die Schuhe aus und legte sich aufs Bett. In seinem Magen bohrte der Hunger, aber er verspürte wenig Lust aufzustehen, zum Telefon zu gehen und dem Zimmerservice erklären zu müssen, was er essen wollte. Genau genommen wollte er überhaupt nichts essen. Im Moment wollte er sich weder bewegen, noch denken müssen. Weder an Kate, noch an Josua oder an die Tatsache, dass seine Firma kurz vor dem Ruin stand und er ein zu großer Schwachkopf gewesen war, um es zu merken.

Er hatte Josua vertraut. Er hatte Kate vertraut. Der eine vermasselte es, die andere wollte sich im Getümmel der Großstadt aufgeben und gar nicht erst mit ihm zurückkommen. Das war der absolute Tiefpunkt seines Lebens. Noch nie hatte er so allein dagestanden wie jetzt.

Die ganze Nacht starrte er nur an die Decke. Okay, zweimal musste er aufstehen, um auf Toilette zu gehen. Aber selbst dann schaffte er es nur, sich zu erheben, wenn seine Blase ihm faktisch schon in die Ohren brüllte und drohte, sich an Ort und Stelle zu entleeren. Die Blöße wollte er sich dann doch nicht geben.

Am nächsten Morgen glaubte Aaron zwar, kurz geschlafen zu haben, allerdings fühlte er sich, als hätte man ihn an ein Auto gebunden und durch ganz Hongkong geschleift. Müde, traurig, und zu allem Überfluss bekam er auch noch Halskratzen.

Aarons Telefon klingelte, und er zog es langsam zu sich heran. »Was?«, murmelte er.

»Ich glaube, ich habe eine Idee«, flüsterte Carmen. Ihre Stimme klang schleppend, völlig übermüdet. »Wie wir was retten können. Aber dann müssen Sie wiederum Ihren Freund über den Tisch ziehen.«

241

Wollte er das? Nein, erst einmal wollte er nach Deutschland und mit Jo sprechen. Er wollte hören, was er zu sagen hatte.

»Ich fliege in ein paar Stunden zurück«, sagte er.

»Oh«, machte Carmen. »Weil … Ich dachte …«

»Was?«

»Josua ist verschwunden.«

»Was?«

»Ich hab ihn seit gestern Nachmittag nicht mehr gesehen. Keine Nachrichten, keine Mails, keine Anrufe.«

»Vielleicht ist er im Krankenhaus. Heute ist doch der Kaiserschnitt.«

»Nein. Der wurde verlegt. Seine Frau muss gesagt haben, es nervt im Bauch wesentlich weniger als draußen, und sie will ihre Ruhe noch ein wenig genießen.«

»Dieses Weib ist so unglaublich entzückend«, ätzte Aaron. Gab es denn keine normalen Frauen auf dieser Welt?

»Ich melde mich«, versprach er Carmen.

Er duschte, zog sich an und ging hoch zu seinem Zimmer, in dem Kate letzte Nacht geschlafen hatte. Es war leer, und Kate kam auch nicht, als er schon seinen Koffer packte. Twinkey war nicht hier, vielleicht hatte sie ihn zum Frühstück mitgenommen. Frühstück … Für Aarons Magen das ultimative Stichwort. Seit dem Aufstehen war ihm übel. Er brauchte dringend etwas zu essen, dann würde das Gefühl nachlassen. Hoffentlich. Aber ehrlich gesagt hatte Aaron Angst davor, was geschah, wenn die Übelkeit verschwand. Wenn die lebenserhaltenden Instinkte nachließen, hatte sein verdammtes Gehirn zu viel Zeit, über seine Gefühle zu Kate nachzudenken. Und über die Enttäuschung. Was hatte er eigentlich geglaubt? Dass sie mit ihm zurückkam und sie eine Beziehung führten? Die ehrliche Antwort war: Ja. Aber das Schicksal sah für ihn offenbar keine besondere Frau vor. Höchstens eine, die er sich selbst zusammenschraubte.

Aaron verließ das Zimmer, ging den Gang entlang zum Fahrstuhl und neben dem Knopf der untersten Etage stand sogar in deutscher Sprache ›Frühstücksraum‹.

Er drückte die Taste, lehnte sich gegen die Kabinenwand, und sein Handy piepste. Mit einem leisen Seufzen zog er es hervor. Es war die Bestätigungsmail der Airline. Er tippte eine Anfrage, ob sie einen Mitarbeiter schicken könnten, der ihn am Eingang empfing und durch den Check-In begleiten würde. Keine Minute später bekam er die Bestätigung. Sein Magen knurrte laut und krampfte sich im gleichen Moment zusammen.

Aaron würde Kate also schon im Hotel Lebwohl sagen. Diese sah er durch das Foyer gehen, als der Fahrstuhl seine Türen öffnete und Aaron hinaustrat. Twinkey sauste tatsächlich hinter ihr her. Sein Bedürfnis, sie zu stoppen, war so gut wie nicht vorhanden, er wollte ihr lieber bis zum Abflug aus dem Weg gehen. Er brauchte ohnehin ewig, um an einen Kaffee zu kommen und sich zwei Scheiben Weißbrot hinunterzuwürgen. Was im ersten Moment wie Nutella ausgesehen hatte, stellte sich als bittere Substanz heraus. Wenn sich die Schüssel mit dem Zeug nicht mitten auf dem Frühstücksbuffet befunden hätte, hätte Aaron den kümmerlichen Rest seines Vermögens darauf verwettet, jemand habe sein Schmierfett vergessen.

Der ekelhafte Geschmack begleitete ihn das gesamte Frühstück hindurch, und seine Laune rauschte nicht nur in den Keller, sondern gleich zum Mittelpunkt der Erde.

Gott, was gäbe er dafür, bereits wieder in Deutschland zu sein. In Frankfurt war er zwar finanziell ruiniert, aber dort konnte er Kate vergessen, die Zeit hier, einfach alles.

Nicht zum ersten Mal wünschte er sich, sein Gedächtnis löschen zu können. Einfach Kate löschen zu können, das Gefühl der Sehnsucht, die Erinnerung an ihr Lächeln, an die Weichheit ihrer Lippen, ihren Geruch.

Aaron rieb so kräftig über seine Stirn, bis sie schmerzte. Er brauchte keinen Knopf, um etwas zu vergessen. Seine Ignoranz war schließlich beachtlich, er musste sie nur anwenden. Kate würde hier ein neues Leben führen, vielleicht sogar jemanden kennenlernen. Und er würde versuchen, seine verdammte Firma zu retten. Das war verflucht noch mal wichtiger als eine Frau!

»Aaron?«

Kates Stimme ließ ihn hochschrecken. Mit Twinkey auf dem Arm stand sie vor seinem Tisch und sah ihn prüfend an.

»Das Taxi ist da«, sagte sie. »Ich habe deinen Koffer schon aus dem Zimmer geholt. Wir können fahren.«

»Wir?«

»Ich bring dich zum Flieger«, sagte Kate.

Oh nein, nein, nein, das fehlte ihm gerade noch! Diese Verabschiedung musste kurz sein. Neben ihr im Taxi zu sitzen, ihre Nähe zu fühlen und sie doch nicht berühren zu dürfen, könnte er nicht ertragen. Sie inmitten hektischer Reisender das letzte Mal ansehen zu können, mit dem tosenden Lärm tausender Stimmen und dem Rattern der Kofferrollen und zu wissen, dass es das letzte Mal war … Da gab er sich lieber selbst die Kugel!

»Ein Mitarbeiter der Airline holt mich am Eingang ab«, erwiderte Aaron. »Es ist nicht nötig, dass du mitkommst.«

»Oh«, sagte Kate leise. »Ich verstehe.« Sie senkte den Blick, hinab auf Twinkey. »Dann bringe ich dich und ihn noch zur Tür.«

Nicht einmal das wollte er, aber es ihr zu erklären, würde länger dauern, als es einfach zu überstehen. Aaron stand auf und folgte ihr aus dem Frühstückssaal. Vorbei an dem Aquarium, dessen Glasabteile heute leer waren. Anscheinend hatte sich jemand mal erbarmt, die armen Tiere zu bestatten. Vermutlich in der Kanalisation.

Gemeinsam durchquerten sie das Foyer, gingen am Empfang entlang, und am Seiteneingang des Hotels wartete bereits ein roter Wagen. Der Fahrer lehnte an der Seite des Wagens, und als sie hinaustraten, öffnete er die Tür zur Rückbank, ließ sie offen stehen und setzte sich hinter das Lenkrad.

»Tja, nun«, sagte Kate gedehnt.

»Ich brauche Twinkey noch«, sagte Aaron.

Es war ein dummer Satz. Er hatte ihn überhaupt nicht sagen wollen.

Kate erstarrte für einen Moment, lächelte gezwungen und hielt ihm schließlich Twinkey entgegen. Aaron griff nach seinem leise pfeifenden Prototypen, und doch konnte er den Blick von Kate nicht lösen.

»Und du willst wirklich bleiben?«, fragte er.

Kate hob die Schultern, biss sich auf die Lippe und löste den Blick von ihm. Sie sah überall hin, nur nicht zu ihm. »Ich muss es doch zumindest versuchen, oder?«

»Ja, das musst du.« Eine Tonne Eisen schien nicht nur auf seinem Herzen zu liegen, sondern auch an seinen Beinen zu hängen. Es kostete ihn sämtliche Kraft, sich herumzudrehen und zum Wagen zu gehen. Er hatte bereits einen Fuß in das Taxi gesetzt, da holte ihn Kates Stimme ein.

»Warte.« Sie beugte sich nach vorn, küsste Twinkey auf die Motorhaube und stellte sich schließlich auf die Zehenspitzen. Ihre weichen Lippen trafen seine Wange, schickten ein Kribbeln durch seinen ganzen Körper. »Ich würde mich freuen, von dir zu hören«, sagte sie leise und trat zurück. »Komm gut nach Hause.«

»Leb wohl, Kate.« Er wollte ihr so viel mehr sagen, aber die Worte schafften es nicht über seine Lippen. Sie waren nur ein unverständliches Knäuel in seinem Kopf – eine Mischung aus Sehnsucht, Trauer und Selbsthass.

Twinkey summte leise ›don't worry‹, und Kates Augen weiteten sich. Verflucht, Twinkey verpfiff ihn!

»Aaron …«

»Ich hasse lange Abschiede«, platzte Aaron heraus. »Ich hoffe, du findest, was du suchst. Was auch immer das sein mag.«

Mit einem letzten Ruck und vielleicht mit seinem letzten Rest Würde stieg Aaron vollends in den Wagen ein und zog die Tür zu.

Je länger sie das alles hinauszögerten, umso schlimmer würde es werden. Er fühlte sich tatsächlich erleichtert, als sich der Wagen endlich in Bewegung setzte, sanft die Auffahrt entlangfuhr und sich in den Verkehr einreihte. Erst jetzt drehte Aaron sich um und warf durch die Rückscheibe einen Blick zurück zum Hotel. Kate stand noch immer dort, aber sie wandte sich in diesem Moment ab und ging hinein.

Das war es also. Das Ende dieses verdammten Films. Jeder, der auf ein Happy End gewettet hatte, war ohnehin ein Narr. Dabei waren sie beide so verkorkst, dass sie schon wieder gut zusammenpassten. Der unempathische Nerd und die orientierungslose Kellnerin. Nur hatte Kate endlich ihre Richtung gefunden, aber diese führte sie ans andere Ende der Welt. Und für einen gefühlsarmen Mann fühlte sich Aaron gerade viel zu niedergeschlagen.

Sein Blick fiel auf Twinkey, der neben ihm auf der Rückbank stand, und seine leuchtenden Augen blinzelten. Wenn es eines gab, das Aaron immer von den elenden Seiten des Lebens abgelenkt hatte, dann war es Arbeit. Er hatte ohnehin schon viel zu lange nicht mehr an Twinkey herumgepfuscht. Jetzt gab es keine Kate mehr, die ihn abhielt. Aaron zog sein Telefon hervor und hätte sich im nächsten Moment am liebsten eine Ohrfeige verabreicht. Noch immer verunstaltete ein fingerlanger Riss das Display und erinnerte ihn an Twinkeys selbstmörderische Fahrt über die Straße. Weil er ihn zu dem chinesischen Restaurant hatten führen wollen. Zu Kate.

Verfluchte Hölle, erinnerte ihn denn jetzt schon alles an Kate? Wie lange saß er in dem Taxi? Fünf Minuten? Vielleicht sollte er in Deutschland seinen Schädel gegen eine Mauer rammen und auf eine Amnesie hoffen. Am besten wartete er damit gar nicht erst, bis er in Deutschland war!

Aaron schüttelte den Kopf über sich selbst und rief die App Twinkeys auf, ließ sich die Codes und Funktionen anzeigen. Sein erster neuer Code ließ Twinkey auf seinen Namen und gesprochene Befehle reagieren. Das ersparte ihm hoffentlich weitere halsbrecherische Verfolgungsjagden. Denn ab jetzt gab es keine Kate mehr, die ihn vor einem Lkw wegzerren konnte.

Twinkey pfiff, als Aaron ihn bei seinem Namen nannte. »Kuschelchen!«

Genauso gut hätte Twinkey ihm auch volle Kanne gegen das Bein fahren können, es tat genauso verflucht weh.

»Kuschelchen. Kuschelchen«, sang das Auto. Wusste der Geier, welche Verknüpfung gerade bei Twinkey gegen die nächste stieß. Aber zum Henker, sein Prototyp hatte sich anscheinend vorgenommen, ihn fertigzumachen. Wenn

Twinkey ständig Kates Lieblingswort fiepte, konnte er sie nie vergessen.

»Twinkey«, sagte er, und das Roboterauto hielt inne. »Lösche das Wort ›Kuschelchen‹.«

»Kuschelchen löschen?«, fragten Twinkeys elektronische Stimme und die App zugleich.

Aaron zögerte. Es bräuchte nur einen Befehl, ein kleines Wort! Ja – und ›Kuschelchen‹ wäre Geschichte. Twinkey würde es niemals wieder erwähnen, es sei denn, er brachte es ihm erneut bei. Und warum sollte er das tun?

»Kuschelchen löschen?«, fragte Twinkey noch einmal.

Aaron fuhr sich über die Stirn, rieb die Handfläche über seinen Bart. Herrgott. Was war daran so schlimm?

»Kuschelchen löschen?«

Das Taxi hielt an einer Ampel an, und Aaron blickte die Fassaden der Hochhäuser hinauf. Auf den höheren Etagen sah er die bunten Schilder der Massagesalons. In einem hatte er die schönste Stunde seines Lebens gehabt. Wollte er die wirklich vergessen?

»Nein«, sagte Aaron. »Sag es einfach nicht mehr so oft.«

»Kuschelchen auf Blacklist setzen?«, blendete die App ein.

Aaron seufzte und drückte auf ›Nein‹. Egal, ob er alles von Kate löschte oder tausende Kilometer zwischen sie beide brachte, er musste sicher noch lange Zeit an sie denken.

KAPITEL 18
ALLES REINE ÜBUNGSSACHE

Das Taxi hielt vor der riesigen Glashalle, dicke Betonsäulen stützten das Vordach des Terminals. Aaron gab dem Fahrer ein Bündel Scheine. Da dieser ihn nicht anbrüllte, schien es ausreichend zu sein. Ob es zu viel war, interessierte Aaron nicht. Er hatte keine Lust auf Streit und mühsame Verhandlungen.

Der Fahrer hielt ihm die Tür auf und reichte ihm seinen Koffer. Ein Mann mit kurzen, drahtigen, schwarzen Haaren stand vor den Schiebetüren und hielt ein Schild mit Aarons Namen in der Hand.

Seinen Koffer hinter sich herziehend ging Aaron auf ihn zu. »Hallo.«

»Guten Tag, mein Name ist Ricky. Ich werden Sie bis zum Gate begleiten«, sagte der Mann. Er machte zwischen den Wörtern zwar immer lange Pause, schien erst darüber nachdenken zu müssen, aber dem Himmel sei Dank war er trotzdem gut zu verstehen. »Hatten Sie eine gute Anreise?«

»Ja«, sagte Aaron leise. »Alles bestens.«

Der Mann nahm seinen Koffer, bedeutete ihm mit einer Handbewegung die Richtung, und Aaron folgte diesem Wink. Sie passierten die Schiebetür, und der Flughafen hier war sogar gewaltiger als der in Frankfurt. Und deutlich lauter. Aber die Aufteilung war ähnlich – Check-In-Schalter, Sitzbänke und orientierungslose Reisende ohne Ende.

»Soll ich dir was sagen, Twinkey?«, tönte plötzlich Kates Stimme.

Aarons Herz machte einen Sprung, und er wirbelte herum. Doch da war keine Kate. Zum Teufel, bildete er sich das jetzt nur ein? Er hatte eindeutig Kates Stimme gehört, und sie hatte ›Twinkey‹ gesagt! Es konnte also nicht nur jemand sein, der ihr ähnlich klang. Außerdem würde er ihre tiefe Stimme überall erkennen!

»Ich werde ihn vermissen«, sagte Kate schon wieder, ganz in seiner Nähe. Aber sie stand nicht hinter ihm, auch nicht neben ihm. Da stand bloß sein Guide, der ihn verständnislos ansah.

»Können Sie zufällig Stimmen imitieren?«, fragte Aaron.

»Ich verstehe nicht«, erwiderte Ricky, und im gleichen Moment seufzte Kates Stimme.

Halt, das kam nicht von Aarons Seite, dann kam von seinem Arm! Von Twinkey!

»Ich wünschte, er würde nicht gehen«, drang aus Twinkey heraus. »Oder er würde darauf bestehen, dass ich mitkomme. Das ist dumm, ich weiß.« Nochmals seufzte Kates Stimme. »Aber ich vermisse ihn bereits jetzt. Ich will nicht allein in dieser Stadt bleiben. Ich will überhaupt nicht allein bleiben. Endlich nicht mehr allein sein …«

Kates Stimme brach ab, während Aarons Herz so laut klopfte, dass das Dröhnen in seinen Ohren sogar den Lärm in der Halle übertönte. Niemals allein sein … Er war die meiste Zeit seines Lebens allein gewesen, selbst als seine Eltern noch gelebt hatten. Er war einsam gewesen, bis Kate gekommen war. Und jetzt tat er das Dümmste der Welt – er ging.

»Sir, der Check-In«, sagte sein Begleiter, aber Aaron ignorierte ihn. Er zog sein Telefon hervor und wählte Carmens Nummer.

»Carmen«, rief er aus, kaum, dass er das Klicken in der Leitung hörte. »Ich komme heute nicht zurück.«

Auf der anderen Seite der Leitung blieb es still. Hatte jemand anderes das Gespräch angenommen?

»Carmen?«, fragte er.

»Ich bin da.«

»Haben Sie gehört, was ich gesagt habe?«

»Ich versuche mir einzureden, ich hätte es nur geträumt.« Ihre Stimme klang furchtbar müde.

»Carmen, machen Sie Urlaub«, sagte Aaron sanft. »Es bringt nichts, wenn Sie sich zu Tode sorgen.«

»Warum kommen Sie nicht?«

»Kate …«, sagte Aaron zögernd.

»Es geht um über hundert Arbeitsplätze.« Sie presste die Worte offenbar mühsam beherrscht heraus. Ihre Stimme war tiefer als sonst, und das Krachen im Hintergrund war so laut, als hätte sie etwas gegen die Wand geworfen. »Es hängen verdammt viele Jobs, Familien und Schicksale an dieser verfluchten Firma.« Mit jedem Wort wurde sie lauter, bis sie schließlich keifte: »Sollen die jetzt alle auf den Fachkräftemangel hoffen?« Fuck, war sie laut. Aaron hielt das Telefon ein Stück von seinem Ohr weg. »Die letzten vier Jahre hatte ich überhaupt kein Privatleben. Von früh bis abends war ich hier!«

Es war bestimmt nicht der rechte Zeitpunkt, Carmen zu sagen, dass sie niemand dazu gezwungen hatte, oder?

»Ich habe mir den Mund fusselig geredet«, zeterte Carmen. »Und was habe ich von Ihnen bekommen? ›Ja, Carmen. Sagen Sie das Josua!‹ Aber der hat mich genauso abgeblockt. ›Ach Carmen, ich weiß schon, was ich tue. Ich denke mir was dabei.‹ Nichts hat er sich gedacht und Sie genauso wenig! Und jetzt wollen Sie mir allen Ernstes erzählen, Sie kommen nicht her, weil Sie Kate lieben und nicht wegwollen? Ist es das, was Sie mir sagen wollen?«

Aaron zögerte. »Ja …«

Carmen stöhnte, wie von einem Traktor niedergewalzt.

»Ich komme«, sagte Aaron. »Sie haben recht. Die Firma geht vor. Ich kann später hierher zurückkommen, wenn das alles geklärt ist. Morgen Früh bin ich in Frankfurt und …«

»Nein!«

»Also soll ich nicht kommen?«, fragte Aaron verwirrt.

»Nein.«

Man möge ihm verzeihen, aber jetzt kam er tatsächlich nicht mehr mit. Er verstand Carmens Frust und ihre Verbitterung. Sie hatte alles für diese Firma gegeben und zusehen müssen, wie zwei Idioten sie Tag für Tag in Richtung Abgrund schoben und dabei zu dumm waren, es zu merken.

»Sie werden nie wieder eine Frau wie Kate finden«, sagte Carmen. »Legen Sie ihr die Welt und sich selbst zu Füßen und preisen Sie es an, als müssten Sie Ihre Großmutter verkaufen. Aber unter einer Bedingung.«

»Und die wäre?«

»Geben Sie mir eine Prokura-Vollmacht!«

»Sie wollen eine Vollmacht für eine Firma kurz vor dem Ruin?«

»Ganz genau!«

»Sie leiten doch kein Insolvenzverfahren ein?«

»Ich will es abwenden!«

»Wenn Sie das schaffen, schenke ich Ihnen die Firma.«

»Ha!«, rief Carmen aus. »Damit Sie dann vor jeder Verantwortung abhauen können? Vergessen Sie es!«

»Meinetwegen«, seufzte Aaron. »Sie bekommen Prokura. Was soll ich Ihnen schicken?«

»Nichts, ich fälsche einfach Ihre Unterschrift.«

»Grundgütiger«, entfuhr es Aaron.

»Oder haben Sie einen Scanner zur Hand, um mir ein Dokument zu schicken?«

»Nein.«

»Da sehen Sie es.«

»Also schön«, sagte Aaron. »Tun Sie, was Sie für richtig halten.«

Für einen Moment schwieg Carmen, bevor sie leise sagte: »Danke, Aaron. Ich werde Sie nicht enttäuschen.«

»Ist Josua aufgetaucht?«

»Nein«, erwiderte Carmen. »Seine Frau weiß auch nicht, wo er ist. Die Wehen haben eingesetzt. Sie hat mir fast das Ohr weggebrüllt, aber er geht nicht an sein Handy.«

Das war ausgesprochen seltsam. Jo war doch nicht tatsächlich in den nächsten Flieger gesprungen? Noch vor zwei Wochen hätte es Aaron für unmöglich gehalten, dass sein Freund die Geburt des Kindes verpasste, um einen Deal abzuschließen. Jetzt war er sich nicht mehr so sicher.

Nun, er würde es spätestens herausfinden, wenn sein Freund im Hotel auftauchte, um Aaron die Nase zu zertrümmern. Vielleicht konnten sie dann endlich vernünftig reden.

Aber erst musste er zurück – zum Hotel, zu Kate.

»Entschuldigen Sie«, sagte Aaron zu seinem Guide und nahm ihm seinen Koffer ab. »Der Flug ist gestrichen.«

»Nicht gestrichen«, widersprach sein Begleiter entsetzt und deutete auf eine Tafel über ihren Köpfen »Fliegt pünktlich, alles in Ordnung!«

Aaron hob die Hand. »Das meine ich nicht. Ich fliege nicht, sondern will zum Hotel zurück. Danke für Ihre Mühe.«

Twinkey an sich gepresst, wandte Aaron sich um und marschierte geradewegs auf den Ausgang zu. Zum Glück waren sie nicht allzu weit von diesem entfernt. Nicht einmal Aaron konnte ihn verfehlen. Zu seinem Glück hielt in diesem Moment ein Taxi, spuckte seine Passanten samt Koffer aus, und kaum war das Taxi leer, packte Aaron seinen Koffer auf die Rückbank und setzte sich dazu.

Der Fahrer sagte etwas. Vielleicht begrüßte er ihn. Oder warf ihn raus. Aaron war es auch egal. Er reichte dem Taxifahrer die Visitenkarte des Hotels, die ihm Kate nach ihrem ersten Ausflug gegeben hatte. Der Fahrer knurrte unverständliche Worte, startete aber den Motor, und nach zehn Minuten fuhren sie wieder über die Brücke, die den Flughafen mit Hongkong verband. Erleichtert lehnte sich Aaron zurück. Er war auf dem richtigen Weg. Blieb nur noch zu hoffen, dass Twinkey die Sprachaufnahme nicht gefaket hatte. Seinem Prototypen traute er mittlerweile alles zu.

✿✿ ✿✿

Wie paralysiert saß Kate in der Lobby. Sie hatte lediglich die wenigen Schritte von draußen bis zur Sitzgruppe geschafft. Ihr Hintern hatte das Sitzpolster berührt, und sie könnte schwören, seitdem hatte sie sich nicht mehr bewegt. Anscheinend nicht mal geblinzelt. Sie sah die Gäste des Hotels, die Rezeptionisten, Gepäckträger, das Putzpersonal nur noch verschwommen.

»Kate, everything okay?«

Die sanfte Stimme eines Mannes riss sie aus ihrer Starre. Mühsam richtete Kate ihren Blick auf den Sprecher, blinzelte, und endlich stellte sich ihr Bild schärfer ein. Sie kannte diesen Mann, und als ihr Gehirn sich endlich träge zur Arbeit entschloss, fiel es ihr wieder ein.

»Kenny«, sagte sie überrascht auf Englisch. »Was machen Sie denn hier?«

Er lächelte sie freundlich an und schob die Hände in die Taschen. »Mein Chef hat mich geschickt. Könnte ja sein, dass sich das Missverständnis geklärt hat.«

Missverständnis? So würde es Kate nicht gerade bezeichnen. Aber welche Rolle spielte schon ihre Meinung? Sie schürzte entschuldigend die Lippen. »Ich fürchte, es hat sich nicht geklärt. Dr. Merkenthaler ist auf dem Weg zum Flughafen.«

»Oh«, sagte Kenny. Er deutete auf den Sessel gegenüber von Kate, und sie nickte. Langsam ließ er sich darauf sinken und strich sich über das sauber rasierte Kinn. »Das ist schade.«

Sie zuckte die Schultern. »Tut mir leid.«

»Du kannst ja nichts dafür«, erwiderte Kenny und beugte sich vor. »Aber wenn er abgereist ist, warum bist du noch hier?«

»Ich suche einen Job.«

»Er hat dich gefeuert?«, fragte Kenny erstaunt.

»Nein. Ich war nicht fest angestellt. Nur für die Dauer der Reise.«

Kenny nickte verstehend, stützte die Ellenbogen auf seine Knie und rieb sich die Hände. »Dann willst du für eine Weile hierbleiben.«

»Ja«, sagte Kate leise. »So sieht es aus.«

Sie konnte Kennys Gesichtsausdruck nicht deuten. Er lächelte zwar, diesmal war sein Grinsen jedoch anders als bei ihrer letzten Begegnung. Bei dem Abendessen hatten seine Augen bei jedem Witz geglänzt, jetzt sah er eher niedergeschlagen aus.

»Es ist bestimmt etwas zu direkt, aber hast du Hunger? Ich habe welchen, vielleicht möchtest du mitkommen?«

Oh, deswegen war er so zurückhaltend? Er wollte mit ihr essen gehen? Im ersten Moment wollte Kate ablehnen. Das Letzte, was sie wollte war, Kenny Hoffnungen zu machen. Andererseits ... Warum nicht? Kenny war eine angenehme Gesellschaft, und sie konnte Ablenkung wahrlich gebrauchen.

»Gern«, sagte sie lächelnd und folgte ihm, als er aufstand.

»Willst du traditionelles chinesisches Essen?«, fragte er lachend.

»Ich hätte nichts gegen ungesundes Fast Food. Wir könnten es mit dem Pizza Hut um die Ecke versuchen. Das Lokal ist immer voll, wenn ich dran vorbeigelaufen bin«, schlug sie vor.

»Ja, wir lieben Pizza«, gab Kenny zu. »Ich auch.«

Er hielt ihr die Tür auf, ließ sie auf die Straße treten und blieb eng an ihrer Seite. Die Gehsteige waren überfüllt wie immer, genauso wie die Straßen. Kate konnte schon das Logo vom Pizza Hut erkennen, da berührte Kenny sie am Arm.

»Ich muss kurz da lang.« Er deutete in eine schmale Seitengasse zwischen zwei Wolkenkratzern. Das Kondenswasser aus den Klimaanlagen tropfte von oben herunter, vor einem Eingang standen durchweichte Pappkartons. Wusste der Himmel, was Kenny hier wollte. In Frankfurt würde sie niemals eine solche Gasse betreten, allerdings galt Hongkong als die sicherste Stadt der Welt. Deswegen folgte sie Kenny arglos wie ein verfluchtes Lamm. Der Lärm der Hauptstraße verebbte, sie konnte das Ende des Durchgangs nicht erkennen, und wenn sie sich umdrehte, kaum noch die Passanten sehen, die an der Seitenstraße vorbeiliefen. Neugierig spähte Kate nach oben, alle Fenster schienen fest verriegelt. Ein unangenehmer Schauer lief ihr über den Rücken, aber sie schalt sich eine Närrin, und prompt stieß sie mit Kenny zusammen.

»Sorry«, nuschelte Kate und wollte zurücktreten, doch da legte Kenny seinen Arm fest um sie, drückte sie an sich und sah ihr betreten in die Augen.

»Tut mir wirklich leid«, sagte er.

Hä? Sie stemmte sich gegen seinen Griff, aber Herrgott, für einen Harry-Potter-Verschnitt besaß Kenny ziemlich viel Kraft. Er klammerte sich an ihr fest und schob sie auf einen der Hintereingänge zu.

»Was soll das?«, fauchte sie, wand sich, und da ging bereits die Tür auf. Heraus trat der blonde Chinese, den sie schon bei dem Abendessen mit Teng Huan gesehen hatte und… am Flughafen! Jetzt trug er den gleichen grauen Anzug, das gleiche seltsame Karomuster.

»Du stellst dich an wie ein junger Fuchs auf seiner ersten Jagd«, schnarrte der Kerl.

»Es ist das erste Mal, dass ich jemanden entführe«, fauchte Kenny, und Kate spürte seinen hektischen Atem an ihrem Ohr. Bitte was? Entführung? Sie fühlte sich zwar eingeengt, aber auch nicht gerade aufs Äußerste bedroht. Eher gehörig verwirrt. Doch das änderte sich, als der Blonde ein Messer zückte. Kate keuchte und trat dem jungen Fuchs mit aller Kraft auf den Fuß! Sollte der an einer anderen Entführen üben! Sie wusste nicht mal, warum sie jemand entführen wollte! Was hatte sie schon zu bieten?

Kenny knurrte vor Schmerz, und zur Sicherheit rammte sie ihm noch den Ellenbogen in den Bauch. Au, verflucht, das tat sogar ihr weh!

Der blonde Chinese sprang vor, erwischte sie am Arm, seine Finger krallten sich in ihre Bluse, und sie hörte den Stoff reißen, als sie zurückstolperte. Sie warf sich gegen eine

Eingangstür, aber das Ding tat ihr nicht den Gefallen, sich zu öffnen. Eine Klinge blitzte auf, Kate duckte sich und wartete angsterfüllt auf den Schmerz eines Stiches.

Ausgerechnet Kenny schob sich zwischen sie. »Wir sollen sie nicht verletzen, Chen!«, protestierte er.

»Von ein paar Schnitten wird sie nicht sterben.«

War ja entzückend!

»Ich schwör dir, das nehme ich dir übel«, fauchte Kate.

»Ich mach auch nur meinen Job«, zischte Kenny und drehte sich zu ihr um. »Ich brauche ihn.«

»Such dir einen anderen, was Seriöses!«

»Ich habe keinen Bock mehr, auf der Straße zu pennen oder in so einem dämlichen Stahlkäfig, den sie als Bett vermieten!«

Das konnte sie durchaus verstehen, aber Herrgott, ging es denn überall nur ums Geld? Wo waren die Menschen geblieben, die auch mal auf was verzichteten, um die Welt nicht schneller als nötig in den Ruin zu reiten?

Kate stieß sich mit aller Kraft von der Tür ab und rammte Kenny. Ha, damit hatte der nicht gerechnet. Er hob zwar die Arme, als wollte er sie auffangen, geriet aber ins Stolpern. Nur verlor sie genauso das Gleichgewicht. Sie krachte mit Kenny auf den Betonboden. Unter ihm rutschte ebenfalls ein Messer hervor. Es war doppelt so groß wie das von Chen! Verdammter Mist. Als ob sie noch einen Beweis bräuchte, dass die das ernst meinten.

»Hilfe«, kreischte Kate erst auf Englisch, dann auf Chinesisch. »Feuer.«

Sie robbte weg, doch Chen war zu schnell. Er packte sie im Nacken, mit aller Kraft sträubte sie sich gegen seinen Griff. Instinktiv erstarrte sie, als plötzlich kaltes Metall ihren

Hals berührte und scharfer Schmerz durch ihre Nervenbahnen jagte. Fuck. Fuck. Fuck. Sie war am Arsch.

»Twinkey, fass!«

Blanker Strom schien durch ihre Adern zu jagen. Trotz des Messers riss sie den Kopf hoch. Nein, sie träumte nicht! Das war Aaron! Mit hohem Pfeifen raste Twinkey über den Asphalt und faselte etwas von ›Feinde eliminieren‹. Sein Greifarm schnellte hervor, packte das Messer, das Kenny fallengelassen hatte und warf es zu seinem Besitzer zurück. Mit der Spitze nach vorn!

Kenny sprang zur Seite, dennoch streifte ihn die Klinge am Bein, und er krachte stöhnend zu Boden. Twinkey keckerte gehässig und donnerte auf Kennys Gesicht zu. Aber er kam samt seiner Harry-Potter-Brille schnell genug wieder hoch, Twinkey rauschte vorbei und bremste mit quietschenden Reifen. Der harte Griff an ihren Haaren ließ nach und Chen hastete an ihr vorbei. Kenny drückte sich gegen die Häuserwand, erspähte das Messer nur einen Meter vor sich auf dem Boden und setzte seinen Fuß darauf.

Verflucht, das hatte sich Kate holen wollen! Ihr Blick zuckte zu Aaron.

Aaron duckte sich unter einem Schlag Chens weg und versetzte seinem Angreifer einen Hieb ins Gesicht. Chen stöhnte vor Schmerz, taumelte zurück und hielt sich das Kinn.

Kenny hob schnell das Messer auf, rannte auf Aaron zu und zerschnitt, mit dem Messer herumfuchtelnd, bedrohlich die Luft.

»Nein!« Kate raste ihm hinterher, sprang ihm auf den Rücken und brachte ihn mit all ihren Kilos aus dem Gleichgewicht. Sie taumelten zu Boden, scharfer Schmerz fuhr durch Kates Ellenbogen. Zum Teufel, sie war in Prügeleien noch nie gut gewesen. Sie versuchte, einen Blick auf Aaron zu erhaschen. Chen hatte sich aufgerappelt, bekam Aaron am Arm zu fassen und verdrehte ihm diesen auf den Rücken. Aaron trat ihm mit voller Wucht gegen das Knie, entwand sich der Umklammerung und brachte mit einem riesigen Satz Abstand zwischen sie.

Kenny zog sich an einem Wasserrohr auf die Füße und schien sich nur noch auf Aaron zu konzentrieren. Er hatte schon wieder das Messer in der Hand, hob es und schien es werfen zu wollen. Zum Teufel, wo war Twinkey?

Sie rappelte sich auf, wollte sich nach dem Roboterauto umsehen, doch da fühlte sie sich zur Seite gerissen, krachte gegen die Mauer. Der Stoß trieb ihr die Luft aus der Lunge und die Tränen in die Augen. Tat das weh. Sie rutschte die Wand hinunter, schrammte über den rauen Beton und hielt sich den dröhnenden Kopf.

Nur Aarons Stimme schaffte es durch den Schmerz in ihren Gliedern. »Kate!«

»Hau ab«, brüllte sie, die Hände auf ihren schmerzenden Hinterkopf gepresst. »Lauf gefälligst.« Ihre Chancen standen mies und seine nur minimal besser!

Dem Himmel sei Dank ließ er sich das nicht zweimal sagen. Er wich vor Kenny und Chen zurück, immer weiter zum Ausgang der Gasse. Als Josua plötzlich samt einem selbstgefälligen Grinsen auftauchte, zuckte nicht nur Kate zusammen, sondern auch Aaron. Er zögerte, doch da sprang Chen vor. Aaron wirbelte herum und rannte, als wäre der Teufel hinter ihm her.

»Wehe euch, er entkommt!«, rief Jo seinen Schergen hinterher, wandte sich zu Kate um und starrte zu ihr herab. Twinkey schrillte in seiner Hand, und seine Reifen drehten sich vergebens in der Luft.

»Lass ihn runter!«

»Wie süß«, höhnte Jo. »Wir beide werden noch unseren Spaß miteinander haben.«

»Ich kündige«, blaffte Kate und trat nach ihm. Sie zielte auf sein Knie, leider streifte sie nur sein verflixtes Schienbein. Er packte sie an den Haaren und zerrte sie nach oben. Durch den Schmerz wurde ihr für einen Augenblick schwarz vor Augen. Kate wand sich, zappelte, aber es nützte nichts. Josua drückte ein Tuch in ihr Gesicht. Beißender Geruch flutete ihre Nasenhöhlen, ihren Mund und raubte ihr die Luft zum Atmen. Übelkeit stieg in ihr auf, die Dunkelheit schien sich auch noch um ihre eigene Achse zu drehen, und ehe sich Kate versah, schwanden ihr die Geister.

KAPITEL 19
RENNSPORT IST GESUND

Wo war er hier nur reingeraten?

Aaron taumelte auf den Gehweg, prallte mit einem Mann zusammen, um dessen Hals eine Kamera hing, aber er blieb nicht stehen. Er arbeitete sich den Bürgersteig entlang, verrenkte sich den Kopf nach hinten und verflucht, Kenny und sein Kumpan rannten ebenfalls aus der Gasse. Sie brauchten vielleicht zwei Sekunden, um ihn zu erspähen. Aaron war auch wirklich nicht zu übersehen. Ein blonder Europäer, der nahezu alle hier überragte und nur mühsam vorankam. Zu allem Überfluss wälzte sich ihm eine Touristengruppe entgegen. Eine undurchdringliche Mauer menschlicher Leiber.

Aaron warf sich nach links, direkt auf die Straße, rannte zwischen hupende Autos. Eines bremste knapp vor ihm, der Fahrer hängte sich aus dem Seitenfenster und schimpfte. Ohne auf ihn zu achten preschte Aaron weiter. Er erwischte die Grünphase der Fußgängerampel, genauso wie seine Verfolger. Sie kamen beharrlich näher. Und ausgerechnet heute sah er weit und breit keinen Polizeibeamten. Sonst regelte doch immer einer auf der Kreuzung den Verkehr. Aber jetzt war er nicht da! Zur Hölle. Stehen bleiben kam nicht infrage. Also weiterrennen, entlang eines Gebäudes, an dem ›Happy Valley‹ stand. Die Pferderennbahn! Vielleicht konnte er seine Verfolger hier abschütteln. Und dann musste er so schnell wie möglich zu Kate zurück!

Erneut sah Aaron nach hinten, warf einen Blick auf Kenny, der mit jedem Schritt aufholte. Grundgütiger, stand der gut im Training. Aaron streifte eine Laterne, für einen Moment kam er aus dem Tritt, wieder eine Sekunde der

Unachtsamkeit, in der Kenny an Boden gewann. Aaron mobilisierte seine letzten Reserven, jagte die Glasfenster entlang und geriet in eine Traube Menschen, die allesamt in die gleiche Richtung strebten, zum Ende des Gebäudes. Die wenigen Stufen nach unten nahm Aaron mit einem großen Sprung, mit einer Eintrittskarte hielt er sich gar nicht erst auf. Er machte einen Satz über das Geländer, zu den Tribünen.

»Stop!«, brüllten Uniformierte im Chor. Sicherheitspersonal, eigentlich seine Rettung. Nur hatte Aaron keine Ahnung, wie er ihnen auf die Schnelle seine Situation erklären sollte. Sich festnehmen zu lassen könnte zwar eine Nacht im Knast und in Sicherheit bedeuten, aber da war immer noch Kate! Josua hatte sie, dieser verdammte Dreckskerl! Er würde ihm dafür jeden Knochen einzeln brechen! Ach was, Twinkey würde das übernehmen. Schön langsam!

Mit langen Sätzen fegte Aaron die Treppen der Zuschauertribünen hinauf und blieb auf einem Absatz keuchend stehen. Verdammt, er hatte auf einen winzigen Moment Verschnaufpause gehofft, aber Kenny erreichte gerade das Ende der Steintreppe, den blonden Chinesen auf den Fersen.

Aaron stützte sich auf dem Geländer ab, zwang sich die Stufen nach oben. Seine Seite stach, er bekam kaum Luft, und seine Lunge rasselte. Vielleicht hätte er auf seinen Arzt hören und joggen sollen. Muskeltraining war doch nicht alles. Aber diese Erkenntnis kam eindeutig zu spät. Völlig verschwitzt landete Aaron in einem Raum mit langen Stehtischen und Chinesen, die ihre Nasen über Zeitungen hielten und mit einem Kuli darin herumkritzelten. Ein paar starrten auf die blauen Anzeigetafeln. Aaron durchquerte eilig den Raum, schlüpfte in einen Aufzug, dessen Türen sich langsam zuschoben. Für einen kurzen Moment sah er den vorbeirennenden Kenny, da schlossen sich die Türen endgültig. Der Fahrstuhl setzte sich in Bewegung, die Zahl auf der Anzeige sprang von eins auf zwei. Der Lift hielt, Aaron ließ seinen Mitfahrer zuerst aussteigen und trat dann ebenfalls hinaus. Vielleicht gab es eine Außentreppe, die er nehmen konnte. Allerdings stellte sich ihm ein uniformierter Mann in den Weg. »Ticket?«

Aaron schüttelte den Kopf, wollte weitergehen, aber der Aufpasser stellte sich ihm in den Weg.

»Your ticket, please!«

Verflucht! An den Glastüren zu den Zuschauertribünen prangte ›VIP‹. Das Wort kannte sogar Aaron. Hier kam man nur mit einer goldenen Eintrittskarte oder so ähnlich hinein. Der Beamte ließ Aaron nicht einen weiteren Schritt machen, sondern stand unerbittlich wie die Chinesische Mauer vor ihm. Wenn er ihn nicht k. o. schlagen wollte, musste er sich einen anderen Weg suchen.

Widerwillig stieg Aaron erneut in den Lift und fuhr wieder nach unten. Er musste schleunigst hier raus, aber unauffällig! Nur konnte Kenny in dem Gewühl wesentlich besser untertauchen als Aaron. Zum ersten Mal verwünschte Aaron seine Körpergröße. Über andere hinwegsehen zu können, hatte nicht nur Vorteile.

Als sich die Aufzugstüren öffneten, spähte Aaron hinaus. Kein Kenny samt Kumpan in Sicht. Eilig stieg Aaron aus und ging an den Wettschaltern vorbei, an denen die Wettsüchtigen Schlange standen. Andere schlürften ihre Suppe und stippten unabsichtlich ihre Zeitung hinein, weil sie die Augen nicht von dem Papier oder den Bildschirmen lösen konnten. Ohne seine Verfolger auch nur einmal gesehen zu haben, trat Aaron erneut hinaus zu den Zuschauertribünen. Er duckte sich inmitten der Besucher, die nach einem Platz suchten. Aaron erreichte die Hälfte der Treppe, als an deren Fuße Kenny auftauchte und sich suchend umsah. Aaron erstarrte, verbarg sich hinter einer alten Dame, die einen Sonnenschirm über dem Kopf hielt. Hoffentlich sah Kenny ihn nicht. Aber da erspähte die Alte einen freien Platz, drängelte sich in eine der Sitzreihen, und seine Tarnung war dahin. Ausgerechnet in diesem Moment drehte sich auch Kenny in seine Richtung. Mit einem Aufschrei zeigte er auf ihn. Verdammt! Aaron wetzte wieder die Treppe hinauf und landete einmal mehr in dem verfluchten Wettbüro! Ihm blieb nicht viel anderes übrig, als den Gang entlangzujagen. Links und rechts gab es keine Auswege – nur die Ausgänge zu den Tribünen oder die Lifts. Und irgendwann war der längste Flur zu Ende. Aaron wähnte sich bereits in der Falle, aber da sah er tatsächlich eine Tür! Er hörte Kennys Stimme hinter sich, zerrte an der Klinke, und dem Himmel sei Dank, sie war offen.

Aaron rannte erneut aus dem Gebäude, landete neben dem letzten Block der Zuschauertribüne. Hier gab es keine Sitze mehr, sondern nur einen runden, mit Sand bestreuten Platz. Kein Mensch war hier, dafür erkannte Aaron die Spuren von Pferdehufen und Stiefeln. Aber der Platz war von dem Rest des Geländes abgetrennt, nur ein offenes Tor, aus dem Gewieher drang, führte zur Rennbahn. Wo sollte Aaron hin? Quer über die Rennbahn und dann über den Zaun auf die Straße?

Das war eigentlich die perfekte Idee. Für eine winzige Sekunde. Ein Schrei ließ Aaron aufsehen, über dem Tribünengeländer erschien der blondierte Haarschopf seines Verfolgers, und aus der Tür hinter ihm stolperte Kenny.

Aaron machte einen Satz über die Absperrung, rannte zu dem Tor und fand sich prompt in einem Stall wieder. Die meisten Pferde standen in ihren Boxen, einige waren bereits aufgezäumt und wurden von ihren Pflegern versorgt, die Aaron allesamt erstaunt anstarrten.

Ein Rennreiter hielt die Zügel seines Pferdes in der Hand. Aaron konnte nicht mehr klar denken, er folgte nur noch seinem Fluchtinstinkt. Er rannte auf das Pferd zu, schwang sich mit einem Satz in den Sattel und griff nach den Zügeln. Der Jockey war viel zu verdutzt, um daran festzuhalten. Die Riemen rutschten ihm zwischen den Fingern hindurch, da stieß Aaron bereits seine Fersen in die Flanken des Grauschimmels. Die Hufe klapperten über den Boden, das Tier fegte an Kenny vorbei, der Blonde sprang so schnell zurück, dass er den Halt verlor. Auf dem Rücken des Pferdes jagte Aaron über den sandigen Platz auf die Rennbahn. Die Menge jubelte, und Aaron dankte seinen Eltern für den Reitunterricht, den sie ihm in jungen Jahren aufgezwungen hatten. Blieb nur noch zu hoffen, dass der Gaul auch springen konnte. Das Tier folgte der Bahn, und Aaron ließ ihm für einen Moment diesen Willen. Schließlich lenkte er den Hengst in die Mitte, bevor er ihn in der Kurve geradewegs auf die Brüstung zu laufen ließ und das Tempo drosselte. Und was sollte er sagen? Das Pferd war hervorragend! Sollte Aaron noch mit ein wenig Vermögen aus der Misere gehen, würde er den Grauschimmel ungesehen kaufen! Die Eleganz, mit der dieser über das Hindernis hinwegsetzte, hätte sogar Pegasus vor Neid grün werden lassen.

Kate fühlte sich furchtbar, als sie wieder zu sich kam. Twinkey rammte mit einem Fiepen, das für ihre Begriffe ziemlich panisch klang, ständig ihre Schulter. Ihr Mund war trocken wie die Wüste, sie bekam kaum Luft und hatte immer noch den widerlichen Geruch des Betäubungsmittels in der Nase.

»Mir geht's gut«, murmelte Kate, als Twinkey mit einem schrillen Sirenenton im Kreis um sie herumfuhr. Oh Gott, das Bild war schon verschwommen genug, durch den ständig vorbeisausenden Twinkey wurde ihr auch noch übel. Der Schnitt an ihrem Hals brannte, aber immerhin war sie noch in der Lage, sich darüber aufzuregen. Twinkey blieb tuckernd neben ihr stehen. War er an ihren Kopfschmerzen schuld? Sie fühlte sich, als hätte Twinkey ein Dutzend Mal mit vollem Karacho ihre Stirn gerammt. Ihr schwindelte, als sie sich aufsetzte, und sie rieb sich die Schläfen. Wo zum Teufel war sie?

Den Boden unter ihr bedeckte ein hellgrauer Teppich. Okay, also kein Lagerhaus, in dem sie niemand schreien hörte? Ihr Blickfeld schwankte zwar, aber es erweiterte sich.

Ihr Blick schweifte zu einem Regal mit Büchern, Ordnern und einer Flasche Whisky samt Gläsern. Daneben blanke, weiße Wand, bis sie schließlich zu einem Schreibtisch sah. Dahinter stand ein Chefsessel und in dem saß, die Beine auf den Tisch gelegt … Josua Demmings. Wäre auch zu schön gewesen, wenn sie nur vor ein Auto gestolpert, einen Schlag gegen den Kopf und davon Albträume bekommen hätte. Mist. Wenn Josua hier war, dann war der böse Traum echt. Der Überfall, der verflixte Mistkerl Kenny und Aaron.

Warum war der überhaupt da gewesen? Er hätte doch im Flieger sitzen müssen!

Vorsichtig setzte sich Kate auf, die Welt schwankte immer noch, und ihr Herz raste.

»Dornröschen ist erwacht«, spottete Josua.

»Fick dich!«

»Wie erwachsen.«

»Sagt der Typ, der andere entführen lässt, weil er es sonst nicht hinbekommt«, fauchte Kate.

»Falsch«, korrigierte Jo. »Sagt der Typ, dem keine andere Wahl als Erpressung bleibt. Wäre Aaron nicht so ein Idiot, könnten wir uns diesen Schwachsinn hier sparen.«

»Kidnapping ist für dich Schwachsinn?« Und vor allem, war es das alles wert? Okay, blöde Frage. Um ein paar Milliarden zu verdienen, würde sie auch jemanden verschleppen. Vermutlich konnte Kate von Glück reden, dass sie in einem Büro mit Teppich gelandet waren und nicht im Hochsicherheitstrakt eines Gefängnisses, dessen bequemstes Interieur der Betonfußboden war.

»Hörst du endlich auf zu nörgeln?«, fragte Jo eisig. »Ich wusste nicht, dass Aaron auf weinerliche Weiber steht.«

»Komm her, und ich zeig dir, was weinerliche Weiber können«, zischte Kate.

Sie würde liebend gern aufstehen und dem verfluchten Mistkerl die Nase brechen! Nur würde sie vermutlich beim ersten Schritt wieder umkippen. Wenn Jo nicht gerade Swing tanzte, war dessen Geschaukel nicht normal. Der Schreibtisch wankte auch ziemlich, genau genommen der ganze Raum!

Kate kämpfte sich auf die Knie, Übelkeit drängte sich in ihrem Inneren nach oben. Sie hätte nichts dagegen, diesem Bastard auf den Teppich zu kotzen, aber sie stieß nur auf.

Twinkey stupste sie vorsichtig an und rollte ihr hinterher, als sie über den Boden kroch, sich an das Fensterbrett klammerte und sich daran nach oben zog. Mist, jetzt drehte sich alles mit Überschallgeschwindigkeit. Mit zusammengekniffenen Augen fixierte sie den Riegel, packte ihn und riss den Fensterflügel auf. Warme Luft schlug ihr entgegen. Sauerstoff, den sie hektisch einsog. Vielleicht hörte endlich dieses beschissene Karussell in ihrem Kopf auf. Sie brauchte ihren ganzen Verstand und irgendetwas, was sie Jo über den Schädel ziehen konnte. Dann würde sie ihm das Tuch mit dem Betäubungsmittel bis zum Anschlag in den Hals stopfen! Damit sie genügend Zeit hatte, Aaron zu finden. Sie presste die Hand gegen die Schläfen. Er war zurückgekommen. Wegen ihr? Wenn Jo ihm etwas antat, würde sie ihn im nächstbesten Keller einbetonieren!

»Ist ja widerlich«, sagte Jo, als sie sich nach vorn beugte und ihm tatsächlich auf den Teppich kotzte.

KAPITEL 20
JAMES BOND HATTE ES LEICHTER

Aarons Pegasus ließ sich auch vom Straßenlärm nicht erschüttern. Er trabte anmutig über die Straße hinweg, als sei es eine Meisterkür. Die Passanten wichen aus und zückten ihre Handys. Von diesem Ausflug würde bald nicht nur ein Erinnerungsvideo existieren. Aber endlich hatte er seine Verfolger abgehängt. In einem Park stieg Aaron ab, führte den Hengst auf eine Wiese und schlang die Zügel um einen Baumstamm.

»Ich stehe ewig in deiner Schuld«, beteuerte Aaron dem Tier, klopfte ihm den Hals und sah zu, dass er sich schnell in den Weiten der Grünanlage verlor. An einem Teich setzte sich Aaron auf eine Bank und atmete tief durch. Er war in Sicherheit. Wie stand es um Kate? Verflucht, er könnte sich nicht mal zu einem Polizeirevier kutschieren lassen. Er hatte bis auf wenige Münzen kein Geld mehr, die letzten Scheine hatte er dem Taxifahrer für die Fahrt vom Flughafen zum Hotel gegeben. Und so wie der ihm hinterhergebrüllt hatte, waren es vermutlich zu wenige gewesen. Aber der Fahrer konnte immer noch Aarons Gepäck versetzen, denn das hatte er zurückgelassen, um Kate und Kenny nachzugehen. Die beiden zusammen zu sehen, hatte ihn vor Eifersucht fast umgebracht. Jetzt sorgte womöglich Jo für sein vorzeitiges Ende. Wenn es scheiße lief, dann bitte mit allen Konsequenzen. Mit der Hand strich Aaron über sein Gesicht, zog sein Handy heraus und wählte Jos Nummer.

Sein Herz klopfte heftig, während er dem Rufton lauschte.

»Wenn du noch in der Lage bist, zu telefonieren, haben Kenny und Chen Mist gebaut«, schnarrte Jos Stimme.

»Wo ist Kate?«

»Bei mir.«

»Lass sie gehen«, bat Aaron. »Sie hat mit all dem nichts zu tun.«

Jo lachte bellend. »Mittlerweile hat sie das. Lucy hat mir von dem Knistern zwischen euch und dem Geschmuse vor der Herrentoilette erzählt.«

»Wir haben nicht geschmust!«

»Jetzt sag nur, sie hätte dich nicht rangelassen.«

Aaron schwieg. Warum sollte er sich auf Jos Niveau herunterlassen? Aber anscheinend fasste sein ›Freund‹ Aarons Schweigen als Bestätigung auf.

»Du Trottel knallst eine Frau nicht einfach nur, du liebst sie«, knurrte Jo. »Wenn du herkommst, überlege ich mir noch mal, ob ich sie wirklich brauche.«

»Wo seid ihr?«

»Selbst wenn ich dir die Adresse sagen würde, könntest du uns ja doch nicht finden«, höhnte Jo. »Sag mir, wo du bist, denn das Handy des Technik-Geeks kann ich ja leider nicht orten. Kenny und Chen werden dich abholen.« Sein Tonfall wurde hämischer. »Nur werden sie nicht allzu nett zu dir sein. Aber ein paar blaue Flecken werden dir nicht schaden. Sie müssen nur dein Gehirn heil lassen.«

Wenn ihm das Kate einbrächte, würde Aaron sogar eine Gehirnerschütterung akzeptieren. Aber Jo war nicht zu trauen. Aaron könnte ihm die Weltherrschaft zu Füßen legen, nichts würde Jo davon abhalten, Kate wehzutun.

»Wo bist du?«, schnarrte Jo.

Diesmal war es Aaron, der zynisch wurde. »Du solltest wissen, dass ich selten weiß, wo ich bin.«

»Dann gib deinen Standort auf dem Handy frei.«

»Okay.«

»Und rühr dich nicht vom Fleck. Wir wollen doch nicht, dass deiner holden Maid was zustößt?«

Blanke Abscheu erfasste Aaron, so stark, dass er unwillkürlich auflegte. Dieser Mann war sein Freund *gewesen*, und jetzt führte er sich auf wie ein verdammter Diktator. Als wäre er beim Paten persönlich in die Lehre gegangen. Aaron wählte die Einstellungen seines Handys und sandte Jo seinen Standort. Wenn er es nicht sofort tat, würde es Jo misstrauisch machen, und allein der Himmel wusste, ob er seine Drohung nicht wahr machte. Aaron könnte es sich nie verzeihen, wenn Kate wegen ihm Schmerzen litt. Oder gar ihr Leben verlor … Aber sollten Jos Halunken immer noch auf der Rennbahn nach ihm suchen, hatte Aaron vielleicht eine Chance, Jo *seine* Regeln aufzuzwingen. Er wählte Carmens Nummer.

Sie meldete sich nicht mit ihrem Namen, sondern fragte: »Wann ist die Hochzeit?«

»Jo dreht durch.«

»Wenn ich mir die Zahlen ansehe, hat er den Verstand schon vor zwei Jahren verloren.«

»Das meine ich nicht«, rief Aaron aus. »Er hat Kate entführt.«

»Was?«

»Besitzt die Firma irgendwelches Eigentum in Hongkong?«

»Nicht, dass ich wüsste.«

»Irgendwas gemietet?«

»Nein.«

Fuck! »Hören Sie mir gut zu«, sagte Aaron. »Sie werden jetzt Jos Handy hacken. Mein Handy hat nicht die notwendigen Programme, aber der Laptop in meiner Werkstatt. Gehen Sie dorthin.«

»Ich sitze schon davor. Es ist der einzige Raum im Gebäude, in dem es keinen wundert, wenn hier mal jemand schreit. Ich studiere nämlich gerade die Kontobewegungen der letzten Jahre.«

Toll. Selbst in der größten Scheiße fühlte sich Aaron beleidigt. In seiner Werkstatt brüllte höchstens er – wenn die Technik nicht das machte, was sie verdammt noch mal sollte! »Klicken Sie das weg.«

Schritt für Schritt lotste Aaron Carmen durch seine Software, gab ihr die Passwörter zu seinem Allerheiligsten durch und ließ sie Programme bedienen, die Jos Abwehr sabotierten. Er hatte diese schließlich selbst geschrieben. Jeder Programmierer ließ sich ein Hintertürchen offen. Angespannt hielt Aaron das Telefon gegen sein Ohr gepresst, sah sich immer wieder suchend um und ging vor der Bank auf und ab.

»Oh, Koordinaten«, sagte Carmen plötzlich.

»Sagen Sie mir die Adresse.«

»Warten Sie, ich muss sie erst eingeben.«

Stimmen erklangen, die Aaron einen Schauer über den Rücken schickten. Die höhere, weichere von Kenny und die tiefe Stimme Chens, die die gleiche Gefühlskälte ausstrahlte, mit der er agierte.

»Beeilen Sie sich«, flehte Aaron, wich hinter eine kleine Mauer zurück und duckte sich mit seinem Handy am Ohr.

»Scheiß Internetverbindung«, fluchte Carmen.

Kenny und Chen näherten sich der Bank, sahen sich um und dann auf Chens Smartphone. Fuck. Gleich hatten sie ihn. Aaron wich unaufhörlich und so leise wie möglich zurück.

»Ich hab's«, rief Carmen. »Der Hauptsitz von Hongkong Garden Inc. Die Adresse ist-«

Mehr musste Aaron nicht hören. Er drückte das Telefonat weg, ließ das Handy fallen und schlich durch das Gebüsch. Er hörte es hinter sich rascheln, zunehmend lauter, und er konnte Kennys zerrissenes Hemd durch die Blätter sehen. Sie kamen näher. Aaron schob sich den breiten Stamm eines Baumes entlang, presste sich mit dem Rücken dagegen.

Die hitzigen Stimmen Kennys und Chens erklangen, ein unverständliches Kauderwelsch, bis Kenny plötzlich rief: »Aaron? Dr. Merkenthaler?« Für einen Moment schwieg er, bis er mit starkem Akzent sagte: »Kate wartet, bei uns! Sie weint.«

Aaron zuckte bei Kates Namen zurück. Sein ganzer Plan fußte lediglich darauf, dass Jo wusste, wie sehr er Kate brauchte. Sie war sein Druckmittel. Nur mit ihr könnte er Aaron dazu zwingen, ihm Zugang zu Twinkey und den Programmierungen zu geben.

Kenny und Chen tauchten auf dem Weg, nur wenige Meter von ihm entfernt auf. Sie näherten sich einer kleinen Brücke. Gleich würden sie ihn hinter dem Baum sehen, und hier war kein Gebüsch mehr. Nur ein Teich. Das war die Idee.

So leise wie möglich ließ sich Aaron zu Boden sinken und in das Wasser gleiten. Er holte tief Luft, tauchte und schwamm zu der Brücke, unter der Kenny und Chen standen. Mit einem leisen Plätschern tauchte er auf und drückte sich in den Schatten der Brückenpfeiler. Wenn sie ihn jetzt sahen, war er am Arsch.

Während Jo telefonierte, starrte Kate aus dem Fenster. Wenigstens ließ der Nebel in ihrem Kopf endlich nach. Ihr Magen blieb auch ruhig, und in ihrem Gehirn ratterte es. Nur nützte es ihr nichts. Ihr Ausblick beschränkte sich mal wieder nur auf einen Hinterhof, gesäumt von vier Wolkenkratzern. Es roch nach Essen, vielleicht war im gleichen Haus ein Restaurant. Allerdings grenzte das ihren Aufenthaltsort nicht im Geringsten ein. Es gab zu viele Appartements in Hongkong, die man zu einem geheimen Büro umfunktionieren konnte! In beinahe jedem Wolkenkratzer gab es ein Restaurant. Meistens in der ersten oder zweiten Etage. Sie waren hier bestimmt im fünften oder sechsten Stock. Aus dem Fenster zu türmen grenzte an Selbstmord. Kate würde es nie schaffen, sich an einer Regenrinne nach unten zu hangeln. Sie hing über dem Fensterbrett, ihre Knie zitterten, und käme sie auf die Idee, sich jetzt nach Twinkey zu bücken, würde sie wie eine phlegmatische Schildkröte auf den Rücken fallen und liegen bleiben.

»Schließ das Fenster«, schnarrte Jo. »Ein falscher Mucks, und ich verliere endgültig die Geduld. Du willst nicht dabei sein, wenn ich die Geduld verliere.«

»Du brauchst mich doch noch«, murmelte Kate. »Sonst hättest du dir nicht die Mühe gemacht, mich herzuholen.«

»Du bist ja doch nicht so dumm.«

Kate presste die Kiefer aufeinander und warf ihm einen bösartigen Blick zu. »Funktioniert nur leider nicht, wenn er nicht hier ist.«

»Keine Sorge, dein heiß geliebter Chef wird dir bald Gesellschaft leisten«, versprach Jo eisig. Er ging zu dem Regal an der Wand, nahm die Scotchflasche heraus und schenkte sich ein Glas ein. »Kenny sammelt ihn gerade ein.«

Oh, bitte, hoffentlich war Aaron nicht tatsächlich so bescheuert! Er sollte zur Polizei gehen, vielleicht fanden die einen Dolmetscher für ihn. Wenn er sich hierherbringen ließ, würde nicht mal mehr Twinkey oft genug ›Kuschelchen‹ rufen können!

Mit dem Glas in der Hand kam Jo auf sie zu und er musste sie nicht vom Fenster wegzerren. Sie trat freiwillig zur Seite und lehnte sich gegen die Wand. Jo schloss das Fenster mit einem Krachen, warf erst ihr einen giftigen Blick zu und dann einen angewiderten zum Ergebnis ihrer Übelkeit auf dem Boden. »Ich weiß wirklich nicht, was er an dir findet.«

»Vielleicht verspotte ich ihn nicht wie ein anderes Arschloch mit kleinem Ego und noch winzigerem Penis!«

Jos Lippen kräuselten sich verächtlich. »Mach dir mal um meine Ausstattung keine Sorge. Sie hat gereicht, um ein Baby zu zeugen.«

Das Klingeln eines Telefons ließ sie zusammenzucken. Jo marschierte zum Schreibtisch zurück und nahm das Gespräch an. Was immer er hörte, es schien ihm nicht zu gefallen. Sein Gesicht verzerrte sich zu einer Fratze der Wut, und er schlug mit der Faust auf den Tisch. Sein Blick war kalt, als er auflegte und auf sie zuging. Unwillkürlich rutschte sie auf das Fensterbrett, nur um wenigstens etwas Abstand zwischen sie zu bringen.

»Schlechte Nachrichten für dich, Prinzessin«, presste Jo hervor. »Aaron ist seine Moral wichtiger als du.«

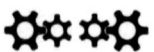

Hoffentlich hatte er sich nicht vollkommen verrechnet und Kate tauchte irgendwann verstümmelt in irgendeiner Gasse

Hongkongs auf. Würde Jo tatsächlich so weit gehen? Nein, so verrückt war doch nicht mal er.

Während Aaron durch den Park schlich, sich immer hinter Büschen und Bäumen haltend, schwankte er zwischen kühler Berechnung und blanker Angst um Kate. Menschen waren nicht logisch. Sie waren keine Maschinen, die aufgrund ihrer gespeicherten Daten Schlussfolgerungen zogen und reagierten. Er hatte keine Ahnung, was Jo antrieb. Geldgier, groß genug, um einem Menschen ernsthaft wehzutun? Vielleicht hatte sein Freund auch völlig den Verstand verloren und nichts und niemand konnte mehr vorhersagen, was er als nächstes tat.

Kenny und Chen schien er abgehängt zu haben. Sie waren weitergegangen, erst zehn Minuten nach ihrem Verschwinden hatte sich Aaron aus dem Wasser getraut. Jetzt war er mit seinen tropfenden Klamotten nicht der unverdächtigste Anblick, aber keiner hielt ihn an. Er musste raus aus dem Park und dann zu dem Restaurant. Am Ausgang bog er auf die Straße. Als erstes musste er zurück zur Rennbahn, dann zum Hotel. Dort fuhr die Straßenbahn. Diesmal durfte er es nicht vermasseln, er durfte sich nicht verirren.

Mit seinem Handy könnte er wenigstens Twinkeys GPS-Punkt folgen. Aber sein verdammtes Handy war ja weg. Irgendwie hatte er ja Jo hinhalten müssen. Vielleicht hätte er sich doch mehr Filme ansehen sollen, Actionfilme mit Superhelden oder Meisterspionen. Dann würde er nicht wie ein Depp durch Hongkong irren und das Beste hoffen.

Zu allem Überfluss fand er nicht einen einzigen Polizisten. Er könnte nach einem Revier suchen, aber nein, er durfte nicht von seinem Weg abweichen. Nur einmal falsch abbiegen und er war am Arsch. Dann fand er Kate nie. Auf der Straße entdeckte Aaron plattgefahrene Pferdeäpfel. Okay, er war hier entlanggekommen und soweit er sich erinnerte, war er eigentlich mit dem Tier nur geradeaus getrabt. Er eilte über den Gehweg und tatsächlich! Da war das Gebäude mit der Aufschrift ›Happy Valey‹!

Kenny hielt ihn hoffentlich nicht für dumm genug, genau dahin zurückzukehren. Hoffentlich dachten alle, er verlöre sich im Gewühl der Stadt, ohne jegliche Orientierung. Vor dem Gebäude setzte sich Aaron auf eine Beeteinfassung. Dort, auf der gegenüberliegenden Seite war das Hotel und auf der Hälfte der Straße die Haltestelle der Cable Car.

Es gab zum Glück auch nur die Haltestelle für eine Richtung, die andere sah er ein Stück die Straße hinunter. Aber das war zweifelsfrei der Haltepunkt, an dem sie eingestiegen waren.

»Sir?«, sprach ihn ein Mann an. Er trug eine Uniform. Himmel, beinahe jeder hier trug eine Uniform, selbst die Reinigungskräfte. War er jetzt ein Hausmeister, ein Straßenkehrer oder tatsächlich ein Polizist?

Aber da hing auch eine Waffe an seinem Gürtel. Das schloss den Hausmeister doch wohl hoffentlich aus.

»Are you okay?«, fragte der Mann.

Aaron rappelte sich auf und schüttelte den Kopf. »Nicht okay. Kate wurde entführt.«

Zugegeben, woher sollte der Mann wissen, wer Kate war? Aber so verständnislos, wie der ihn ansah, spielte der Name ohnehin keine Rolle.

»Entführt«, sagte Aaron noch mal. »Kate weg.« Er machte eine Handbewegung, von der er nicht mal selbst wusste, was sie eigentlich darstellen sollte. Wie sollte er dem Kerl klarmachen, dass mitten in Hongkong hinterhältige

Geschäftspartner Frauen kidnappten? Und mit seinem Handy war natürlich auch die Übersetzungs-App weg. Was war er nur für ein Idiot?

»Can I help you to find your hotel??«

»Sie wurde am Hotel entführt!«

Der Gesichtsausdruck seines Gegenübers wurde nicht schlauer. »Do you speak english?«

»No!«, rief Aaron frustriert aus und sagte zum vierten Mal: »Entführt.«

Was war er nur für ein Narr? Und wenn er es noch zehn Mal sagte, der Mann verstand es trotzdem nicht. Er könnte es auch quer über die Straße brüllen, am Ende würden es nicht mal Kenny und Chen verstehen. Die würden ihn nur einfangen und zu Jo schleppen. Außerdem kam da gerade die Straßenbahn.

Aaron stürzte über die grüne Ampel, rannte zu der Haltestelle und schwang sich in die vollgestopfte Bahn. Sein rechtes Bein hing noch draußen, als sich die Cable Car in Bewegung setzte, aber das schien niemanden zu stören. Vierzehn Haltestellen. Ja, es waren vierzehn gewesen. Wenigstens auf sein Zahlengedächtnis konnte er sich verlassen. Eins, zwei, drei. Ein paar Fahrgäste stiegen aus, Aaron konnte weiter ins Innere der Bahn rutschen, presste den Rücken gegen die Innenwand und krallte sich in die Haltestange. Zwischen der Haltestelle vier und fünf fuhr die Bahn so langsam, dass Aarons Herz so schnell schlug, dass er Angst vor einem Infarkt bekam. Nach dem siebten Halt löste sich der Stau auf. Sie fuhren an der Buchhandlung vorbei, die ihm bereits beim ersten Mal aufgefallen war, erreichten schließlich die zehnte Haltestelle. Nur noch vier. Sie schienen Stunden zu brauchen. Er drängte sich nach vorn, und als sie endlich an der richtigen Station hielten, steckte er seine letzten Münzen in den Kasten neben dem Fahrer. Hinter einer jungen Chinesin kletterte er die zwei Stufen hinunter und stand an einer Haltestelle, die so aussah wie alle anderen auch.

Wie immer schien ganz Hongkong unterwegs zu sein. Sie waren noch lange zu Fuß gegangen, aber wohin? Okay, er durfte jetzt nicht panisch werden. Kate hatte seine Hand genommen. Er meinte, ihre Berührung an seiner Hand zu spüren, das Kribbeln, das seinen Arm hinaufzog. Als würde sie wirklich daran ziehen, setzte er einen Fuß vor den anderen.

Kate konnte sich nicht helfen. Wahrscheinlich war es auch nicht die klügste Idee, aber sie grinste Jo hämisch an. Nie in ihrem Leben hatte sie es so gut gefunden, im Stich gelassen zu werden. Pure Erleichterung erfasste sie und Schadenfreude. Aaron war nicht auf den dämlichsten Erpressungsversuch aller Zeiten hereingefallen. Vielleicht war er sogar gerade wieder auf dem Weg nach Deutschland. Es wäre das Sicherste. Ob Jo den Flughafen überwachen ließ? Verflucht, höchstwahrscheinlich. Ihre Schadenfreude sank in sich zusammen. Der winzige Moment der Erleichterung wich blanker Sorge. Selbst wenn Aaron jetzt entwischt war, wie lange gelang es ihm noch? Er kannte hier niemanden. Ins Hotel konnte er nicht zurück. Es blieb tatsächlich nur die Polizei. Hoffentlich waren die in der Lage, ihm zu helfen. Bitte, bitte, wenn es einen Gott gab, dann konnte der ruhig mal seine Aufmerksamkeit auf Aaron richten! Am besten schickte er ihm einen Engel vorbei, der

Stadtpläne lesen konnte und in Sprachen nicht eine völlige Null war!

Ein Klopfen erklang an der Tür.

»*Qǐngjìn!*[2]«, schnarrte Jo, und Kenny trat ein, gefolgt von dem blonden Chinesen.

»Habt ihr ihn gefunden?«

Kenny senkte den Kopf. »Nein.«

Unweigerlich ließ Kate die Luft ab. Das war gut. Twinkey fiepte leise. Sie ließ sich auf den Boden sinken und legte ihre zitternde Hand auf ihn.

Jos Blick schweifte zu ihr, und unweigerlich machte sie sich ein Stück kleiner. Als könnte er sie nicht sehen, wenn sie in sich zusammenschrumpfte. Im nächsten Moment hasste sie sich selbst für das Eingeständnis ihrer Angst.

»Kann das Ding jemanden orten?«, fragte Jo.

»Das Ding heißt Twinkey«, fauchte sie. »Und nein, kann er nicht. Zumindest wüsste ich nicht, wie.«

Jo knurrte unterdrückt, und Kenny streckte ihm ein Smartphone entgegen. »Sein Handy«, sagte er zu Jo.

Der schnaubte. »Er muss mich für sehr dämlich halten, wenn er denkt, dass ich darauf hereinfalle. Das Ding explodiert am Ende noch.« Er schüttelte den Kopf. »Dieser Trottel ist allein nicht überlebensfähig. Also hat er Hilfe, aber wo hat er die herbekommen? Prinzesschen ist ja hier …« Jo trommelte mit den Fingern auf der Tischplatte, plötzlich verzogen sich seine Lippen zu einem hässlichen Lächeln, und er griff nach seinem eigenen Handy.

Er wählte und legte es auf den Tisch.

---

[2] Herein!

»*Merkenthaler und Demmings System Solutions*. Guten Tag, Sie sprechen mit Carmen ...«

»Seit wann so förmlich, liebe Carmen?«, spottete Jo.

Für einen Moment blieb es am anderen Ende der Leitung still. »Hallo Josua.« Carmens Stimme klang gezwungen unbekümmert, Josua schien es genauso wenig zu entgehen wie Kate. Er grinste noch dreckiger.

»Hat sich Aaron bei Ihnen gemeldet?«, schnurrte er.

»Nein.«

»Sie sind eine schlechte Lügnerin, Carmen«, höhnte Jo. »Aaron ruft immer zuerst Sie an, wenn er was versaut.«

»Ich weiß nicht, wovon Sie reden ...«

»Vielleicht hilft Ihnen das ja ein wenig auf die Sprünge.«

Jo schnippte mit dem Finger, deutete erst auf Kenny, dann auf Kate. Was zum Teufel sollte das werden? Kate sprang auf und wich vor dem Mann zurück, aber ihre Knie waren immer noch weich. Sie fühlten sich wie Pudding an, und für einen Moment schwindelte ihr. Ausgerechnet Kenny bewahrte sie vor dem Fall, packte sie am Arm und hielt sie aufrecht.

»Brich ihr einen Finger oder irgendwas«, befahl Jo auf Chinesisch.

Das würde dem so passen! Kate tastete über Kennys Brust, was diesen zu verunsichern schien. Er zögerte, und da erfühlte sie die kleinen Erhebungen unter dem Hemd. Mit aller Kraft packte sie seine Nippel und drehte sie herum. Kenny brüllte vor Schmerz, zappelte und entkam doch nicht ihrem Griff.

»Um Himmels willen, was ist bei Ihnen los?«, rief Carmen aus.

Erst grobe Männerhände, die Kates Haare packten, ließ sie ihren Griff lockern. Es fühlte sich an, als risse er ihr die Haarwurzeln aus. Unweigerlich schrie sie auf.

»Das ist jetzt übrigens Kate, die schreit«, sagte Jo trocken.

»Lassen Sie sie in Ruhe«, fauchte Carmens Stimme in den Raum hinein. »Wie können Sie nur …?«

»Es ist gar nicht so schwer«, erwiderte Jo. »Ich muss es ja nicht selbst tun. Und solange sie schreit, lebt sie schließlich noch. Wollen Sie hören, wie sie aufhört zu schreien?«

Was? Aber Kenny riss schon wieder an ihren Haaren. Was hatten die alle nur gegen ihre Frisur? Es tat so verflucht weh.

»Bitte lassen Sie sie«, flehte Carmen.

»Dann beantworten Sie meine Frage. Hat sich Aaron gemeldet?«

»Ja.«

»Wann?«

»Vor einer halben Stunde vielleicht.«

»Was hat er gesagt?«

»Dass es Probleme gibt.« Carmens Stimme war leise, kaum zu verstehen.

»Und was noch?«

»Dass Kate entführt wurde.«

»Richtig«, lachte Jo. »Und jeder weiß, von wem. Weiter.«

Für einen Augenblick ließ das Reißen an Kates Kopf nach, aber nur eine einzige Sekunde. Als Carmen nicht sofort antwortete, zerrte Kenny abermals an ihrem Skalp. Gequält schrie sie auf.

»Schon gut«, stöhnte Carmen. »Er hat mich Ihr Handy orten lassen. Wir wissen, dass Sie in einem Restaurant sind. Bitte, lassen Sie Kate gehen.«

»Ich gratuliere, Carmen, Sie sind gut …« Jo beugte sich über den Tisch und drückte das Telefonat weg. »Zu gut …«, knurrte er. »Ich werde mich ausführlich mit ihr auseinandersetzen müssen, wenn ich wieder in Deutschland bin.«

Endlich durfte Kate zu Boden fallen, ohne dass ihr jemand eine Glatze bescherte. Stöhnend hielt sie sich den Kopf. Das würde ihr dieser Kerl büßen!

Josua vergrub die Hände in den Taschen und trat ans Fenster. »Wenn er es wirklich bis hierher schafft, fress ich einen Besen. Aber wer weiß, vielleicht ist uns ja das Glück hold.«

Der Telefonhörer rutschte Carmen aus den zitternden Fingern, knallte auf den Schreibtisch, und sie presste die Hände auf die Augen. Das lief alles verkehrt! Warum war Hongkong nur so weit weg? Sie würde am liebsten ins nächste Flugzeug steigen, aber dann war sie erst in zwölf Stunden dort. Und bis dahin hatten die sich alle gegenseitig umgebracht.

Sie musste die Polizei verständigen, am besten die in Hongkong. Doch deren Nummer stand nicht auf der erstbesten Internetseite. Okay, dann erst Aaron.

Ihre Finger bebten, als sie Aarons Nummer wählte. Mit der freien Hand ergriff sie einen Kugelschreiber, rammte dessen Ende gefühlte hundertmal auf die Tischplatte. Die Mine sprang raus, wieder rein, wieder raus, wieder rein, und sie hörte nur das verdammte Freizeichen!

»Komm schon, Aaron, gehen Sie ran!«, schrie Carmen in den Hörer.

Die Tür öffnete sich, und Michelle steckte den Kopf in den Raum. »Alles in Ordnung?«

»Raus!«, brüllte Carmen. »Verschwinde! Lasst mich in Ruhe!«

»Aber nicht doch, Carmen.«

Sie erstarrte. Jemand hatte das Gespräch angenommen. Aber das war nicht Aarons Stimme, es war die von Jo. Sie rammte den Hörer zurück auf die Halterung. Ihr Herz raste. Was sollte sie jetzt tun? Jo hatte Aarons Handy, sie konnte ihn nicht warnen. Um Himmels willen, er lief geradewegs in eine Falle!

KAPITEL 21
EIN MANN, EIN SCHLAG

»Hier ist es!«

Er stieß die gleichen Worte aus wie Kate noch vor zwei Tagen. Beinahe hätte Aaron wie sie die Hand gehoben, aber er verkniff es sich. Es war das gleiche Schild – Hongkong Garden Inc. – nur verdeckte diesmal ein Bambusgerüst einen Großteil der Fassade. Es reichte bis zu einem Drittel der gesamten Hochhauslänge. Vielleicht konnte er ja hochklettern und Kate so finden?

Gerade starrte er unschlüssig das Gerüst hinauf, als er Stimmen hörte. Aaron huschte an der Front eines Lampenladens vorbei und verbarg sich in einer Nische. Den Mann, der soeben auf die Straße trat, kannte er nicht. Schwer zu sagen, ob es ein Gast des Restaurants war oder einer von Jos Handlangern. Er blieb stehen, sah sich um und wich schließlich wieder ein Stück die Treppe hinauf zurück. Vielleicht wurde Aaron schon paranoid, aber das Verhalten war für einen Gast merkwürdig.

Verflucht, wenn Aaron an ihm vorbeimarschierte, um auf das Gerüst zu kommen und durch die Fenster zu spähen, konnte er sich auch gleich selbst k. o. hauen. Nein, er musste einen anderen Weg hinein finden.

Die Nische, in deren Schatten er sich hielt, war nicht nur eine Nische. Als er sich umdrehte, erkannte er einen der schmalen Durchgänge, die es in jedem Viertel zu geben schien. Er führte ihn geradewegs in einen kleinen Hof. Er war nicht sonderlich groß. In einer Ecke standen Müllcontainer, und an der Fassade des Hauses, in dem sich das Restaurant befand, hingen zwei Geschirre für Fensterputzer. Kein Lift, sondern einfach nur Geschirre wie bei Bergsteigern, an denen Putzeimer und Wischer hingen. Aaron sah sich nach den Arbeitern um, aber außer ihm war niemand hier.

Er spähte durch die Fenster des untersten Geschosses, aber hier gab es nichts weiter als dunkle Räume. Keine Kate. Er konnte sein Glück nur weiter oben versuchen. Mit diesem verdammten Geschirr der Fensterputzer. Wenn er sich nicht zu dumm anstellte, schaffte er es bis in den sechsten Stock, dort stand ein Fenster offen. So kam er wenigstens in das Gebäude hinein.

Aaron stieg mit zitternden Knien in die Gurte, zurrte sie fest und fummelte an den Sicherungsseilen herum, bis er deren Prinzip verstand. Er stemmte die Füße gegen die Fassade, stellte immer wieder das Seil neu ein. Damit nach unten zu kommen war eindeutig einfacher als nach oben. Er hatte kaum die erste Etage erreicht, da korrigierte er das Halteseil nicht schnell genug und raste prompt hinab, bis ihn der Gurt hart auffing. Zum Teufel, Jo würde ihm das bezahlen!

Aaron setzte die müffelnde Kappe auf, die auch an dem Gürtel hing, und hangelte sich beharrlich Stück für Stück nach oben. Er spähte in jedes Fenster, lief vorsichtig zur Seite, soweit es das Seil zuließ und verrenkte sich den Hals, um durch so viele Scheiben wie möglich zu sehen.

Im zweiten Stock schien er bei der Küche des Restaurants zu landen. Das Glas war beschlagen, und er hatte Mühe, überhaupt etwas zu erkennen. Der Essenduft drang eindeutig aus einem Lüfter in der oberen Ecke der Scheibe. Er sah eine Handvoll menschlicher Schemen in weißen Kitteln. Wenn sie Kate nicht in den Ofen gesteckt hatten, war er hier wohl an der falschen Stelle. Aaron kletterte vorsichtig höher, versuchte sein Glück immer wieder, und schließlich machte sein Herz einen Satz.

Im sechsten Stock erspähte er einen blondierten Haarschopf, den er überall erkennen würde. Chen. Aaron hängte sich neben das Fenster, linste vorsichtig hinein.

Chen lehnte in der Nähe der Tür, und da war auch Josua. Als er durch das Zimmer wanderte, sah Aaron endlich Kate! Sie rieb sich den Kopf, und just in diesem Moment sah sie zum Fenster. Ihre Blicke begegneten sich, und sie riss die Augen auf. Schnell drehte sie den Kopf weg, aber Jo schien ihre Reaktion nicht entgangen zu sein. Aaron hechtete nach oben, zu dem Fenster obendrüber, zerrte den Wischer heraus, tauchte ihn in den Eimer mit brackigem Wasser und begann, das Fenster zu putzen. Unter sich hörte er das Knarren eines sich öffnenden Fensters. Himmel, wenn er eines nie gewesen war, dann ein Mann, der sich mit Putzmitteln die Hände schmutzig machte. Blieb nur zu hoffen, dass Jo nicht damit rechnete, dass Aaron der Fensterputzer war!

Mist, Mist, Mist! Hatte sie Aaron verraten? Josua beugte sich aus dem Fenster, sah nach unten, verrenkte sich den Hals, um nach oben zu spähen. Sie musste ihn ablenken. Schleunigst!

Kate sprang auf die Füße und hechtete zu dem Schreibtisch. Dort lag immer noch Aarons Handy. Wenn dieser Bastard es nicht anrühren wollte, dann hatte das hoffentlich einen Grund.

Sie betätigte die Entsperrtaste für den Bildschirm, wich Kenny aus, der es ihr wegnehmen wollte, und drückte hektisch irgendwelche Nummern. Hoffentlich täuschte sie sich nicht und Aarons Handy sperrte sich nur endgültig. Der Mann war ein Erfinder! Das Ding musste mindestens explodieren!

Josua fluchte, als ihm Wasser auf den Kopf tropfte. Er wich vom Fenster zurück und wirbelte zu Kate herum.

»Bleib stehen!«, fauchte Josua und griff in die Innentasche seines Sakkos.

Entsetzt starrte sie auf die Pistole, die er hervorzog und auf sie richtete.

»Was willst du damit?«, schnarrte Josua.

»Nichts.« Die dämlichste Antwort aller Zeiten, aber eine bessere fiel ihr nicht ein! Das zweite Mal bestätigte sie einen beliebigen Pin. Natürlich falsch. Willkürlich tippte sie auf den Bildschirm und drückte ein weiteres Mal ›Okay‹.

›Pin nicht korrekt.‹

Hoffentlich bildete sie sich die Wärme unter ihren Fingern nicht nur ein. Sie riss den Kopf hoch und warf das Telefon in Jos Richtung. Selbst das größte Arschloch war nur ein Mensch mit Reflexen. Instinktiv hob der Kerl die Hand, fing es auf, aber im gleichen Moment ließ er es fallen und sprang zur Seite.

Das Handy oder vielmehr dessen Akku explodierte mit einem lauten Knall und einer Stichflamme, die noch nicht mal bis ans Fensterbrett reichte. Geschweige denn, entstellte sie Josuas Gesicht! Das war alles? Ernsthaft? Das Ding gehörte einem Tüftler, einem Genie, und es machte nur leise puff? Das war doch scheiße!

Jo grinste herablassend und steckte die Pistole wieder ein. »Das war ja nun wirklich billig.«

Nicht nur er war enttäuscht! Wo waren die explodierenden Elektroautos, wenn man sie gerade brauchte? Bevor sie sich beschweren konnte, schwang sich Aaron über das Fensterbrett, zerrte ein Seil hinter sich her und prallte gegen seinen Freund. Jo konnte nicht mehr rechtzeitig reagieren, drehte sich nur verblüfft um, da bekam Aaron ihn zu fassen und riss ihn zu Boden. Kate wirbelte herum und warf sich einmal mehr gegen Kenny. Aber im Augenwinkel sah sie auch Chen eine Knarre ziehen. Mist.

»Twinkey!«, brüllte sie. »Feinde eliminieren!«

Kenny stolperte, bekam sie blöderweise trotzdem gepackt und zerrte sie mit sich. Sie krachten zu Boden. Außer sich vor Wut kniff sie in seinen Bauch, und er knurrte bösartig. Sie biss ihn sogar in die Schulter, schließlich zog sie ihr Knie an und rammte es zwischen seine Beine. Kennys schmerzerfülltes Gebrüll mündete in einem erstickten Gurgeln. Erneut zog sie ihr Knie an, und diesmal traf sie seine Kronjuwelen noch besser. Er stöhnte und würgte. Kate robbte an ihm hinauf, bohrte ihm ungeniert ihre spitzen Knie in die Oberschenkel und den Bauch. Endlich konnte sie Kennys Kopf packen, hob ihn an und ließ ihn auf den Boden niedersausen. Wie im Wahn schlug sie mehrfach seinen Hinterkopf auf den harten Boden, dreimal, viermal, fünfmal, sie wusste es nicht so genau. Irgendwann rührte er sich nicht mehr, was man von den restlichen Anwesenden nicht behaupten konnte!

Chen ballerte auf Twinkey, der einen Stecker funkenschlagend durch die Luft sausen ließ und unaufhörlich nach Chen zielte. Eine Kugel streifte Twinkey und blieb im Boden stecken. Das Knallen ließ Kates Ohren klingeln. Sie keuchte und zwang sich auf die Knie. Kate robbte zu dem Regal, schnappte sich die Scotchflasche und schleuderte sie in Chens Richtung. Dieser bückte sich rasch, aber sie traf dafür Josua, dessen Faust gerade vorschoss und auf Aarons Nase landete. Beide jaulten auf vor Schmerz. Aaron krachte zu Boden und presste die Hände auf seine Nase. Neben ihm auf dem Boden lagen Gurte, über die Jo stolperte, weil er sich mit verzerrtem Gesicht den Kopf hielt. Blut floss aus einer Schnittwunde, dort wo ihn die Flasche getroffen hatte und zerborsten war.

Twinkey raste gegen Chens Schuh, jagte ihm den Stecker ins Bein und röhrte. Das Metall schlug Funken, der Hüne zuckte und krampfte. Seine Knie knickten ein, und er krachte mit dem Gesicht voran ausgerechnet auf Twinkey. Das kleine Roboterauto pfiff laut, sie hörte das Ratschen seiner Reifen, und mit einem Ruck schoss er unter Chen hervor. Mit eingebeultem Dach krachte er direkt gegen ein Stuhlbein und – es tat ihr in der Seele weh – holte sich die nächste Delle. Er gab ein Geräusch von sich wie ein müdes Seufzen.

Jo und Aaron schlugen scheinbar blindlings aufeinander ein, ein undefinierbares Bündel aus Armen und Beinen. Kate sah sich nach etwas um, mit dem sie Jo angreifen konnte, da riss sich dieser los. Er taumelte an ihr vorbei, eine Pistole fest in der Hand. Aaron hingegen lehnte schwer atmend an der Wand, aus seiner Nase lief Blut.

»Keiner rührt sich«, knurrte Josua und richtete die Mündung auf Aaron. »Ich habe nichts gegen eine gepflegte Prügelei. Aber es reicht. Du wirst jetzt diesen verdammten Vertrag unterschreiben!«

»Niemals«, keuchte Aaron.

Prompt schwenkte Jo seine Waffe und zielte … auf sie! »Dann sag Lebwohl zu deiner Freundin.«

Twinkey pfiff schrill, rammte volle Kanne ihren Fuß, und sie knickte schmerzerfüllt um. Im gleichen Moment gellte ein Schuss, dröhnte in ihren Ohren, und sie hechtete hinter den Schreibtisch. Sie spähte um die Ecke, sah, wie Jo auf Aaron zielte.

»Kate, komm her«, sagte er scharf.

Sie wäre wahnsinnig, wenn sie es täte. Und er, wenn er Aaron tatsächlich tötete. Er brauchte ihn. Aber dachte ein Wahnsinniger überhaupt noch so rational? Das Denken fiel ihr schwer. Der gesamte Raum stank wie in einer Schnapsbrennerei und vernebelte ihre Sinne.

Himmel. Schnaps. Alkohol!

»Twinkey, gib Feuer!«, brüllte Kate und deutete auf Josua.

»Kate«, stöhnte Aaron, die Hände auf seine Nase gepresst. »Das kann er nicht.«

»Wieso nicht?«

»Ich hasse Raucher.«

Echt jetzt? Dabei hätte Jo so eine herrliche Stichflamme abgegeben.

»Willst du das Gehirn deines Liebsten von der Wand abkratzen?«, fragte Josua.

»Du brauchst ihn!«

»Meinst du, ja?«

Nein, sie war sich absolut nicht sicher! Der Typ hatte sie nicht mehr alle!

»Bleib, wo du bist«, befahl Aaron, doch da hatte sie sich schon aufgerappelt und war hinter dem Schreibtisch hervorgetreten. Jo grinste gehässig, trat auf sie zu und wollte sie am Hals packen. Aber da boxte sie geradewegs gegen seinen!

Jos Kopf flog zurück, leider ging auch sein Arm mit! Ein Schuss knallte, Glas splitterte und sie hörte Aaron stöhnen. Bitte, nein, lass ihn nicht getroffen sein.

Jo verpasste ihr eine Ohrfeige, bevor er von Aaron zu Boden gerissen wurde. Wahllos trat sie in das Knäuel hinein, um mit ein wenig Glück Josua zu treffen.

»Au«, ächzte Aaron.

»Sorry!«

Erneut landete Jos Faust auf Aarons Nase, und Kate hörte das Brechen des Knochens. Ein entsetzliches Geräusch. Twinkey raste herbei, jagte seinen Stecker in Jos Arm. Nur schien das kleine Auto diesmal nicht so viel Strom aufbringen zu können. Jos Reaktionen waren lahm! Er zuckte, stöhnte, und natürlich besaß er nicht den Anstand, ohnmächtig zu werden, geschweige denn, die verdammte Pistole loszulassen! Kate trat ihm auf das Handgelenk, aber das half auch nicht. Jo starrte sie hasserfüllt an, versuchte mit der Pistole nach oben und auf sie zu zielen und wälzte sich herum. Er fasste nach ihrem Knöchel. Seine Finger streiften ihren Fuß, als Aaron aufsprang. Er griff sie am Arm, zerrte sie aus der Schusslinie und stieß sie zur Tür. Während er blindlings nach Jo kickte, packte er Twinkey. Sie stolperten gerade in den Flur, als erneut Schüsse dröhnten. Kate wagte es nicht nachzusehen, wer schoss, sie tippte allerdings stark auf Jo.

»Wir hätten ihn entwaffnen sollen«, stöhnte Kate.

»Ich renne lieber, als mir bei einem Gerangel in den Bauch schießen zu lassen«, rief Aaron.

Eine Kugel zischte an ihnen vorbei und schlug in die Wand ein. Aaron zog sie weiter, zum Treppenhaus.

Jo taumelte hinter ihnen aus dem Zimmer und brüllte lautstark chinesische Namen. Das Dröhnen vieler schwerer Füße erklang im Treppenhaus.

»Das kommt von unten«, keuchte Kate.

»Hier gab es irgendwo ein …«, setzte Aaron an, zerrte sie zu den Treppen, die Stufen hinauf, immer höher in dem Gebäude. Zwei Stockwerke weiter oben bogen sie in den Flur ein, klopften an den Wohnungen, brüllten, bis eine Tür aufging. Das runde Gesicht einer Philippinerin erschien. Sie starrte sie erschrocken an, und prompt knallte sie die Tür wieder zu.

»Von denen brauchen wir wohl keine Hilfe erwarten«, seufzte Aaron.

Schritte ertönten in dem Flur. Fuck, wenn nicht einer der Anwohner ein Einsehen mit ihnen hatte, saßen sie in der Falle. Sie rannten weiter, klopften weiter an Türen, aber niemand öffnete. Aaron versuchte sogar, eine mit Gewalt zu öffnen, doch er rammte seine Schulter vergeblich gegen das Holz.

Das Ende des Flurs bestand aus einem bodentiefen Fenster, mit einem Ausblick auf die Straßen, viele Meter unter ihnen. Verdammter Mist!

»Ducken«, rief Aaron und zerrte sie zu Boden. Sie spürte seinen Körper, seine Wärme, und für einen wahnwitzigen Moment lang umhüllte sie sein Duft.

Eine Kugel sauste über sie hinweg, und die Scheibe barst mit einem lauten Knall.

»Steht auf«, schnarrte Jos Stimme.

Aaron legte den Arm um sie und half ihr hoch. Kaum standen sie aufrecht, schob Aaron sich vor sie, schützte sie mit seinem eigenen Leib.

»Kommt her«, knurrte Jo. Doch weder Kate noch Aaron rührten sich. Sie spürte das Beben von Aarons Körper, wie sich seine Hände an ihr verkrampften.

»Lass uns vernünftig darüber reden«, flehte Aaron, während sie an ihm vorbei zu Jo lugte.

Er hielt die Waffe fest umklammert, aber jetzt richtete er sie auf Twinkey. Das Roboterauto war völlig verbeult. Auf der digitalen Anzeige der Windschutzscheibe leuchtete lediglich ein Auge und sogar das sah müde aus. Er quietschte jämmerlich, als er vorwärts rollte, verfolgt von der Mündung Josuas.

»Ihr werdet jetzt mitkommen, oder ich werde diesem Schrotthaufen den Gnadenschuss versetzen«, drohte er.

»Du Mistkerl«, rief Kate. »Lass ihn in Ruhe. Twinkey, komm her.«

Das Auto setzte sich zwar in Bewegung, allerdings stellte Jo einfach seinen Fuß auf Twinkeys verbeultes Dach und hielt ihn so an Ort und Stelle. Kate wollte auf ihn losstürzen, aber Aaron legte die Arme um sie und presste sie an sich.

»Jo, denk nach«, sagte er eindringlich. »Twinkey ist Milliarden wert.«

»Bist du dir da so sicher, Superhirn?«, knurrte Jo.

»Ziemlich sicher.«

Blanke Mordlust flackerte in Jos hellen Augen auf. »Wenn der Deal nicht zustande kommt, ist das Ding vollkommen überflüssig. Oder siehst du das anders?«

Aarons Schultern sackten nach unten.

»Kommt sofort her, oder dein Lieblings-Spielzeug ist Geschichte.«

Twinkey fiepte, und es zerriss Kate schier das Herz. Ja, es war nur ein Roboter. Ein Gegenstand, aber Jo könnte genauso gut ihr eigenes Baby bedrohen. Sie wollte nichts mehr, als diesem Scheißkerl die Visage wegballern!

»Kate«, sagte Aaron leise. »Vertraust du mir?«

»Du bist das Supergenie«, hauchte Kate. »Wem, wenn nicht dir?«

»Da gibt es viele Bessere.«

Na toll!

»Du willst wirklich, dass ich hunderte Stunden harter Arbeit einfach so wegballere?«, spottete Jo. »Nur, weil du mal wieder zu dumm bist, die richtige Entscheidung zu treffen? Das Ding ist dein Meisterstück. Du wurdest dafür schon für einen verdammten Preis nominiert. Willst du das alles in Rauch aufgehen sehen?«

Irritiert bemerkte Kate, dass Aaron sie beinahe unmerklich, Millimeter für Millimeter nach hinten schob.

»Da geht es nicht weiter, Aaron«, knurrte Jo. »Ich sage es ein letztes Mal. Kommt her …« Sein Finger spannte sich um den Abzug. Unweigerlich schrie Kate auf.

»Aaron, tu doch was!«

Und wie er etwas tat. Nur leider nicht das, was er sollte. Er packte Kate und stieß sie zurück. Sie stolperte, verlor den Halt. Ihr Magen wurde nach oben gedrückt, sie sah ein Stück Hochhausfassade und den freien Himmel. Sie fiel. Und begriff. Der verfluchte Bastard hatte sie aus dem Fenster geworfen!

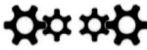

Er hörte Kates Schrei, als diese aus dem Fenster fiel. Und das Krachen, als sie auf dem Bambusgerüst landete. Jo schien völlig überfahren. Er starrte Aaron sekundenlang einfach nur an. Sekunden, die Aaron leider nichts nützten. Der Weg zwischen ihm und Jo war zu weit, um sie zu überbrücken, ohne eine Kugel abzubekommen. Aber Kate war aus dem Weg. Sie konnte hoffentlich das Gerüst hinunterklettern. Oder durch das Fenster in eine Wohnung hinein. Sie war clever, sie würde es schaffen. Er hoffte es inbrünstig, denn mehr konnte er nicht für sie tun. Nur noch

Jo beschäftigen. Für ihn gab es ohnehin keinen Ausweg. Höchstens, sich selbst aus dem Fenster zu stürzen, und dann war nur wieder Kate in unmittelbarer Gefahr. Außerdem sträubte sich alles in ihm, seinen Prototypen zurückzulassen.

Aaron sah es regelrecht hinter Jos Stirn arbeiten, und nach ein paar Sekunden verzogen sich seine Lippen zu einem Grinsen. Eine hässliche Mischung aus Anerkennung und Hohn. »Das Gerüst. Wenn ich dich irgendwann aus dem Schlamassel herauskommen lasse, solltest du beim Geheimdienst anheuern.«

Zögernd ging Aaron einen Schritt auf Jo zu, dann einen zweiten und schließlich einen dritten, bevor er sich an die Wand lehnte. Das Adrenalin in seinen Adern schien nachzulassen, der Schmerz in seiner gebrochenen Nase wurde übermächtig.

Jo senkte die Waffe, aber er behielt sie in der Hand, und endlich nahm er den Fuß von Twinkey.

Er bedeutete Aaron näherzutreten, und zögerlich kam dieser dem Befehl nach. Jos Hand schnellte vor und packte Aarons Nase. Der Schmerz brachte ihn schier um. Er krachte auf die Knie, krümmte sich und hörte sich selbst brüllen. So plötzlich wie der Angriff erfolgt war, ließ Jo von ihm ab. Aaron presste die Finger gegen die pochende Stelle, der scharfe Schmerz wurde dumpfer, und er sackte gegen die Wand.

»Das war für die Unannehmlichkeiten«, erklärte Jo kalt. Er griff in sein Sakko, zog ein Bündel Papier heraus und warf es Aaron mitsamt einem Kugelschreiber in den Schoß.

»Unterschreib.«

Die Tränen standen Aaron in den Augen, er konnte kaum etwas erkennen. Als diese endlich wichen, wurde ihm klar, dass es völlig egal war, ob er was sah oder nicht. Der Vertrag war auf Englisch, er verstand kein Wort.

»Nur die letzte Seite ist für dich relevant«, schnarrte Jo.

Mit zitternden Fingern blätterte Aaron um. Dort zierten bereits ein Krakel, den Aaron noch nie gesehen hatte, und der Josuas das Dokument. Um es endgültig rechtswirksam zu machen, fehlte lediglich Aarons Unterschrift. Was war es noch wert, die zu verweigern? Kate war aus der Schusslinie. Im Moment. Jo hatte deutlich gezeigt, dass er vor nichts zurückschreckte. Nicht vor Kate, nicht vor Twinkey, mit Sicherheit nicht mal vor Aaron. Gegen Jo kam er nicht an. Er hatte sein ganzes Leben lang gegen Jo verloren. Sei es in Spielen, in Wetten oder in Prügeleien. Er hatte kein einziges Mal gewonnen, und das würde sich heute nicht ändern. Er kam nur mit heiler Haut davon, wenn er sich Jo beugte.

Aaron ergriff den Stift und setzte ihn auf der Linie an, unter der sein Name stand.

»Brav«, brummte Jo. »Dafür verspreche ich dir auch, dass ich Carmen nur feuern werde. Ich kann sowieso keine illoyale Assistentin gebrauchen.«

Illoyal? Carmen war die Treue in Person! Nur eben gegenüber der Firma und nicht gegenüber großspurigen Flachwichsern, die alles ruinierten! Mit dieser Unterschrift verriet er alles, was ihm heilig war. Aus Angst vor einem gewalttätigen Irren mit einer Knarre. Es war die blanke Ironie, dass ausgerechnet dieser Wahnsinnige ihn immer einen Feigling genannt hatte. Plötzlich war da ein Geräusch, das ihm Hoffnung schenkte – Sirenen.

»Hörst du das?«, fragte Aaron. Vielleicht hatte endlich jemand die Polizei gerufen?

»Hör auf abzulenken. Wenn die Polizei auftaucht, erzähle ich eine nette Story, lege als Beweis Geldscheine vor, und dein Gebrabbel verstehen die eh nicht. Um Kate werde ich mich auch noch kümmern. Also unterschreib jetzt.« Jo zerrte Aaron am Kragen nach oben, presste ihn gegen die Wand und drückte die Mündung an Aarons Hals.

»Was sagt mir, dass du nicht abdrückst, sobald das Ding unterschrieben ist«, sagte Aaron leise.

»Und das Goldene Kalb umlege?«, spottete Jo. »Ich hatte nie vor, dich zu töten. Du bist doch mein Freund.«

Der Hohn stach tief in Aarons Herz.

»Einer, den man herrlich leicht über den Tisch ziehen kann«, erklärte Jo. »Du nützt mir lebendig wesentlich mehr als tot! Irgendeiner muss die ganzen Schnittstellen schaffen. Aber denk ja nicht, dass du noch ein schönes Leben in deiner Villa haben wirst. Du wirst Hongkong nicht so schnell verlassen. Ich stecke dich in den verschimmeltsten Keller, den diese Stadt zu bieten hat, und dort kannst du lernen, wie es ist, nur vom Wohlwollen anderer abhängig zu sein. Egal, wie sehr du dir den Arsch aufreißt. Du wirst programmieren, als hinge dein Leben davon ab. Weil es genau das tut!«

»Das werde ich nicht.« Unbeirrt sah er Josua in die Augen. Dieser gab ihm nicht mal eine Antwort. Die ganze Bandbreite seiner Emotionen spiegelte sich in seinen Augen wider. Wut, Mordlust und das, was Aaron am meisten wehtat – Hass. Wie hatte es jemals so weit kommen können?

Aaron schluckte hart und warf den Vertrag zur Seite. Jo wollte Milliarden und das blanke Unrecht fördern? Ohne ihn!

Noch immer sagte Jo kein Wort. Er drohte ihm nicht, er diskutierte nicht, er verhöhnte Aaron nicht mal. Er ließ ihn los, trat zurück, hob langsam die Pistole und richtete sie auf Aaron.

»Es muss nicht so enden«, sprach Jo leise.

»Doch, wenn du den Deal wirklich willst«, erwiderte Aaron und drückte sich gegen die Wand. Als könnte die ihm helfen. Er stand schutzlos auf weiter Flur. »Ich werde nicht unterzeichnen, und du wirst mich nicht dazu zwingen können. Gleichgültig, wie oft du mich verprügelst. Oder was du Kate antun willst. Oder Carmen. Nein, nur über meine Leiche.«

Buchstäblich. Nach seinem Tod gingen die Befugnisse der Firma ohnehin auf Jo über, und China besaß viele schlaue Köpfe. Irgendwann kämen sie hinter das System seiner Programmierungen. Jo brauchte ihn nicht unbedingt, und Aaron würde niemals dabei helfen, die gesamte Menschheit ohne ihr Wissen überwachen zu lassen.

»Kassier ich wenigstens noch eine hübsche Prämie aus deiner Lebensversicherung«, knurrte Jo.

Mittlerweile zielte er auf Aarons Brust. Aaron senkte den Blick, bevor er endgültig die Augen schloss und förmlich die Lider aufeinanderpresste. Wenn er es nicht kommen sah, war es vielleicht nur halb so schlimm. Er hätte gedacht, dass alles in ihm danach schrie, wegzurennen. Aber nichts. Sein Inneres war taub, sein Kopf wie leergeblasen. Es gab nur einen Gedanken, den an Kate. Ihr Gesicht vor der Schwärze seiner geschlossenen Lider und die Angst in seinem Bauch. Es geht schnell, redete er sich ein. Ein Schuss, ein Moment voller Schmerz, dann Frieden. Zumindest hoffte er darauf.

Er zwang seinen Atem zur Ruhe und hasste Jo für sein verdammtes Zögern. Musste er alles in die Länge ziehen? Jo hatte nie genügend Klasse besessen, um einem Besiegten nicht alles noch schwerer zu machen. Er weidete sich lieber an seinem Triumph. Oder war er am Ende nicht abgebrüht genug und brachte es nicht übers Herz? Sofort spürte Aaron Hoffnung wie einen goldenen Wasserfall durch sich fließen. Er wollte nachsehen, doch da erklang ein Geräusch, das ihm das Blut in den Adern gefrieren ließ. Ein Schuss. Das war es also. Jo hatte abgedrückt. Aber seltsamerweise spürte Aaron keinen Schmerz. Er konnte auch noch erstaunlich viel denken. Aaron runzelte die Stirn, brachte es allerdings nicht über sich, die Lider aufzuschlagen.

Da schnarrte plötzlich eine Stimme Worte, die er nicht verstand, und doch kam ihm die Stimme bekannt vor. Aaron riss die Augen auf und starrte geradewegs auf die gegenüberliegende Wand und eine Wohnungstür. Was?

Ein schmerzerfülltes Stöhnen lenkte Aarons Blick nach unten. Dort krümmte sich Jo, die Waffe lag einen halben Meter von ihm entfernt, und ehe sich Aaron versah, huschte eine Frau an ihm vorbei. Sie versetzte Jo einen kräftigen Tritt in die Seite, was diesen gepeinigt aufstöhnen und sich auf den Bauch rollen ließ. Rasch beugte sie sich über ihn, verdrehte ihm die Arme auf den Rücken und fesselte sie mit Handschellen.

Erst jetzt registrierte Aaron das Blut auf dem Teppich. Sein Blut? Es musste doch seines sein? Er fuhr mit den Händen über seine Brust, sah an sich runter, aber da war keine Schusswunde. Kein heraussickernder Lebenssaft, wie es so schön hieß. Verdutzt starrte Aaron die Frau an, die Jo auf die Füße zerrte. Die scharfen Gesichtszüge, ein wenig an einen Adler erinnernd, kamen ihm bekannt vor. Nur trug sie heute keine Mütze.

»Amazing honeymoon«, sagte sie und musterte ihn kritisch.

Das war die Offizierin vom Flughafen! Gut möglich, dass Aaron sie mit herabhängender Kinnlade anstarrte. Es durfte sich auch jeder über ihn lustig machen, aber er kam nicht mit. Gerade noch hatte er damit gerechnet, seinen goldenen Löffel wegzulegen. Durch Josuas Hand. Dieser knurrte schmerzerfüllt, und jetzt sah Aaron, woher das Blut kam. Es lief aus Jos Schulter.

Als er sich gegen den Griff Sin Lins wehrte, schlug ihm diese ohne viel Federlesen auf die Wunde, und Jo ging keuchend in die Knie.

»Come with me«, befahl sie, schob Josua voran. Aaron vermutete zwar nur, was ihre Worte hießen, aber warum sollte er hier herumstehen? Seine Beine knickten beinahe weg, als er sich nach Twinkey bückte und den zerbeulten Wagen aufhob. Dieser blinzelte ihn an und pfiff leise.

»Das hast du sehr gut gemacht«, seufzte Aaron. Nur verstand er noch nicht so recht, dass plötzlich alles vorbei sein sollte. Einfach so. Eine Beamtin vom Flughafen schoss Jo nieder, und das sollte es gewesen sein?

Scheinbar schon. Jo fluchte unterdrückt, als er die Treppen nach unten gezwungen wurde. Aaron hielt lieber ein paar Schritte Abstand. Auf beinahe jedem Stockwerk lag ein Mann, zu Boden gerungen, die Hände auf den Rücken gefesselt. Chen war darunter, nur Kenny sah er nicht.

Auf der Straße blieb Aaron verdutzt stehen. Den Gehweg sperrten Flatterbänder ab, an der Straßenseite standen vier Einsatzwagen, und ein halbes Dutzend vermummter Beamter in hellen Hemden, schwarzen Schutzwesten und Helmen hielt Schaulustige zurück.

»Aaron!«

Das war Kates Stimme, und diesmal wurde sie nicht von Twinkey imitiert. Aaron sah in die Richtung, aus der der Ruf kam. Kate drängte sich an zwei Beamten vorbei und rannte ihm entgegen. Schnell setzte er Twinkey ab und breitete seine Arme aus. Aber anstatt sich hineinzuwerfen, blieb Kate vor ihm stehen.

»Du hast mich aus dem verdammten Fenster gestoßen!«

Äh … Damit hatte Aaron nicht gerechnet. Er ließ seine Arme sinken. »Tut mir leid. Es war notwendig, um dich aus der Schusslinie zu bekommen.«

»Damit du der Einzige bist, auf den er schießen kann?«, fauchte Kate.

»Äh, ja?«

Kate packte ihn am Kragen, zerrte ihn zu sich runter, und ihre dunklen Augen blitzten vor Wut. »Mach. Das. Nie. Wieder.«

»Aber …«

»Du bleibst nie wieder in der Ziellinie eines Irren stehen. Hast du mich verstanden?«

»Es ist ja nicht so, dass ich freiwillig …«, setzte Aaron an und wartete, ob ihn Kate erneut unterbrach, doch sie sah ihn nur an. »Wäre ich mit dir gesprungen, hätte Jo einfach nur nach unten geschossen und einen von uns erwischt.«

»Deswegen bleibst du lieber gleich stehen, damit er nicht zu viel Mühe mit dem Zielen hat?«

»Na ja …«

»Wir lassen uns nur gemeinsam umbringen!«

»Äh …«

»Ich will nie wieder solche Angst haben müssen.«

»Tut mir wirklich leid. Ich hätte dich ja vorgewarnt, aber ich konnte das ja kaum vor Jo«, stammelte Aaron.

Kate schüttelte beharrlich die dunklen, zerzausten Locken. »Ich meinte nicht die Angst, als du mich aus dem fünften oder sechsten …«

»Siebten.«

»… Stock geworfen hast!«, rief Kate aus. »Sondern die Angst, nicht zu wissen, ob du gerade in diesem Moment stirbst.«

Zu Aarons Entsetzen füllten sich ihre Augen mit Tränen. »Ich bin so froh, dass es dir gutgeht«, schluchzte sie und schlang die Arme um seinen Hals.

Fest umarmte er sie, vergrub so gut es ging seine schmerzende Nase in ihren Haaren. »Komm mit mir nach Deutschland«, bat er sie leise. »Nicht für immer. Nur für eine Weile, bis das mit der Firma geklärt ist. Dann können wir zurückkommen … und hier leben.«

Kate drückte sich näher an ihn. »Das wäre schön«, hauchte sie, und ihre Lippen fuhren über seine. Sie waren weich und einladend. Kate roch ein wenig nach verschmorter Elektronik, und sie passte perfekt in seine Arme. Als könnte niemals eine andere dort sein. Gott allein wusste, er wäre jetzt gern mit ihr in einem Massagesalon. Das Kribbeln in seinem Inneren fühlte sich verdammt noch mal wie Glück an! Bis sie den Kopf leicht drehte und an Aarons Nase stieß.

»Autsch«, nuschelte er nasal, und Kate ließ von ihm ab.

»Soll ich mal sehen?«

»Bloß nicht«, wehrte Aaron ab. »Es reicht, wenn ich kaum den Drang unterdrücken kann, daran herumzufummeln.«

Twinkeys Pfeifen lenkte ihre Blicke auf das Miniauto. Es stand vor Jo, den die Offizierin an zwei Beamte abgegeben hatte. Diese hielten Jo fest, vor der offenen Tür eines Transporters. Aber auch sie schienen fasziniert von Twinkey. Der keckerte fröhlich und tönte über den Straßenlärm hinweg: »Fuck you.«

»Ich habe keine Ahnung, wo er das gelernt hat!«, behauptete Kate, während Jo mit einem Aufschrei blanker Wut an der Umklammerung der beiden Männer riss. Er trat nach Twinkey, erwischte ihn mit voller Wucht, und das Auto flog in einem hohen Bogen auf die Straße.

»Nein!«, schrie Kate.

Aaron wollte dem Wagen hinterher hechten, aber da stellte sich ihm ein Beamter mit ausgestreckten Armen entgegen.

»Too dangerous«, rief der und ging einfach nicht weg.

Aaron hörte Twinkeys Flöten, das Rauschen von Autos, Lastwagen und Mopeds, und dann riss das Pfeifen ab und hinterließ eine ohrenbetäubende Stille. Sein Herz raste, er spürte, wie sich Kate an ihn drückte. Die Beamten betraten vorsichtig die Straße, blockierten sie und zwangen die Autos zum Anhalten. Auf dem Asphalt lag sein zermalmter Prototyp. Das Display der Augen war gesprungen, das Metall verbogen und zusammengedrückt, der Greifarm so flach wie ein Stück Papier. Die Splitter verteilten sich auf dem heißen Teer.

Fassungslos sah Aaron auf die Überreste. Es zerriss ihm das Herz. Twinkey war nur eine Maschine, kein fühlendes Wesen, und Aaron hatte immer die Menschen verachtet, die allem menschliche Charakterzüge andichten mussten. Aber in diesem Moment verstand er es. Das Ding war ihm ans Herz gewachsen, und er verband ihn unwiderruflich mit Kate. Und das alles nur wegen Jo.

Das Einzige, was heil geblieben war, war Twinkeys rechtes Hinterrad. Die Chips – zerbrochen. Der Akku – plattgewalzt. Die Karosserie – ein Puzzle aus Millionen Teilen. Kein Mensch konnte es zusammensetzen, und selbst wenn, dann wäre es nicht der gleiche Twinkey wie zuvor.

Kate schniefte, Tränen kullerten über ihre Wangen »Du kriegst ihn doch wieder hin, oder?«

Die Hoffnung in ihrer Stimme ließ den Kloß in seinem Hals übermächtig werden. Er hockte sich neben Kate und zog sie an sich. »Tut mir leid, Kate«, flüsterte er. »Twinkey ist irreparabel beschädigt … Er ist tot.«

KAPITEL 22
RACHE WIRD KALT SERVIERT

Sie sammelten die Überreste Twinkeys ein und hielten damit vermutlich über eine Stunde den gesamten Verkehr auf. Kate weinte ununterbrochen, erst im Einsatzwagen beruhigte sie sich ein wenig und verfluchte Jo inbrünstig. Von einem Elefanten vergewaltigt zu werden, war eine der harmlosesten Strafen, die sie sich für ihn ausdachte.

Auf dem Revier wartete nicht nur ein Arzt auf Aaron, sondern auch ein Dolmetscher. Sie gaben ihre Aussagen in Deutsch zu Protokoll, beantworteten endlose Fragen, während ihre eigenen keine Antwort bekamen. Vorerst.

Als sie endlich fertig waren, setzte sich Sin Lin gerade hin, sah sie beide prüfend an und begann zu sprechen.

»Sie sagt, Teng Huan haben sie ebenfalls festgenommen. Wegen Verschwörung, wenn ich es richtig verstehe«, erklärte Kate. »Deine Software und dein System waren nicht für die chinesische Regierung gedacht, sondern für die hiesige Mafia.«

»Potzblitz«, entfuhr es Aaron. »Wusste Jo davon?«

Die Offizierin nickte auf Kates Übersetzung hin, und Aaron kratzte sich über den Bart. Es war die einzige Stelle seines Körpers, die nicht schmerzte. Seine Nase hielten unzählige Klebestreifen zusammen, auch der Rest seines Körpers fühlte sich zerschlagen an.

»Woher weiß dann die Polizei davon?«, fragte er.

Schweigend lauschte er dem Gespräch der beiden Frauen, bis Kate sich ihm zuwandte. »Sie hatten eine Informantin. Lucy.«

»Lucy?«, rief Aaron überrascht aus.

Kate zuckte die Schultern. »Ehrlich gesagt, tut es mir jetzt leid, dass ich sie nicht leiden konnte. Sin Lin meint, sie ist eine verdeckte Ermittlerin und seit Jahren in diesem Betrieb, um Teng Huan endlich endgültig festnageln zu können. Geldwäsche und Drogenschmuggel werden normalerweise hart bestraft, daraus kann man sich allerdings freikaufen, wenn man die richtigen Argumente hat. Oder viel Geld. Chen ist das beste Beispiel dafür. Josua hat für seine Freilassung gesorgt. Es war die Wiedergutmachung an Teng Huan für unser schlechtes Benehmen.« Kate lächelte verkniffen. »Er wollte das Überwachungssystem, um an die Spitze der Mafia hochzurücken. Aber das kann ihm als Spionage angehängt werden, und da verstehen weder ein Richter in Hongkong noch die Einflussreichen in Peking Spaß.«

»Na hoffentlich«, murmelte Aaron. Er rieb sich die Stirn. »Dann wussten sie von Lucy, dass sie zu dem Restaurant kommen mussten?«

Die Offizierin lachte und schnatterte mit einem vergnügten Strahlen. Und auch Kate kicherte.

»Sie sagte, es war kurios. Lucy wusste nichts von der Entführung. Nicht mal, dass Josua nach Hongkong unterwegs war. Ein Polizist in der Nähe der Rennbahn hatte einen offenkundig verwirrten Europäer mit nassen Klamotten aufgefunden. Er konnte sich an das Wort erinnern, das dieser immer wieder sagte, und nannte es dem Dolmetscher. Entführung. Nur waren sie damit nicht schlauer als zuvor. Letztendlich reimten sie sich alles zusammen, als eine Meldung der Polizei aus Deutschland kam. Die konnte ihnen die Adresse sagen, und inzwischen hatten Anwohner auch Schüsse gemeldet. Sie umstellten das

Gebäude und haben mich im Übrigen von dem Gerüst geholt.«

»Trotzdem hat das alles ziemlich lange gedauert«, platzte Aaron empört heraus.

Diesmal übersetzte der Dolmetscher, und sofort brach aus der Offizierin ein Wortschwall heraus, ohne ein einziges Lächeln.

»Sie konnten das Gebäude nicht einfach stürmen. Sie wussten nicht, wie viele Bewaffnete sich darin aufhielten. Das Haus war schließlich auch voller verängstigter Anwohner. Man kann nicht mit einem Fingerschnippen hinein und alle festnehmen.«

Aaron seufzte tief. Sie hatten ja recht. Es wäre dumm gewesen, am Ende hätte es noch Tote gegeben. Er legte den Kopf in den Nacken. »Und jetzt? Dürfen wir wieder nach Hause?«

»Es gibt keinen Grund, Sie festzuhalten«, erwiderte der Dolmetscher. »Sie müssen aber versichern, bei einem Prozess zu erscheinen.«

Er schob ihnen die Blätter ihrer Aussagen hin, las ihnen den Text noch einmal vor und reichte ihnen einen Stift. Kate unterschrieb zuerst, dann Aaron. Kaum hatte er das ›Merkenthaler‹ vollendet, spukte ihm Jos Stimme durch den Kopf. ›Du unterschreibst wie ein Grundschüler‹, hatte er immer gesagt. Nie und nimmer hätte Aaron gedacht, dass sich blanker Hass hinter dem freundschaftlichen Spott verbarg.

Sin Lin verabschiedete sich herzlich von ihnen und brachte sie zur Tür. Vor dieser wartete ein Beamter, der Aaron bekannt vorkam. Sein Gesicht hellte sich auf, als er Aaron erkannte, und er verbeugte sich leicht. »*Ni hao.*«

Aarons Lippen verzogen sich zu einem kleinen Lächeln. Doch dann sah er an dem Mann vorbei, durch eine Glasscheibe. Jo hockte dort, die Hände vor sich auf der Tischplatte und den Kopf gesenkt. Seine ganze Haltung war angespannt wie ein Tiger kurz vor dem Angriff.

»Sag Frau Lin bitte, dass ich mit ihm sprechen will«, bat Aaron Kate.

Verdutzt hob diese die Augenbrauen, doch sie übersetzte seine Bitte an Sin Lin.

»Du kannst rein, aber sie wird zusehen.«

Aaron nickte. Der Beamte schloss die Tür auf und ließ ihn eintreten.

Jo hob den Kopf. Dunkle Ringe lagen unter seinen Augen, und er kniff die Brauen zusammen. »Was willst du noch?«

»Dir etwas sagen«, erwiderte Aaron. Er wollte Jo wehtun. Nicht nur körperlich. Er wollte es ihm heimzahlen, mit allen Mitteln, die er hatte. Für seinen Verrat, für seine Unverschämtheit, Kate zu schlagen, Aarons gebrochene Nase und für den Mord an seinem Prototypen!

»Weißt du, dass Sarahs Wehen schon längst eingesetzt haben?«

Jo starrte ihn kalt an. »Ja. Dank dir verpasse ich die Geburt meines Kindes. Bete, dass du mir niemals wieder begegnest.«

»Ich habe einen Vaterschaftstest machen lassen«, sagte Aaron und beobachtete Jos Reaktion. Sein Freund verspannte sich noch mehr. »Sarah war einmal bei mir im Büro. Twinkey hat ihr Blut abgenommen, damals war sie im vierten Monat. Und das Ergebnis ist zuverlässig.«

»Und?«, fragte Jo. Er klang gelangweilt, aber Aaron konnte er damit nicht täuschen. Das Kind bedeutete ihm alles. Mehr als seine Frau, mehr als die Firma, mehr als die verdammte Welt. Genau deswegen hatte es Aaron immer nur bei dezenten Hinweisen belassen. Er hatte seinen Freund nie verletzen wollen. Letztendlich spielte es auch keine Rolle, von wem ein Kind biologisch abstammte, oder? Jo hätte es geliebt wie sein eigenes. Jeden verfluchten Tag. Aber jetzt war es Aaron egal. Sollte Jo leiden, sollte er sich krümmen vor Schmerz und Wut.

Und trotzdem … Es fiel Aaron überraschend schwer, seinem Freund dieses Messer in den Bauch zu rammen.

»Weißt du, was ich glaube, Aaron«, knurrte Jo. »Ich denke, du willst hören, dass ich es bereue.«

Aaron hatte zwar keine Ahnung, wie er darauf kam, aber Jo redete sich gerade in Rage: »Ich bereue nichts. Ich bereue höchstens, nicht sofort abgedrückt zu haben. Ich kann deinen treudämlichen Blick seit Jahren nicht mehr ertragen. Du bist ein Schwächling. Wir hätten viel haben können, nur du Schwachkopf musstest alles vermasseln. Ich hätte dich nicht in Monaco aus dem Knast holen sollen, sondern dich dort im Meer versenken! Es hätte mir Spaß gemacht, deinen Kopf unter Wasser zu drücken …«

»Deine DNS habe ich ohnehin in meiner Datei«, sagte Aaron, ohne auf Jos Tirade einzugehen. Jeder Zweifel war verschwunden. Er hasste ihn? Schön, dann bekam er jetzt einen Grund mehr! »Ich musste nur die des Kindes aus Sarahs Blut isolieren und mit deiner vergleichen.«

Jo starrte ihn einfach nur an, ohne mit der Wimper zu zucken.

»Die Analyse weist eine Ähnlichkeit der Kindes-DNS zu deiner auf«, sagte Aaron langsam. Er sah, wie die Anspannung ein wenig aus Jos Körper wich. Er verspannte nicht mehr die Schultern, er hielt sogar die Hände locker.

Aaron verschränkte die Arme vor der Brust und sah auf seinen Freund hinunter. Er sollte das hier genießen, wollte es unbedingt, und doch fühlte es sich grauenhaft an. »Aber sie stimmt nicht vollständig mit deiner überein«, sagte er nun und sah die Wut in Jos Augen aufblitzen. »Die deines Bruders passt zu hundert Prozent.«

»Du lügst«, sagte Jo kalt. »Dazu hättest du seine DNS gebraucht.«

»Wir wissen beide, dass mir nichts leichter fällt, als mir unerlaubt Proben zu holen. Dein Bruder lässt immer seine Red-Bull-Dosen im Büro stehen, wenn er dich besucht, und seine langen Haare fallen schneller aus als die eines Hundes.«

Jos Miene ähnelte der eines Geschlagenen. Fassungslos, mühsam beherrscht und für einen Moment voller Traurigkeit. Doch dann wandelte sich sein Gesicht in eine Fratze blinder Wut. Jo sprang auf, stieß gegen den Tisch, und Aaron rechnete damit, dass er gleich einen Satz über das Hindernis machte.

»Du lügst«, brüllte Jo und stürzte am Tisch vorbei.

Die Tür flog auf, und der Beamte packte Jo, rang ihn zu Boden, während Kate Aaron aus dem Raum zog. Sie legte die Arme um ihn, presste sich an ihn und hielt ihn einfach nur fest.

Sin Lin legte Aaron die Hand auf die Schulter und schob ihn samt Kate mit sanftem Druck von dem Fenster weg. »Where will you go? To the hotel?«

»Sie fragt, ob wir zum Hotel wollen«, sagte Kate leise.

»Eigentlich will ich nur noch nach Hause«, seufzte Aaron und legte sein Kinn auf Kates Scheitel.

Kate nickte an seiner Brust. »Dann fahren wir nach Hause.«

Bedauerlicherweise ging erst am nächsten Morgen ein Flug. Aber selbst den hätten sie beinahe verschlafen. Im Hotel angekommen, hatten sie minutenlang Twinkeys Überreste angestarrt, und dann hatte Kate ihn geküsst, dass er seinen Namen vergaß, wo sie waren und wie weh seine gebrochene Nase tat. Hätte ihn Kate nicht nur in den Sonnenuntergang, sondern in den Herzinfarkt geritten, es wäre ihm völlig egal gewesen. Dann wäre ihm ein Morgen mit einer schmerzenden, brennenden Nase und Sin Lins Weckruf erspart geblieben. Die Offizierin warf sie persönlich aus dem Bett, fuhr sie zum Flughafen und brachte sie bis zum Gate.

Als ein Beamter sich weigerte, sie an der Sicherheitskontrolle durchzulassen, brüllte die Offizierin über den gesamten Flughafen, bevor sie sich dann mit einem bezaubernden Lächeln an Kate und Aaron wandte.

»Sie sagt, irgendeinen Vorteil muss es haben, hin und wieder am Flughafen einspringen zu müssen«, übersetzte Kate.

»Wo lag überhaupt das Problem?«, fragte Aaron.

Kate grinste. »Der Mann sagte, du sähest seltsam aus.«

Wer wollte es dem Beamten verübeln? Aarons Gesicht ähnelte mittlerweile einer Aubergine. Grün, lila und ein breiter Pflasterstreifen quer über die Nase. Zu Hause würde er sich das verdammte Ding röntgen lassen. Aber dazu mussten sie erst einmal dorthin. Sin Lin verabschiedete sich am Gate mit einer Verbeugung und einem festen Händedruck, der ihm ein Ächzen und Kate sogar ein leises Jaulen entlockte.

»Meine Fresse«, murmelte Kate. »Selbst mein Onkel wäre vor der auf die Knie gegangen.« Sie rieb ihre gequälte Hand an ihrer Bluse und lehnte sich gegen ihn.

Mit glühenden Augen sah sie zu ihm hinauf. »Darf ich dich nachher wieder küssen, wenn du schläfst?«

Aarons Mundwinkel zuckten nach oben. »Ich bitte darum.«

Kate stellte sich auf die Zehenspitzen und küsste ihn hauchzart. »So?« Ihre Lippen pressten sich fester auf seine. »Oder so?« Sie legte die Hand an seine Wange, und ihre Zunge forderte mit einem Stupsen spielerisch Einlass. Heiliger Bimbam!

»Kate«, keuchte er an ihren Lippen. »Die setzen uns auseinander.«

Sie kicherte, aber sie ließ ihn endlich zu Atem kommen. Zum Glück, denn sie waren die Letzten, die sich in die Reihe der Boardenden anstellten.

Als sie den Flieger betraten, empfing die Stewardess sie mit einem Lächeln. »Herzlich willkommen. Bitte gehen Sie zu Ihrem Platz. Später können Sie auch mehrere Sitze belegen. Es ist nicht viel los.«

Mehrere Plätze? Sie brauchten nur zwei!

Allerdings unterschieden sich die Sitze diesmal gewaltig von denen des Hinfluges. Anstatt großzügiger Sitznischen hatten sie vielleicht vierzig Zentimeter Platz zum Vordersitz. Er stieß mit den Knien an! Außerdem gab es hier nicht nur zwei Sitze nebeneinander, sondern drei, und die ließen sich maximal zwei Zentimeter zurückfahren! Kissen sah Aaron auch keine.

»Warum ist es eigentlich so eng hier?«, fragte er.

»Das ist Economy. Deine Firma muss Geld sparen, schon vergessen?«, erwiderte Kate.

»Ich kann kaum die Beine ausstrecken!«

Kate grinste und strich ihm über die Wange. »Du bist doch ein Snob. *Mein* Snob.«

»Toll«, brummte Aaron. Aber worüber beschwerte er sich eigentlich? Aaron hatte faktisch alles verloren. Einen Freund, sein Geld, womöglich seine Firma und seinen Job. Und trotzdem hielt sich seine Trauer in Grenzen. Es begann ein neues Kapitel seines Lebens. Mit Kate.

Die Stewardess schloss sämtliche Gepäckfächer und ermahnte sie, sich anzuschnallen.

»Deine Firma retten wir auch noch«, flüsterte Kate, die seine Gedanken halbwegs zu erahnen schien, und schmiegte ihren Kopf gegen seinen Hals. »Aber erst müssen wir den Flug überstehen. Den Start und die Landung.«

»Ich glaube, das sollte kein Problem sein.« Sie hatten Jo und seine Machenschaften überstanden. Sein Adrenalin war aufgebraucht.

Als sich das Flugzeug mit einem Ruck in Bewegung setzte, schlug sein Herz zwar vor Nervosität schneller, aber es war nicht die Angst abzustürzen. Es war die Erleichterung, alles hinter sich lassen zu können.

Aaron ergriff Kates Hand. »Wenn ich nach der Insolvenz noch Geld haben sollte, kommen wir wieder her«, versprach er ihr.

Kate strich ihm über die Wange und verflucht, es fühlte sich himmlisch an. Sie grinste vergnügt. »Wohin immer du willst.«

»Wirklich überall hin?« Er kniff die Augen zusammen.

»Klar. Ich finde mich an jedem Ort der Welt zurecht. Und du?«

»Auch in Paris?«

»Oh la la, Monsieur, Sie verfü'ren misch.«

»Gott, ist das schlecht.«

»Hey, ich kann besser französisch Sex haben als sprechen.« Kate beugte sich zu ihm und küsste ihn mal eben um den Verstand. Zu seinem Gehirn drangen gerade so diese Worte durch: »Schon Mitglied im Mile High Club?«

Halleluja.

EPILOG

»Was ist das?« Aaron beäugte misstrauisch seinen Teller.

»Huhn.«

»Das ist kein Huhn!«

»Es ist französisches Huhn.« Kate hielt ihm die Speisekarte vor die Nase. Aber zum Henker, was wusste er schon, was dort stand? Irgendwas mit *cuisses de grenouilles.*

Aaron zog die Augenbrauen zusammen. »Kann es sein, dass dieses Huhn früher mal gequakt hat?«

»*Du* hast es doch bestellt!«

»Weil *du* sagtest, es wäre Huhn«, rief Aaron aus, so laut, dass der Kellner ihnen bereits seltsame Blicke zuwarf. Ja, sollte er. Wie konnte man bitte Froschschenkel servieren?

Kate zuckte die Schultern und versuchte, ihr verschmitztes Lächeln hinter dem Weißweinglas zu verbergen. »Vielleicht habe ich mich geirrt. Aber in einem bin ich mir sicher: Ich liebe dich.«

»Bei mir lässt es gerade nach«, murrte Aaron, allerdings blinzelte Kate ihn so unschuldig an, dass er nicht anders konnte, als sich zu ihr zu beugen und sie zu küssen. Weil es heute ein herrlicher Tag war, wollte er ihr verzeihen. Außerdem konnte nicht mal ein quakendes Huhn den Ausblick auf den Eiffelturm zerstören.

Acht Monate war es her, seit sie aus Hongkong zurückgekehrt waren, und er konnte nicht fassen, dass sie nun tatsächlich mitten in Paris, in einem Restaurant saßen. Wenn er sich seinen Teller so betrachtete, hätten sie allerdings besser an einem Imbiss gegessen.

Misstrauisch stieß Aaron das Zeug mit der Gabel an.

»Hast du was von Josua gehört?«, fragte sie und zupfte plötzlich nervös an der Serviette.

»Sitzt immer noch in Hongkong im Gefängnis.«

»Wird er nicht irgendwann nach Deutschland überstellt?«, staunte Kate.

Aaron hob die Schultern. »Seinem Anwalt zufolge nehmen sie ihm übel, dass er nie versucht hat, der Regierung das System zu verkaufen, sondern gleich zur Mafia gegangen ist.«

»Ja, das würde mich an deren Stelle auch anstinken.« Kate verdrehte die Augen.

»Sie haben mir ein Angebot geschickt.«

»Du hast doch etwa nicht zugesagt?«

»Natürlich nicht!« Aaron seufzte. »Obwohl es all unsere Probleme auf einen Schlag gelöst hätte.«

»Jetzt beschwer dich noch«, stichelte Kate und boxte ihn gegen den Arm. »Carmen hat das wunderbar hinbekommen.«

Carmen! Himmel, was wäre er ohne Carmen? Während Kate und Aaron auf dem Rückflug gewesen waren, war sie bei Lieferanten aufgetaucht und hatte ihnen Anteile an einer Firma versprochen, die mittlerweile seit einer Woche in den Nachrichten auftauchte. Mit Schlagzeilen wie *Merkenthaler Autonom Systems AG sichert sich Millionen-Deal mit Deutschlands größtem Autobauer*. Dafür hatten sie auf die unverzügliche Bezahlung ihrer offenen Rechnungen verzichtet. Aaron hatte keine Ahnung, ob Carmen ihre Gläubiger bedroht, angelogen oder erpresst hatte.

Jo war von seinem Posten des CFO zurückgetreten und hatte auf alle Ansprüche verzichtet. Aaron würde sein letztes Hemd darauf verwetten, dass Jo überhaupt nichts davon wusste. Genau genommen hatte Carmen das Schreiben verfasst und Josuas Unterschrift darunter gefälscht. Außergewöhnlich effizient wie Carmen war, tippte sie gleich ihre eigene Ernennung zur CFO der neuen Firma. Es grenzte an ein Wunder, dass es Aaron selbst unterschreiben durfte und sie nicht auch seine Signatur nachzeichnete. Er hatte schon immer vor Carmen Respekt gehabt, aber in diesem Moment hätte er sogar seine eigene Entlassung unterschrieben.

»Ihre Ansprache vor den Mitarbeitern war episch«, grinste Kate.

»Du meinst ihren ›Entweder ihr verzichtet vorerst auf euer Gehalt, oder ihr könnt alle gehen, weil wir dann Insolvenz anmelden müssen‹-Satz? Ich hatte Angst vor ihr. Trotzdem mussten wir mein Elternhaus bis unter den Wetterhahn mit Hypotheken belasten.«

»Deswegen iss das Huhn, bevor du keine Gelegenheit mehr dazu hast«, stichelte Kate.

»Wenn ich *cuisses de grenouilles* auf dem Handy googeln würde, käme da wirklich ein Foto von einem Huhn?«, fragte Aaron.

»Nein«, erwiderte Kate. »Es käme ein Bild davon.« Sie zeigte auf seinen Teller.

»Deine Übersetzungen sind lausig.«

»Na, ein Glück, dass Carmen darauf bestanden hat, mich als Dolmetscherin einzustellen«, grinste Kate frech. »Bis jetzt ist sie ganz zufrieden. Aber ich weiß nicht ...«

»Was?«, fragte Aaron misstrauisch.

Was zum Teufel gab es nun wieder auszusetzen? Er hatte sie noch nicht mal auf die Schule für junge Damen geschickt! Sie hatte den Job auch so bekommen! Nicht, dass Carmen ihn gefragt hätte ...

Kate seufzte und lächelte unschuldig. »Ich glaube, mein Boss mag mich nicht. Sobald er in seiner Werkstatt hockt, muss man ihm faktisch ins Ohr brüllen, damit er überhaupt zuhört. Und er zweifelt meine Kompetenz an, selbst wenn es nur um die Übersetzung der Speisekarte geht.«

»Dann reiß ihm den Bart aus. Soll helfen, wie ich hörte«, grinste Aaron und stupste das rosafarbene Miniaturauto neben dem Brotkorb an. »Oder Twinkey junior, was sagst du dazu?«

Das kleine Fahrzeug blinkte und fiepte. »Kuschelchen.«

ENDE

NACHWORT

Liebe LeserInnen,

aus der geplanten simplen Liebeskomödie ist nun wieder ein Buch mit einer Schießerei geworden. Ich hoffe, ihr könnt es mir verzeihen. Ich kann eben nicht aus meiner Haut. Wer mich als Allyson Snow schon bei meinen Büchern begleitet hat, weiß, dass ich manchmal nicht widerstehen kann. Manchmal ja, meistens aber nicht.

Vielleicht wundern sich manche, dass ich mein Pseudonym geändert habe. Obwohl … Was heißt geändert? Es ist nur ein zusätzlicher Name unter dem zukünftig die Liebeskomödien ohne Fantasy zu finden sein werden, während Allyson Snow sich mit Vampiren, Geistern und allerlei anderen übernatürlichen Wesen austobt.

Ich hoffe sehr, dass euch die Geschichte um Kate, Aaron und Twinkey gefallen hat. Und wenn jemand einen Twinkey erfunden und gebaut hat – sagt mir Bescheid, ja? 😊

Auch hier möchte ich wieder die Gelegenheit nutzen, um denen zu danken, die das Buch bei der Entstehung und Vollendung begleitet haben.

Harper Johnson: Danke für deine knapp tausend (oder sogar über tausend?) Kommentare.

Mathew Snow: Danke für dein wachsames Auge über technische Daten, Zeiten und ach, eigentlich alles.

Elvira Huber und Franzi: Danke für eure Unterstützung, eure Mühe und eure Geduld hinsichtlich meiner Rohfassungen. Eure Kommentare haben mir sehr geholfen.

Und natürlich:

DANKE AN MEINE LIEBEN LESERINNEN.
IHR SEID EINFACH WUNDERBAR. ES IST SO
SCHÖN, EURE BEGEISTERUNG IN
REZENSIONEN ODER AUF FACEBOOK ZU
LESEN UND WIE IHR MIT DEN CHARAKTEREN
MITFIEBERT, LACHT UND WEINT. DURCH
EUCH ERWACHEN DIE GESCHICHTEN ERST
SO RICHTIG ZUM LEBEN!

Eure Holly / Allyson

Weitere Bücher
Holly McLane schreibt als Allyson Snow

Verflixt und zugebissen-Reihe:
- Vampire, Pech und P(f)annen
- Bis dass der Pflock euch scheidet
- Entführungen sind reine Nervensache
- Alles, was Sie beißen, kann gegen Sie verwendet werden

(alle Bücher sind in sich abgeschlossen und können voneinander unabhängig gelesen werden)

Einzelromane:
- Diebstahl mit Sockenschuss
- Lapidem Maleficus – Auch Amulette können beleidigt sein
- Geist – ledig, schlecht gelaunt, zu verschenken
- Fledermäuse bleiben nicht zum Frühstück

Kostenlose Kurzgeschichten:
- Forderungen, Umsatzsteuer an (Streck-)bank
- Vom Keks, der auszog, Weihnachten zu überleben
- Will you be my Kacki-Keks?
- Herz über Kobold